W0353365

Heide-Marie Lauterer

Mörderische Liebe

Ein Reiterkrimi

spiritbooks

Das Werk, einschließlich aller seiner Teile, ist urheberrechtlich geschützt. Jede Verwertung ist ohne Zustimmung des Verlages und der Autorin unzulässig. Dies gilt insbesondere für Vervielfältigungen, Übersetzungen, Mikroverfilmungen und die Einspeicherung und Verarbeitung in elektronischen Systemen.

© 2013 spiritbooks, 73230 Kirchheim/Teck
Verlag: spiritbooks, www.spiritbooks.de
Autorin: Heide-Marie Lauterer
Herausgeberin: Ulrike Dietmann
Coverfoto: Petra Eckerl - Fotolia.com
Autorenporträt: Gülay Keskin
Grafik: vectors seamartini
Duck und Verlagsdienstleister: tredition
Printed in Germany
ISBN: 978-3-944587-08-0

Personen und Handlung sind frei erfunden. Ähnlichkeiten mit lebenden Personen sind rein zufällig.

Die Autorin
Heide-Marie Lauterer, langjährige Schriftführerin des Heidelberger Reitvereins und Pferdebesitzerin kennt sich aus in den Höhen und Tiefen des Reiterlebens. Sie schreibt Romane, Reiterkrimis und Kurzgeschichten und ist Mitglied der Autorenvereinigungen "Mörderische Schwestern" und der „Literaturoffensive“ Heidelberg.

Für Hans-Jürgen

1

„Schau dir den Kleinen da an! Ein richtiger Rabauke!“ Gerson legte die „Süddeutsche“ auf die Parkbank und deutete auf einen Jungen in Daunenanorak und Pudelmütze, der hinter einem Ball hertrippelte und sich im Laufen mit dem Ärmel den Rotz von der Nase wischte. „Ist der nicht knuffig?“

Wir saßen auf unserer Lieblingsbank vor dem Wasserspielplatz und schauten den Kindern zu, die auf den Steinen herumturnten und auf der Neckarwiese Ball spielten. Es war Mitte November und die Sonne schien immer noch so kräftig wie im Spätsommer. Mit einer dicken Jacke und einem Schal konnte man die Mittagspause gut im Freien verbringen.

„Hast du so ausgesehen, als du klein warst?“ In den Jungen hätte ich mich auf der Stelle verlieben können. Jetzt blieb er stehen, riss sich die Mütze vom Kopf, warf sie auf die Erde und fuhr sich mit der Hand durch seine braunen Locken.

„Wenn wir mal ein Kind haben ...“, sagte ich und hielt inne. Der Satz war mir einfach so herausgerutscht und jetzt verhaspelte ich mich, weil mir auf einmal

die ganze Bedeutung meiner Worte bewusst wurde. Gerson sah mich gespannt an.
„Also, unser Kind müsste so aussehen, wie der kleine Kerl dort!“
Gerson hatte zwei Becher *Coffee to go* vom Café Steiner mitgebracht. Wenn er gute Laune hatte und ein paar Euro zu viel im Geldbeutel, dann machte er schon mal was locker. Das Café war bekannt für seine selbstgerösteten Bohnen, und die ließ es sich teuer bezahlen. Gerson lächelte; er gab mir meinen Becher.
„Fußball? Ich war gut im Ping-Pong – absolute Spitze!“ Er schwieg einen Augenblick, dann sagte er:
„Unser Kind – und wenn es ein Mädchen wird? Dann hätte sie knallrote Haare, aber sonst sähe sie aus wie du!“
„Wirklich? Meine braunen Kulleraugen und rote Haare?“
„Doch! Und sie hätte deine langen Beine und deine Figur und sie wäre dauernd in Bewegung.“
Ich tastete nach Gersons Hand neben mir, da legte er seinen Arm um meine Schultern und zog mich an sich. Es war das erste Mal, dass wir über ein gemeinsames Kind sprachen, und dieser Gedanke verband uns in neuer Weise.
„Dann käme sie in Reithosen auf die Welt“, sagte ich lachend.
Gerson löste sich sanft aus unserer Umarmung und stand auf, um den Ball, der schon wieder vor seinen Füssen lag, weg zu kicken. Dann sagte er: „Wir lassen uns Zeit, nicht? Aber für jetzt habe ich eine andere Idee: Nine soll ein Fohlen bekommen!“

Ich glaubte mich verhört zu haben und nippte an meinem Kaffeebecher. Dann nahm ich einen kleinen Schluck und dann noch einen. Ob Gerson einen Witz gemacht hatte? „Schmeckt gut, der Kaffee“, sagte ich, nur um etwas zu sagen. Ich wollte mir keine Blöße geben, weil ich wieder einmal seinen abgründigen Humor nicht verstanden hatte.

„Hörst du mir überhaupt zu?“

Ich stellte meinen Pappbecher auf die Parkbank, so dass er nicht durch die breiten Ritzen zwischen den Latten fiel und drehte mich zu Gerson hin. Irgendetwas an seinem Ton ließ mich aufhorchen. „Sag`s noch mal!“

Er seufzte geziert. „Siehst du, so geht es mir immer, wenn ich mal von deiner Stute anfange. Du hörst einfach weg. Aber gut! Ich finde, Nine sollte ...“

„Gerson! Du meinst, ich sollte Nine decken lassen? Warum sagst du es nicht gleich?“

Ich beugte mich zu ihm und gab ihm einen Kuss auf die Wange. In diesem Augenblick fiel der Kaffeebecher um, glücklicherweise konnte ich wenigstens den Deckel auffangen, doch meine neue Jeans war ab sofort nicht mehr bürotauglich. Gerson schob mir ein Papiertaschentuch hin und ich wischte an dem Fleck herum, doch eigentlich war mir der Fleck ziemlich egal. „Ist nichts passiert“, sagte ich schnell und richtete mich auf. „Ganz ehrlich, ich habe schon länger darüber nachgedacht; aber ich war mir nicht sicher, was du dazu sagen würdest, deshalb habe ich meinen Mund gehalten.“

Der kleine Junge kickte schon wieder den Fußball in unsere Richtung,

„Warum redest du eigentlich nie mit mir über Dinge, die dir wichtig sind?“, sagte er und ich spürte, wie er versuchte, einen aufsteigenden Groll im Zaum zu halten.
Was meinte er denn? Er hatte meine Pferdeleidenschaft immer als *Virus* bezeichnet und mir vorgeworfen, zu viel Zeit im Stall zu verbringen. Aus seiner Sicht hatte er irgendwo recht, das musste ich zugeben, deshalb wollte ich gerade jetzt keine Grundsatzdiskussion über erste und zweite Dinge anfangen. Gerson war immer noch Spitze im Ping-Pong – er hätte meine Argumente einfach umgedreht und sie mir zurückgeschossen.
„Ich habe gestern mit Iris darüber gesprochen, sie ist für ein paar Tage in Heidelberg.“
„Siehst du, genau das meine ich – du redest mit allen möglichen Leuten, nur nicht mit mir!“
„Ach Gerson, du ahnst gar nicht, wie ich mich freue, dass gerade *du* den Vorschlag mit Fohlen gemacht hast!“
Gerson zerknüllte seinen Kaffeebecher und verfehlte nur knapp den Papierkorb. „Was hat Iris denn gemeint?“, sagte er, und nun klang er merklich entspannter.
Meine Freundin Iris, die Pferdezüchterin, verbrachte gerade ein paar Tage in Heidelberg. Einmal im Jahr besuchte sie das Grab ihrer Zwillingsschwester Marga, die vor drei Jahren bei einem tragischen Reitunfall auf dem Leierhof ums Leben gekommen war. Wie immer, wenn Iris in Heidelberg Station machte, übernachtete sie bei Edda, ihrer alten Mentorin in Ziegelhausen. Bei ihr holte sie sich Rat in allen Fragen, die

mit Pferdehaltung zu tun hatten. Und seit neuestem auch in Zuchtfragen.
„Iris will Freibergerpferde mit Trakehnern kreuzen und verspricht sich viel von dieser Mischung. Deshalb hat sie mich gefragt, ob ich ihr vielleicht Nine als Zuchtstute ausleihen will."
Gerson stand auf, um den Ball des Jungen, der schon wieder zu uns heraufgerollt war, zurück zu kicken. Der Kleine wollte Aufmerksamkeit; offensichtlich hatte er sich einen Spielonkel gesucht und ihn auch gefunden.
„Du könntest Nine in ihre Obhut geben?", fragte Gerson und setzte sich wieder auf die Bank.
„Über Einzelheiten haben wir noch nicht gesprochen. Ich habe mir immer schon ein Fohlen von Nine gewünscht, aber als Zuchtstute will ich sie nicht abgeben. Iris versteht das, sie will Nine trotzdem mit zu sich nach Montmirail nehmen."
Iris war kurz nach Margas Tod mit ihren Pferden vom jurassischen Teil des Kantons Bern in das kleine Dorf Montmirail im französischsprachigen Kanton Jura gezogen, in die *Franches Montagnes*, die Freiberge, dem Zuchtgebiet der Freiberger Pferde. Sie sprach fließend Französisch, weil ihre Großeltern aus dem Industriestädtchen Tramelan im Jura stammten. Ihr Großvater hatte dort eine kleine Uhrenfabrik mit 20 Arbeitern besessen, lange bevor die Swatch in China produziert wurde. Heute gab es in Tramelan kaum noch Uhrenfabriken, dafür war die Nachbarstadt Saignelegier wieder zum Zentrum der Freibergerzucht geworden. Die Pferdezucht stellte dort einen beachtlichen Wirtschaftsfaktor dar.

„Sag mal –*Bellelaye*, wo liegt das?“ Gerson zog die Zeitung, auf der er die ganze Zeit gesessen hatte, hervor und blätterte darin, offensichtlich hielt er einen Themenwechsel für angebracht.
„Das ist das Nachbardorf von Montmirail, glaube ich, es gibt dort ein altes Kloster.“
„Das jetzt eine Psychiatrische Klinik beherbergt?“
„Kann sein.“
„Hör dir das an: Unter Vermischtes steht: *Pferdemörder gefasst. Unzählige junge Stuten mussten ein blutiges Ende finden, bis der Pferdemörder endlich gefasst wurde. Der 30-jährige Wohnsitzlose, der die Tat gestand, war vor einem Jahr aus der Psychiatrischen Klinik Bellelaye als geheilt entlassen worden. Doch schon nach einem halben Jahr hatte ihn seine schwere Schizophrenie wieder im Griff. Er glaubte, von Pferden, insbesondere von Stuten verfolgt zu werden. Allein im Kanton Bern tötete er 20 Tiere auf grausame Weise.*“
„Oh, mein Gott! Nur gut, dass Montmirail im Kanton Jura liegt!“, sagte ich.
„Und dass sie ihn gefangen haben! Das ist doch die Hauptsache, oder? Du, mir wird kalt!“ Gerson rieb sich die Ohren. „Es sieht nach Regen aus!“
Ich schaute zum Himmel. Ein frostiger Wind wehte aus dem Neckartal heraus und hinter der Ernst-Walz-Brücke zogen dunkle Wolken auf. „Ich fahre lieber jetzt schon raus zu Nine und hole die Pferde von der Wiese.“
Gerson hauchte mir ein Küsschen auf die Wange, drehte sich um und machte sich an seinem Mountain-Bike zu schaffen, das an der Buchsbaumhecke lehnte. „Bis heute Abend“, rief er mir zu, als er sich in den

Sattel schwang. „Wir können ja noch mal darüber reden."
Der kleine Junge, der seinen Ball schon wieder in unsere Richtung gekickt hatte, stand verloren auf der Neckarwiese, unschlüssig, ob er die Böschung hinaufklettern sollte. „Dein Spielonkel ist weg", rief ich ihm zu; da nahm ihn seine Mutter an der Hand und zerrte ihn hinter sich her, um den Ball zu holen.

2

Als ich über die Brücke fuhr, hatte sich der Himmel von Westen her zugezogen. Über dem Schloss glänzte noch der tiefblaue Herbsthimmel, doch mit dieser Pracht würde es bald vorbei sein. Schon als ich meinen Golf auf dem Parkplatz des Leierhofs zwischen zwei Pferdeanhänger abstellte, fielen die ersten dicken Regentropfen und drückten kleine Kreise in die staubige Frontscheibe. Vom Auto aus sah ich Nine, wie sie ihren Hals aufreckte und mit gespitzten Ohren in meine Richtung spähte. Die anderen Pferde auf der Weide grasten ruhig weiter. Ob Nine Automarken erkennen konnte? Ich war noch nicht einmal ausgestiegen!

Schnell ging ich zu ihrer Weide über die Straße. Die Stute lief zum Zaun und brummelte mir zu. Ich öffnete den unteren Teil des Weidezauns und schlüpfte hindurch. Dann klinkte ich den Führstrick in den Ring des Stallhalfters, doch gerade als ich Nine hinausführen wollte, stupste mich etwas Weiches in die Seite. „Oh je! Dich hätte ich fast vergessen!“ Pepino, das dicke, freche Pony mit dem XXL-Selbstbewusstsein, war

seit diesem Sommer Nines Koppelpartner. Seit die beiden zusammen auf die Weide gingen, war Nine so ruhig wie ein Lämmchen geworden. Pepino, der früher keinen Schritt zu viel getan hatte, war neuerdings völlig aufgekratzt und spielte sich als Nines Beschützer auf. Nine war seine Stute, und wer es nicht wusste, dem machte er es unmissverständlich klar.
„Du bleibst erst mal hier." Doch er wollte mich nicht verstehen und drängelte mit aller Macht an Nines Seite.
„Pepino, es regnet." Weiter kam ich mit meinem Argument nicht. Statt mir aus dem Weg zu gehen, baute sich der Dicke vor Nine auf. Entweder wir beide, oder keiner, schien er zu sagen. Er blitzte mich aus seinen mandelförmigen Augen an und ließ das Weiße schimmern. Mist – ich hätte die Koppel mit dem Elektroband abtrennen sollen, bevor ich Nine holte, aber jetzt war es zu spät. Dicke Tropfen prasselten auf die Straße und ich hatte nicht einmal eine Regenjacke an.
„Er benimmt sich wie ein Hengst."
„Iris! Du kommst genau richtig!" Ich übergab ihr Nines Führstrick und bückte mich, um Pepinos Halfter aufzuheben. Doch gerade als ich den Panikhaken in den Ring einhaken wollte, machte das Pony einen Satz und galoppierte mit fliegender Mähne am Koppelzaun entlang. „Der kommt schon wieder", sagte Iris. „Bring Nine in den Stall, ich warte hier auf unseren Heißsporn!"
Mir lief das Wasser in den Hemdkragen und es war ungemütlich kalt. „Okay! Danke! Bis gleich im Stall."

Nine spitzte die Ohren und schlug einen Schritt an, der so raumgreifend war, dass ich neben ihr in Trab fallen musste. Schadet nichts, dachte ich, da wird mir wenigstens warm. Ich versuchte gleichmäßig zu atmen, Seitenstechen musste nicht sein. Im Vorbeigehen bemerkte ich auf dem Parkplatz einen großen weißen BMW. Er fiel mir sofort auf, weil sein Lack trotz des Regens makellos blitzte. Die meisten Einsteller auf dem Leierhof fuhren ältere Modelle, denen man ihre Jahre als Zugmaschinen von Pferdeanhängern ansah, doch dieser Wagen war bestimmt keine drei Wochen alt. Ich nahm mir vor, Tom nach dem Besitzer zu fragen. Vielleicht war es ein neuer Einsteller und weil wir schon lange keine Neuen auf dem Hof mehr gesehen hatten, machte mich diese Aussicht neugierig.
„Ho, ho, ho!" Der stets hilfsbereite Tom hatte meine bedrängte Lage bemerkt. Er war noch keine vier Wochen auf dem Hof und Nine gehorchte ihm aufs Wort. Es brauchte nur eine tiefe Männerstimme und Nine stand wie ein Standbild im strömenden Regen!
Tom hatte den Hof von den schmallippigen Peynibels übernommen. Gerade noch rechtzeitig, denn hätten Mutter und Tochter noch länger das Regiment geführt, wäre auch den nachsichtigsten Pferdebesitzerinnen der Geduldsfaden gerissen. Als erstes hatte Tom das „y" aus dem Namen entfernt und es durch ein „i" ersetzt. „Leierhof, das gefällt mir besser!" Mit dem kleinen „i" kehrte die gute Stimmung auf den Leierhof zurück. Als nächstes verschwanden die gelben Klebezettel mit den Befehlen „Bitte Türe zu und Licht aus!" Statt neue Stallordnungen zu verfassen

und sie im Reiterstübchen auszulegen, verpackte er seine Vorschriften, mit denen er äußerst sparsam umging, in lustige Geschichten, die jedem unmittelbar einleuchteten. Tom konnte zwei Hafersäcke unter einem Arm tragen, ständig war er mit Nägeln, Hammer und Säge unterwegs und reparierte im Handumdrehen alles, was nicht mehr niet-und nagelfest war. Mit seinem schwarzen Vollbart, seinem dicken Bauch und seiner Schildkappe kam er mir vor wie eine jüngere Ausgabe von Bud Spencer und er freute sich diebisch, wenn ich ihn auf die Ähnlichkeit mit dem Westernhelden ansprach.

„Tom, sag ihr, dass sie weiterlaufen soll“, schnaufte ich. Die Regentropfen rannen mir den Nacken hinunter und ich fühlte, wie mir die Kälte unter mein dünnes Fleece auf die Haut kroch. Tom griff grinsend in seine Jackentasche und zog eine Möhre hervor. Sofort kam Bewegung in die Statue. Nine machte ihren Hals lang und einen Schritt auf die Möhre zu. „Jetzt aber schnell, hinter uns höre ich schon Hufgetrappel, da kommt dein Beschützer.“

Als ich Nine mit einem Strohwisch trocken gerubbelt hatte, kam Tom mit dem Futterwagen in den Stall. „Eine Schippe Hafer und eine Pellets?“, fragte er. Er suchte einen Vorwand, um mit mir ins Gespräch zu kommen, er wollte irgendetwas loswerden. Noch bevor ich antworten konnte, hatte er das Kraftfutter schon durch die Gitteröffnung geschüttet.

„Hast du den dicken weißen BMW gesehen?“ Der Wagen schien ihn zu beeindrucken, warum wusste ich nicht.
„Ja, hab ich – wem gehört er denn?“, sagte ich vorsichtig, denn ich ahnte, dass es sich bei dem Besitzer um irgendeine Berühmtheit aus der Pferdeszene handelte, von der Tom meinte, dass ich sie kennen müsse.
Er ließ die Schöpfkelle in die Haferkiste fallen und wischte sich mit dem Ärmel über die Stirn. „Ob du es glaubst oder nicht, es ist Luis Maertens!“
„Ach so?“ Da hatte ich die Bescherung. Jetzt wusste ich den Namen, aber ich konnte nichts mit ihm anfangen.
„Er will zu uns zum Training kommen, anscheinend hat er bei sich auf dem Hof nicht genug Ruhe, um mit seinem Pferd zu arbeiten. Keine Ahnung.“
„Luis Maertens, sagst du?“ Allmählich dämmerte mir etwas. „Ist das nicht der Besitzer des Sonnenhofs? Diesem schicken neuen Verkaufsstall, wo du ein Pferd ab 50 000 Euro kaufen kannst – vollkommen roh, versteht sich?“
„Ja, genau, der ist es! Du wirst ihn bestimmt noch kennen lernen, Vera. Er hat Kohle wie Heu. War wohl mal als Immobilienmakler tätig – oder Banker? Man munkelt, dass er gerade eine wichtige Funktion im Zuchtverband übernommen hat – ein hohes Tier, sozusagen, ich glaube, er mischt noch in einer anderen Liga mit, aber was er da macht, darfst du mich nicht fragen.“
„Ja, genau – ich habe einen Artikel über ihn im Reiterjournal gelesen. Muss ein toller, einflussreicher Typ sein.“ Meine Begeisterung hielt sich in Grenzen. Das

mit dem Reiterjournal war glatt gelogen, aber ich wollte mich nicht als Ignorantin outen. Ich stellte mir einen älteren Herrn mit Bauchansatz vor, so um die 60, der vorgab, sein Pferd zu trainieren, wenn er es ein paar Runden im Schritt durch die Halle ritt und ihm den Hals krumm zog. Einer, der viel Geld angehäuft hatte mit Immobilien und Finanzgeschäften und sich auf seine alten Tage seinem Hobby widmete und nebenbei mit Pferden handelte. Und damit natürlich auch wieder viel Geld verdiente. Solche Leute gab es in anderen Reitställen eine Menge, auf dem Leierhof war mir zum Glück noch keiner begegnet.

In diesem Augenblick kam Iris zu uns. „Was ist los mit dir? Ich dachte, wir wollten einen Kaffee trinken! Ich warte und warte und du stehst hier und hältst einen Schwatz mit Tom."

3

Die Schiebetür zur Reithalle stand offen. Der Typ auf dem Schwarzbraunen erinnerte mich an unseren ehemaligen Reitlehrer Roberto. Doch dieser Mann sah noch viel besser aus. Groß und schlank, lange Beine, sportlich, so um die 40 vielleicht, auf keinen Fall älter. Er strahlte eine umwerfende Souveränität aus, die mich faszinierte.
„Kennst du ihn?", fragte Iris.
„Das ist Fango!" Den Wallach hatte ich schon ein paar Mal bei uns in der Halle gesehen. Da hatte ihn Mascha geritten. Der Reiter sah dem Springreiter Rodrigo Pessoa ähnlich, dachte ich und spürte eine leichte Gänsehaut auf meinen Armen; wenn dieser Pessoa einen Tick älter wäre, würde er so aussehen wie er, verbesserte ich mich. Gerade da hatte er einen fliegenden Galoppwechsel vom Feinsten hingelegt. Was für ein Glück Mascha mit ihren Pflegepferden hatte, der Wallach ging mindestens M-Dressur, so wie er jetzt durch die ganze Bahn traversierte.
Und sein Besitzer? Mascha hatte schon oft von ihm geschwärmt, kein Wunder, bei dieser Ähnlichkeit mit

einem Reiterstar, dessen Konterfei in allen Reitjournalen abgebildet war! Sie war bestimmt in ihn verknallt.
„Nicht dein Typ, oder?“ Iris riss mich aus meinen Gedanken.
„Fango? Ich finde ihn umwerfend!“
Iris lachte. „Ich habe den Reiter gemeint.“
Ich schwieg verlegen. Nicht mein Typ? Wie kam sie darauf? Weil er das genaue Gegenteil von Gerson war? Warum fragte mich Iris so penetrant nach meiner Meinung zu diesem Kavalier aus? Kavalier? – Ein Blick überzeugte mich, dass ich recht hatte. Ja, auf dem Pferd saß ein Kavalier! Ob sich Iris vielleicht insgeheim für mich einen Reiter als Partner wünschte? Warum? Reiten war schließlich nicht alles im Leben und Gerson und ich hatten vieles gemeinsam. Es stimmte, Gerson war ein bisschen schräg mit seiner Vorliebe für Jazz aus dem vorigen Jahrhundert, Bachs Cellosuiten, für den Oldie-Sender im Bermudafunk und für ultramoderne Literatur, die niemand außer ihm richtig verstand, mit seinem Frotzeln und seiner Freude, mich bei jeder passenden und unpassenden Gelegenheit aus dem Gleichgewicht zu bringen. Aber in den meisten Fällen hatte er mit seinen Sticheleien irgendwie recht und tief in seinem Innern stand er fest auf meiner Seite. Wir waren schon drei Jahre zusammen und mir war es keine Minute langweilig mit ihm gewesen. Zwischen Gerson und dem Unbekannten lagen Welten; schon allein die Körpergröße – da gab es eine Differenz von mindestens 20 cm.
Der Typ konnte reiten, meine Güte! Die Parade zum Halten aus dem Galopp hatte er vollkommen aus dem

Sitz geritten, er hatte eine weiche Hand und eine vorbildliche Haltung, er schien eins mit seinem Pferd zu sein, war ganz bei ihm, vollkommen konzentriert. Jetzt hatte er uns bemerkt; er schaute zu uns herüber und nickte. Hatte Iris nicht gerade etwas zu mir gesagt?
„Der Besitzer von Fango?“, sagte ich stockend. „Oder so“, fügte ich hinzu, einfach nur, um etwas zu sagen, ich war mir bewusst, wie dumm ich auf Iris wirken musste.
„Mir ist kalt“, sagte sie. „Lass uns endlich unseren Kaffee trinken gehen.“

4

Im Reiterstübchen bullerte der eiserne Holzofen, die Flammen züngelten rot hinter der Glastür und verbreiteten eine wohltuende Wärme. Zu seinem Einstand hatte Tom einen Kaffeeautomaten mitgebracht, der keine Wünsche offen ließ. Mit den Espressobohnen aus Steiners Kaffeerösterei stand unser Reiterstübchen dem kleinen Café in Neuenheim in nichts nach. Iris füllte zischend-heiße Milch in ein Latte Macciato-Glas, ich nahm einen doppelten Espresso mit zwei Stückchen Zucker. Wir setzten uns an den Ofen, versonnen rührte ich in meinem großen Schwarzen herum, als die Tür aufging. Ein kalter Luftzug drang herein, ich schluckte – da stand er! Mindestens ein Meter 90 groß, genau wie ich ihn mir vorgestellt hatte. Jetzt erschien er mir doch ein bisschen älter, ich schätzte ihn auf Ende vierzig, vielleicht Anfang 50, doch er sah drahtig und durchtrainiert aus. Im Erraten des Lebensalters meiner Bekannten war ich noch nie gut gewesen.
„Hallo", sagte er mit einem breiten Lächeln. „Da sitzt ja mein Publikum! Darf ich Sie zu einem Gläschen

Prosecco einladen?“ Die Frage war an Iris gerichtet, doch ich antwortete schnell, bevor Iris den Mund aufmachen konnte. „Gerne, ein Gläschen Prosecco wäre jetzt genau das richtige.“ Keine Ahnung, was in mich gefahren war, ich trank um diese Tageszeit nie Alkohol und außerdem hatte ich meinen doppelten Schwarzen noch nicht einmal zu Hälfte ausgetrunken. Ich sah Iris an, die Mühe hatte, ihr Grinsen zu verbergen. Er ging zur Bar, öffnete den Kühlschrank und kam mit drei Gläsern und einer Flasche Sekt zurück.
„Ich bin Luis Maertens“, sagte er, als er die Gläser füllte. Wir prosteten uns zu.
„Der Leierhof gefällt mir; ich suche ein ruhiges Plätzchen, um zu trainieren. Auf meinem Hof geht es zu wie in einem Bienenhaus. Das ist gut fürs Geschäft, sehr gut sogar“, fügte er mit einem schelmischen Grinsen hinzu, „doch meinem Fango bekommt es gar nicht. Ich gäbe viel darum, wenn ich Fango hier unterstellen könnte.“
„Ihren Fango? Und ich dachte, Sie wären unser neuer Stallnachbar?“ Meine Enttäuschung musste mir an der Nasenspitze abzulesen sein. Es war mir peinlich und ich wartete nur auf eine Gelegenheit, diesen Eindruck zu verwischen.
„Im Augenblick ist keine Box frei, hat Tom gesagt“, sagte Luis. „Ich habe mich auf die Warteliste setzen lassen.“
„Die Situation kann sich schnell ändern, stimmt`s, Vera?“
Iris hatte recht. Ich musste daran denken, wie ich vor drei Jahren verzweifelt nach einer Box für Nine gesucht hatte. Auf dem Leierhof hatten sie uns auf die

Warteliste gesetzt. Und schon am nächsten Tag hatte ich ein Angebot bekommen. Und dann hatte die ganze Geschichte ihren Anfang genommen, das Gute und das Unheimliche, die ganze Reihe der Ereignisse, die bis zu Margas Tod geführt hatte.
„Ach Vera, häng nicht so an den alten Sachen", sagte Iris. „Es muss doch nicht gleich wieder ein Pferd an einer Kolik eingehen!"
„Iris, bitte!" Kolik war für mich ein Reizthema und Nines einziger Schwachpunkt. Bei diesem Wort reagierte ich allergisch. Doch Iris plapperte sorglos weiter. „Es gibt viele Möglichkeiten, warum eine Box plötzlich frei werden kann." Worauf wollte sie hinaus? Auf einen Reitunfall, der die Besitzerin zur Aufgabe des Reitsportes zwingt? Oder auf einen schweren Sehnenschaden oder einen Beinbruch, Verletzungen, bei denen nur noch der Gnadenschuss in Frage käme? Vielleicht hatte sie auch die plötzliche Verarmung einer Pferdebesitzerin im Sinn, Arbeitslosigkeit oder Insolvenz, auch das war auf dem Leierhof schon vorgekommen.
„Eine Stute könnte gedeckt werden und für ein paar Monate in einen Zuchtstall wechseln", sagte Iris. Luis, der unsere Unterhaltung amüsiert mitverfolgt hatte, wurde auf einmal ernst: „Ach wirklich? So eine Möglichkeit besteht? Davon hat mir dieser Bud Spencer gar nichts verraten."
Luis hatte Toms Ähnlichkeit mit dem Sheriff also auch wahrgenommen!
„Tom weiß von nichts", sagte ich. Iris schaute mich verdutzt an.

„Ich habe ihm noch nichts gesagt. Aber es stimmt! Gerson und ich haben beschlossen, dass Nine ein Fohlen bekommen soll."
Ich hatte ein bisschen übertrieben, von einem Beschluss konnte keine Rede sein, doch ganz falsch war meine Bemerkung auch wieder nicht.
„Vera, ist das wahr? Dann lass uns alles zu dritt besprechen; heute Abend, wenn es euch passt? Ich habe einen neuen Anhänger gekauft, morgen hole ich ihn ab und in drei Tagen fahre ich wieder zurück nach Montmirail, da könnte ich Nine gleich mitnehmen."
„Wohin? Nach Montmirail?" sagte Luis betont beiläufig.
„Ein kleines Dorf im Schweizer Kanton Jura", sagte Iris. „Ich wohne noch nicht lange dort, doch so viel weiß ich: Montmirail ist ein zauberhaftes Dorf mit ausgesprochen liebenswürdigen und freundlichen Bewohnern." Ganz entgegen ihrer nüchternen und sachlichen Art kam Iris richtig ins Schwärmen. „Ich habe in kurzer Zeit viele gute Freunde und hilfsbereite Nachbarn gefunden, und es gibt dort eine Menge Pferdefreunde."
„Ach wirklich?", sagte Luis ein bisschen gelangweilt. „Montmirail, sagten Sie?"
„Würde mich sehr wundern, wenn Sie es kennen würden."
„So? Ja, es klingt wie nach einem Kaff am Ende der Welt!"
„Genau", sagte Iris, „und das gefällt mir so gut. In dieser abgelegenen Gegend haben sich früher die wilden Gesellen gesammelt – Anarchisten, Schmuggler und Wiedertäufer." Iris war dabei, sich festzuquatschen.

Luis warf mir einen Blick aus seinen schwarzbraunen Augen zu, bei dem mein Herz wie wild zu klopfen anfing.
„Iris, ich glaube, wir müssen los." Ich stand auf und stellte mein Glas und meine Kaffeetasse in den Spülstein. Mein Herz hatte sich beruhigt und ich wollte lieber kein Risiko eingehen. „Es ist schon spät, zehn nach sechs." In einer Stunde würde Gerson nach Hause kommen.
Iris nickte. „Ja, wir haben noch etwas vor." Sie gab Luis die Hand. „Ich wünsche Ihnen viel Glück, ich hoffe, Vera kann mir bald berichten, dass Sie mit Ihrem Pferd auf dem Leierhof eingezogen sind."
„Ich komme ab sofort zwei-oder dreimal pro Woche mit Fango zum Reiten", sagte er zu mir. Es klang, als ob er mir etwas anvertrauen wollte, das nur uns beide anginge und zwischen uns bleiben sollte. Dann gab er mir die Hand und suchte meinen Blick. „Bis bald also."
Draußen hatte es aufgehört zu regnen. Schweigend ging ich mit Iris zum Parkplatz. Eine merkwürdige innere Unruhe hatte mich gepackt; ich hätte gerne mit ihr über Luis Maertens gesprochen, sie nach ihrem Eindruck gefragt, doch ich wusste nicht, wie ich es anfangen sollte. Iris öffnete die Tür ihres Range-Rovers und setzte sich auf den Fahrersitz. „Kannst du um 20 Uhr bei uns sein? Damit wir mit Gerson sprechen", sagte ich.
Iris nickte und blieb sitzen, ohne den Zündschlüssel ins Schloss zu stecken.
„Was ist los, warum sagst du nichts?"

„Ich warte, weil – wolltest du mir nicht noch etwas sagen?“
Mit ihrer Feinfühligkeit und ihrem Gespür für Zwischentöne hatte Iris meine Gedanken erraten, und ich bekam einen roten Kopf, das war mir peinlich. Ich fuhr mir mit der Hand durchs Haar, es fiel mir schwer, die richtigen Worte zu finden.
„Iris“, sagte ich, „kein Wort über Luis zu Gerson, bitte.“

5

Er kam schon am nächsten Nachmittag. Als ob wir uns verabredet hätten, saß er auf seinem Pferd, als ich mit Nine die Halle betrat. Luis ließ die Zügel lang, wir ritten ein paar Runden Schritt nebeneinander und plauderten. Dann saß er ab und verließ die Halle. Nach dem Absatteln schaute er uns von der Tribüne beim Reiten zu.

„Ihr versteht euch“, sagte Luis anerkennend. Er war ohne Umstände zum „Du“ übergegangen, kam unaufgefordert in die Bahn und sammelte Nines Pferdeäpfel mit dem *Appel-Boy* auf. Diese praktischen Geräte hatten uns die Peynibels hinterlassen. Seit ihrem Weggang standen sie auf allen unseren Reitplätzen herum und mit der Zeit hatten wir uns an ihren Gebrauch gewöhnt. Luis blieb noch eine Weile in der Mitte stehen und betrachtete Nine. „*Nine Days Wonder*, was für origineller Name für eine prachtvolle Stute!“ Nine hörte, dass er von ihr sprach, sie spitzte die Ohren und zeigte ihren schönsten Trab.

„Wenn ich sie so sehe, dann tut es mir richtig leid, dass Fango ein Wallach ist.“

Solche Bemerkungen überging ich einfach und konzentrierte mich aufs Reiten. Obwohl sich Nine immer noch so lebhaft und eigensinnig benahm wie am Anfang, hatte mir Iris beigebracht, mich nicht mehr durch ihre Eskapaden verwirren zu lassen. Ich hatte durch ihren Unterricht eine große Portion Sicherheit gewonnen und Nine dankte es mir; sie war viel ruhiger und durchlässiger geworden.
Luis beobachtete uns aufmerksam. „Es liegt an deinem Sitz", sagte er. „Und an deiner ruhigen Hand."
Hast du das gehört, Nine? Wie lange war es her, dass uns jemand mit so viel positivem Feed-Back beim Reiten zugesehen hatte? Wenn mir Iris Unterricht gab, dann achtete sie penibel auf meine Fehler, die sich immer wieder von neuem einschlichen und sie entdeckte jedes Mal etwas anderes. Iris war unbestechlich in ihren Kommentaren, es würde mich nicht weiterbringen, wenn sie nur meine Stärken lobte, sagte sie. Eine ruhige Hand! Und ein unabhängiger Sitz! Ich musste zugeben, es tat gut, was ich da gerade zu hören bekam. An diesen beiden Klippen hatte ich lange gearbeitet, jetzt schien sich endlich ein Erfolg zu zeigen.
„Vera!" Ich schreckte auf; ich war in meine Gedanken versunken und hatte nicht bemerkt, dass Luis die Halle verlassen hatte. Ich hob den Kopf und da war er. Auf der Tribüne, nur durch eine Holzbalustrade von mir getrennt. Er hatte seine Reithandschuhe ausgezogen und sein Hände auf das Geländer gelegt. Was für lange, schmale Finger er hatte – Klavierspielerhände – wie viel Gefühl musste in diesen Fingern stecken! Unsere Augen trafen sich, sein Blick durchzuck-

te mich wie eine jähe Berührung mit einem elektrisch geladenen Weidezaun, den ich bis hinunter in die Zehenspitzen spürte.
„Willst du Fango reiten, ein-bis zweimal die Woche, wenn Nine weg ist?“
Ich musste erst einmal Luft holen, um mich von seinen schwarzbraunen Augen zu lösen, in denen so viel Wärme lag.
„Aber – du hast doch Mascha?“ Ich ließ die Zügel lang und klopfte Nine den Hals, ich brauchte Zeit, um meine Überraschung zu überspielen.
„Mascha? Sie kommt nur aushilfsweise“, sagte er schnell, als wolle er sich nicht mit Nebensächlichkeiten aufhalten. „Ich kann Nines Box übernehmen, wenn sie weg ist.“
„Ach, das weißt du schon?“
„Tom hat es mir gerade gesagt. Du willst doch bestimmt reiten, wenn Nine auf Mutterurlaub geht?“
Natürlich wollte ich das! Nine würde gut ein Jahr oder noch länger wegbleiben, ein Leben ohne Pferd und ohne Reiten, selbst wenn es nur für ein Jahr wäre, konnte ich mir schlecht vorstellen.
„Brauchst du eine Reitbeteiligung?“
„Nicht irgendeine, jemand Zuverlässiges wie dich; jemand mit viel Reiterfahrung und Zeit, keine Schülerin oder Studentin.“
Nine zog mir den Zügel durch die Hand und kratzte sich mit der Nase am Griffelbein, eine Unsitte, die ich ihr schon längst hatte abgewöhnen wollen.
„Meinst du nicht, dass Fango zu stark für mich ist?“
„Ach was, so wie du reitest! Das schaffst du, glaub mir. Ich gebe dir Unterricht, zeige dir seine Stärken

und seine schwachen Punkte – du wirst sehen, es dauert nicht lange, bis du raus hast, wie du ihn anschieben musst."
„Zeit genug hätte ich ...", sagte ich und fühlte schon wieder mein Herz klopfen. Fango war mein Traumpferd! Warum eigentlich nicht? Ich konnte meine Arbeitszeiten im Reisebüro selbst einteilen und alle meine Schreibarbeiten von zu Hause aus erledigen.
„Das klingt verlockend!", sagte ich, doch irgendetwas hielt mich davon ab, fest zuzusagen. Nine, die meine Unsicherheit spürte, machte zwei Schritte rückwärts. Ich klopfte mit meinen Absätzen sanft an ihren Bauch. Fango, dachte ich, während ich Nine den Hals tätschelte. Warum nicht? Doch was würde Gerson dazu sagen? In meine Freude über das verlockende Angebot mischte sich ein winziges Fünkchen schlechtes Gewissen. An den Wochenenden würde ich öfter mal zu Nine ins Jura fahren müssen und mindestens zwei Tage unterwegs sein. Aber davon abgesehen – würde die neue Aufgabe mich nicht zu stark beanspruchen? Zu viel Zeit verschlingen, die ich mit Gerson hätte verbringen können?
„Gibst du mir ein bisschen Bedenkzeit? Ich will es mir überlegen, Luis."

6

„Kann ich dir irgendwie helfen?“ Wenn es um Stalldinge ging, war Gerson nicht oft so hilfsbereit.
„Ich muss nur noch das Sattelzeug putzen und die Winterdecken waschen, dann noch neue Transportgamaschen kaufen, und eine Schabracke. Das Lederhalfter, das ihr Liberty zum Einzug geschenkt hat, ist zerrissen, und ...“
„Das Fohlenprojekt scheint in einen gigantischen Konsumausflug zum Reitsportparadies Müller auszuarten“, maulte Gerson.
„Man gönnt sich ja sonst nichts“, sagte ich lachend und schob seine Kritik einfach zur Seite. Schließlich war es mein Geld, das ich zum Fenster hinauswarf.
„In drei, vier Tagen ist es soweit“, unterbrach Iris unsere Wortgeplänkel. „Ich muss meinen neuen Hänger noch zum TÜV bringen, dann kann es losgehen.“
Vier Tage, dachte ich erleichtert. Bis dahin würde ich alles Notwendige zusammengepackt haben. Ich konnte sogar noch meinen Spind saubermachen, damit Luis Platz für sein Sattelzeug hatte.

Die Vorbereitungen für Nines Reise verliefen wie geplant, es ging alles seinen Gang und doch fühlte ich mich wehmütig, wenn ich Nine mittags auf die Koppel führte. Sie schaute mich aus großen, wachen Augen an und lief aufmerksam neben mir her. Wenn ich den Führstrick löste, blieb sie bei mir stehen und legte mir den Kopf auf die Schulter. Erst wenn ich ihr einen Klaps gab und sie aufforderte, zu Pepino zu laufen, drehte sie sich um und galoppierte die Wiese hinunter. Eine Stute trug ungefähr 11 Monate. Ein ganzes Jahr oder noch länger ohne Nine, das würde mir nicht leicht fallen. Ich vermisste sie schon jetzt, bei dem bloßen Gedanken daran.
Nachdenklich stand ich am Koppelzaun. Nine stand Seite an Seite mit Pepino und kraulte ihm das Fell. Plötzlich durchfuhr mich ein Gedanke: Ich hatte sie überhaupt nicht gefragt, ob sie sich von mir trennen wollte! Und noch dazu so lange? Vielleicht wollte sie überhaupt kein Fohlen? Der Leierhof war doch seit drei Jahren ihre Heimat, hier fühlte sie sich wohl, hier hatte sie ihren Pepino und mich natürlich.
Iris konnte sich mit Pferden verständigen, sie wusste genau, was ihre Pferde von ihr wollten. Ich hatte es auch schon versucht, doch ich war mir nie ganz sicher gewesen, ob die Antworten nicht in meinem Kopfkino entstanden wären. Ich schloss für einen Moment die Augen. *Geh zu ihr und frag sie.* Das war Iris, ich hörte sie deutlich. Gut, dann versuche ich es. Aber was, wenn sie *Nein* sagt? *Feigling,* hörte ich Iris wieder. *Du bist ein Feigling. Geh hin und frage sie.*
Sie hatte es mir erklärt. Alles was ich tun müsse, war ruhig werden, im Innern still, tief atmen und Verbin-

dung zum Erdboden und zum Himmel aufnehmen. Durchatmen und die Energie fließen lassen. Und dann meine Frage, eine Art Bild in meinem Kopf und eine Einladung an Nine, etwas dazu zu sagen. Und die Antwort? Eher ein Gefühl, ein Bild, eine Farbe, oder eine Körperempfindung, warm oder kalt zum Beispiel. Die Empfindung wäre plötzlich da, und ich wüsste sofort, dass sie nicht meinem Hirn entsprungen wäre.

Schritt für Schritt, langsam und bedächtig ging ich zu ihr. Auf halbem Weg kam sie mir entgegen, brummelte fröhlich und stupste mich von der Seite an.

Willst du ein Fohlen, Nine? Der Gedanke war da, bevor ich ihn denken konnte, und leicht und einfach kam die Antwort. Ich spürte Zustimmung und reine Freude. Von Nine ging eine wohlige Wärme aus, die auf mich übersprang und mich fröhlich stimmte. Willst du mit Iris in die Schweiz, fragte ich weiter. Auf einmal verwandelten sich meine Hände in Eisklötze. Ob es an dem kalten Nordwind lag, der gerade da aufkam? Eine Antwort war das jedenfalls nicht! Das Wetter machte mir einen Strich durch die Rechnung, mein Experiment war zu Ende. Aber konnte ich nicht doch zufrieden sein? Ich hatte meine Frage gestellt und eine wunderbare Antwort bekommen! Nine wollte ein Fohlen, und daraus folgte zwangsläufig, dass Iris sie in die Schweiz mitnahm. Vergnügt knöpfte ich meine Jacke zu und hakte den Führstrick ein. „Wir machen uns lieber vom Acker, bevor du noch eine Erkältung bekommst.“ Ich muss ihr noch eine dicke Winterdecke kaufen, dachte ich, Montmirail lag über

1000 m hoch, im Winter würde es bestimmt eisig werden.

„Hast du den Pferdepass mit den Impfungen griffbereit?"
„Was braucht sie denn?", fragte ich mit einem mulmigen Gefühl. Meine frühere Stallfreundin Liberty hatte mir abgeraten, Nine impfen zu lassen. Und weil ich in den letzten beiden Jahren nicht mehr mit Nine auf Turniere gegangen war, hatte ich die Impfungen einfach vergessen.
„Tetanus und Pferdeinfluenza, wie alle Sportpferde", sagte Iris.
Ich schluckte und fischte nach meinem Handy. „Könntest du bitte Nines Impfpass heraussuchen und nachschauen, wann sie das letzte Mal gegen Influenza geimpft wurde?"
Es dauerte keine fünf Minuten, bis sich Gerson zurückmeldete. „In diesem Jahr nicht, wie es aussieht, – soll ich dir den Pass vorbeibringen?"
„Nicht nötig, ich rufe lieber gleich Dr. Abnemer an, drück mir die Daumen, dass er morgen noch vorbeikommt."

7

Gerson stellte sich quer. Er benahm sich wie ein bockendes Pferd; träge, zäh und unwillig wie eines, das man in der Mittagshitze von der Weide holte um schwere Dressurlektionen zu üben.
„Du willst an drei Tagen in der Woche und wahrscheinlich auch noch am Wochenende diesen Tango reiten?"
Ich spürte, wie er alle seine Stacheln aufstellte und sie in meine Richtung drehte. „Was soll das heißen?"
„Genau das, was ich gesagt habe. Du hast Abmachungen getroffen, ohne mich zu informieren."
„Er heißt Fango!"
Gerson musterte mich mit zusammengekniffenen Augen und schwieg.
„Du irrst dich", sagte ich. „Ich habe ihm keine feste Zusage gegeben."
Was als Angebot zur Versöhnung gemeint war, verfehlte seinen Zweck völlig.
„Also doch! Du hast mit ihm gesprochen. Ohne mich vorher zu fragen. Vera, das finde ich nicht fair."

Was hatte Gerson eigentlich? Ich verstand ihn wirklich nicht. Es war seine Idee gewesen, Nine in der Schweiz decken zu lassen. Und jetzt bockte er, nur weil ich zwei oder dreimal in der Woche Fango reiten wollte. Warum spielte er auf einmal die beleidigte Leberwurst?

„Wir könnten zusammen joggen gehen, wenn du Sport machen willst."

„Gerson! Jetzt hör mir mal zu. Wie oft soll ich es noch sagen: Reiten ist kein Sport!"

„Das ist es ja. Ich sehe voraus, dass es bei zweimal die Woche nicht bleibt. Wenn dieser Lewis, oder wie er heißt, auf Geschäftsreisen geht, oder auf Urlaub, dann bist doch du für das Pferd verantwortlich!"

Es nützte nichts, es abzustreiten. Luis hatte mir sogar Berittgeld angeboten, das würde mich verpflichten, ordentlich mit dem Pferd zu arbeiten.

Gerson ließ nicht locker. „Ich dachte, dass wir mehr Zeit für uns hätten, wenn Nine weg ist. Wir könnten spontan übers Wochenende weg fahren, oder uns nachmittags irgendwo verabreden, wir könnten endlich mal unsere Freunde besuchen und zusammen ins Kino gehen."

Darum ging es ihm also! Und ich hatte geglaubt, Gerson hätte an Nine gedacht, als er den Vorschlag mit dem Fohlen gemacht hatte! Weit gefehlt – ich hatte mich getäuscht! Er wollte Nine wegschaffen, er war auf Nine eifersüchtig, er wollte mich für sich alleine haben und mit keinem anderen teilen, schon gar nicht mit einem Pferd.

Ich nahm mir einen Apfel aus der Obstschale und biss krachend hinein.

„Zwei-oder dreimal, Gerson, soviel Zeit habe ich übrig. Ich muss im Training bleiben, schließlich kommt Nine erst nach einem Jahr wieder zurück."
Gerson schaute mich voller Groll an: „Du glaubst doch wohl selbst nicht, dass du das Reiten verlernst?"
Es war zwecklos, gegen seinen Ärger anzureden. Dass sich die Rückenmuskulatur schon nach wenigen Tagen zurückbildete und es lange dauerte, bis man sie wieder auftrainiert hatte, solche unter Reitern allgemein bekannten Tatsachen brauchte ich ihm jetzt nicht vorzuhalten.
Es gelang mir, vollkommen sachlich zu bleiben. „Der Besitzer von Fango übernimmt meine Boxenmiete, ich muss kein Standgeld bezahlen, das kommt meinem Geldbeutel zugute."
Wenigstens dieses Argument schien Gerson zu besänftigen. Er zog sich einen Küchenstuhl heran und setzte sich an den Tisch, nahm sich eine Banane aus dem Obstkorb und begann sie bedächtig zu schälen.
„Wer ist eigentlich der Besitzer dieses Wunderpferdes?", fragte er nach einer Weile.
Darauf hatte ich mich vorbereitet. „Er heißt Luis Maertens; ein Pferdemann durch und durch, nicht mehr ganz jung, mit viel Geld und wenig Zeit, wie das halt so ist. Er hat was mit Immobilien zu tun und einen exklusiven Verkaufsstall." Das mit den Immobilien hatte ich erfunden, irgendwie schien es mir zu Luis zu passen und es würde ihn in Gersons Augen garantiert seriöser machen.
„Merde? Heißt er wirklich *Merde*?" Sollte das ein Witz sein, oder war es wirklich ein Missverständnis? Vielleicht lag es an meiner weichen süddeutschen Aus-

sprache – keine Ahnung. *Merde*, sollte er ruhig denken, was er wollte. Ich atmete erleichtert auf, er hatte nichts gemerkt.

8

In der ersten Woche trafen wir uns drei Mal. Luis gab mir viele gute Ratschläge. „Fango darf keinen Zug bekommen.“ Sein Fell sei dünn. „Dafür schwitzt er kaum bei der Arbeit“, sagte Luis, „Ich brauche ihn nicht zu scheren, wenn es kalt wird.“
Luis war immer schon vor mir da, hatte sein Pferd gesattelt und es warm geritten. Wenn ich in die Halle kam, stieg er ab, hielt mir den Steigbügel, damit ich aufsitzen konnte und gab mir Reitunterricht. Ich musste Fango erst kennenlernen, herausfinden, wie er auf meine Hilfen reagierte und wie er geritten werden wollte. Zwischen Luis und mir gab es keine Missverständnisse, seine Kommandos waren klar, und Fango reagierte weich und durchlässig auf meine Hilfen. Unter Luis' Anleitung fühlte ich mich sicher und frei zugleich.
In der Reithalle blieben wir allein und ungestört, da es nicht viele gab, die bei den milden spätherbstlichen Temperaturen in der Halle ritten.
Luis stand in schwarz-glänzenden Reitstiefeln mitten in der Bahn; seine beigen Breeches, die bei jedem

anderen lächerlich altmodisch ausgesehen hätten, gaben ihm etwas extravagant Männliches. Manchmal hielt er inne und schob sich mit einer eleganten Handbewegung die Haare aus der Stirn. Luis' starker Bartwuchs und seine buschigen Augenbrauen ließen seinen Teint noch dunkler erscheinen. Ich musste mich zusammen nehmen, um nicht andauernd zu ihm hinzusehen. Irgendetwas an ihm zog mich unwiderstehlich an. War es seine erotische Stimme? Dieser kehlig-raue Ton, der so sanft bei mir ankam? Der wie Bitterschokolade in mir schmolz, zart, süß, herb und mit winzigen Sporen, die tief in meinem Innern ziemlich viel aufwühlten. Ich konnte nicht genug davon bekommen und wurde mit jedem Wort süchtiger. Ich hatte mich schon einige Male dabei erwischt, wie ich das Handy in der Hand hatte, um Luis anzurufen, einfach nur um seine Stimme zu hören.
Wenn wir fertig waren, gab ich Fango die Zügel hin und ließ den Wallach laufen. Er blieb vor Luis stehen und ließ sich von ihm den Hals klopfen. Luis schaute mich an und der Besitzerstolz stand ihm ins Gesicht geschrieben. „Fango wird unter dir richtig zum Pferd!“, sagte er.
Luis wusste, wie er mir schmeicheln konnte; er lobte Fango, und ich fühlte mich einzigartig und ganz; es war ein Gefühl, das ich kannte, und schon lange vergessen hatte. Jetzt kam es plötzlich wie eine Welle auf mich zu. Es war wie damals, als ich mich in Gerson verliebt hatte. Luis ließ dieses Glücksgefühl in mir wieder aufleben und dafür war ich ihm unendlich dankbar. Ich beugte mich über Fangos Hals, da spürte ich Luis' Hand auf meinem Arm. Für einen Außenste-

henden musste es so aussehen, als habe er mich unabsichtlich gestreift, doch auf mich wirkte es wie eine liebevolle Berührung. Ich schaute Luis verträumt an, doch gerade da zog er seine Hand wie elektrisiert zurück und trat einen Schritt zur Seite. „Vera, es sucht dich jemand!"
Ich erstarrte. Nicht möglich – wer denn? Und warum gerade jetzt?
Auf der Tribüne stand Gerson. „Jetzt zeig mir mal dein Wunderpferd, reite mir was vor!", rief er mir zu. Er war bester Laune, doch meine Stimmung sank augenblicklich auf den Nullpunkt.
Auf Kommando vorreiten? Unmöglich! Was dachte sich Gerson eigentlich? Ich warf Luis einen schnellen Blick zu, er schien mich zu verstehen, denn er nickte. Dann saß ich ab und übergab Luis die Zügel. Gemeinsam gingen wir zum Ausgang. „Sie sind ein paar Minuten zu spät gekommen", sagte Luis.
Gerson zuckte die Schultern und lachte. „Ihnen gehört also das Wunderpferd, von dem Vera so schwärmt? Ich habe Sie mir anders vorgestellt, viel ..."
Das hätte noch gefehlt – wenn Gerson ausplauderte, was ich ihm über Luis erzählt hatte! Es wäre mir peinlich gewesen, wenn Luis mitbekommen hätte, dass ich mit Gerson über ihn geredet hatte. Und noch peinlicher, wenn Luis erfahren hätte, was ich über seine berufliche Situation erzählt hatte. Luis hatte mir nicht einmal gesagt, in welcher Branche er arbeitete. Was ich über ihn wusste, hatte ich von Tom, und der Rest war frei erfunden.
„Gibst du mir mal den Hufkratzer?" Gerson schaute sich um, hob einen Kratzer vom Boden auf und gab

ihn mir. Ich hatte mich schnell wieder gefangen und sagte so ruhig wie möglich: „Genau, das ist Luis Maertens, der Besitzer von Fango.“ Während ich mich bückte, um Fangos Hufe zu säubern, gaben sich die beiden Männer die Hand. Ich ließ mir viel Zeit und als ich mit den Hufen fertig war, nahm ich den Besen und kehrte den Sand zusammen.

9

„Ich lade Sie zu einem Glas Prosecco ins Reiterstübchen ein.“, sagte Luis.
„Alkohol? Um diese Tageszeit?“ Gerson konnte Luis nicht ausstehen, und er zeigte es ihm deutlich. Doch Luis ließ sich von ihm nicht einschüchtern.
„Fango ist nicht leicht zu reiten und Ihre Frau weiß ihn zu packen.“
Ich zuckte zusammen, meinte Luis etwa, dass Gerson und ich verheiratet wären?
Gerson lächelte gequält. „Ja, das hat sie mir erzählt.“
„Ich habe Vera vorgeschlagen, Fango zu reiten, selbstverständlich werde ich den Beritt bezahlen“, sagte Luis sachlich wie ein Geschäftsmann. Es ging ihm nur um Fango, das fiel sogar Gerson auf. „Vera hat auf Nine viel gelernt und Iris lobt sie sehr.“ Es klang wie eine Art Friedensangebot.
Erleichtert legte ich den Hufkratzer in den Holzkasten zu den Bürsten und Striegeln, griff noch einmal zum Besen und fegte Fangos Hinterlassenschaften an die Seite. Die beiden Männer schwiegen sich jetzt verbissen an; Gerson trat von einem Fuß auf den anderen

und fixierte mich. Die Situation war nicht auszuhalten.
„Ich bringe Fango zum Hänger“, sagte ich, „ihr zwei könnt ja schon mal ins Reiterstübchen gehen.“
Ich brauchte dringend frische Luft. Obwohl es noch nicht einmal 19 Uhr war, war es draußen schon dunkel. Die Abendluft war frisch und klar und mit jedem Atemzug fühlte ich mich wohler. Das war gerade noch einmal gutgegangen! Was war bloß in Gerson gefahren? In den letzten drei Jahren war er schätzungsweise ein- oder zweimal bei Nine und mir vorbeigekommen, aber nur, um Abwechslung in seine Bikertrainingsstrecke zu bringen. Statt nach Weinheim fuhr er die Runde über Schwetzingen, und dabei kam er unweigerlich am Leierhof vorbei. Doch ausgerechnet heute hatte er sich ins Auto gesetzt und war in den Stall gefahren! Warum denn? Um mich reiten zu sehen? Was sah er da schon? Die drei Gangarten Schritt, Trab und Galopp konnte er inzwischen unterscheiden, doch ihm fehlte ein Blick für Feinheiten, für Übergänge, für das Zusammenspiel von Pferd und Reiterin, kurz, für alles, was mir Reiten bedeutete. Warum also ausgerechnet heute?
Ich führte Fango auf die heruntergelassene Rampe, er ging brav in den Hänger und machte sich über das prall gefüllte Heu-Netz her. Ich stemmte die Rampe hoch und verriegelte die Tür. Morgen würde Iris Nine ins Jura bringen; bevor ich mich zu den beiden Männern setzte, wollte ich schnell noch einmal bei ihr vorbeigehen und nachsehen, ob die Stute gut eingedeckt war.

Am Putzplatz vor dem Stall stand eine neue Einstellerin mit ihrem Pferd. Sie war vor kurzem mit ihrem Friesen, einem massigen, schwarzen Kerl, auf den Leierhof gekommen. Die Frau schaute kurz auf, als ich vorbeiging und nickte mir zu. Sie hatte die Stöpsel eines Headsets in den Ohren und murmelte irgendetwas vor sich hin. Von den anderen Pferdebesitzern ließ sich heute Abend keiner blicken.
Als Roberto noch Reitlehrer bei uns war, herrschte um diese Zeit immer Hochbetrieb. Die Pferdemädchen hatten ihre Hausaufgaben erledigt oder kamen von der Arbeit und Roberto gab eine Reitstunde nach der anderen. Doch nach seinem plötzlichen Weggang hatte sich alles geändert. Zwar waren die meisten Boxen wieder belegt, doch Tom musste sich anstrengen, um die Pferdebesitzerinnen, die immer anspruchsvoller wurden, was das Futter und die Einstreu anging, bei der Stange zu halten.
Im Stall war es wärmer als draußen, die Pferde standen mit gesenkten Köpfen in ihren Boxen und kauten geräuschvoll an ihrem Heu. Ein kurzer Blick in meine Richtung, ein aufgerichtetes Ohr, ein Schnauben, das war alles.
Nines Boxentür stand offen. Wie gut, dass ich noch einmal nachgesehen hatte; es war meinem Pferd zuzutrauen, dass sie die Tür ganz aufschieben und einen Ausflug auf die Stallgasse machen würde. Tom ließ sich beim Füttern immer viel Zeit, er hatte noch nie vergessen, die Gittertür zuzuschieben, doch wer sonst hätte die Tür öffnen können?
Ich blieb wie angewurzelt stehen, was ich sah, rührte mich zu Tränen.

Gerson stand neben Nine, er hatte einen Arm über ihren Widerrist gelegt und seine Wange an ihren Hals geschmiegt. Die beiden schienen so vertraut miteinander, als ob sie jeden Tag stundenlang miteinander spazieren gingen. Nine, die meine Nähe spürte, spitzte die Ohren und streckte mir den Kopf entgegen, und Gerson sagte, sichtlich verlegen: „Sie fährt doch weg morgen, ich wollte mich von ihr verabschieden."
Ich ging auf ihn zu und dann umarmten wir uns. Nine schnaubte leise, als wolle sie sicherstellen, dass alles in Ordnung mit uns wäre, dann legte sie ihren Kopf für einen Augenblick auf Gersons Schulter. Sie schaute mich an, schnaubte noch einmal und knabberte an ihrem Stroh.

10

„Wenn alles gut geht, sind wir in fünf Stunden da.“ Iris stieg in ihren dunkelgrünen Range Rover. „Ich ruf dich an, sobald ich Nine ihren neuen Stall gezeigt habe.“

„Wir bleiben in Kontakt! Informiere mich über alles, was Nine betrifft, auch Belangloses.“

„Versprochen!“

Ich ging um den Hänger herum und kontrollierte die Tür. Wenn es so etwas wie ein gutes Vorzeichen gab, dann war es der Umstand, dass Nine ohne den geringsten Widerstand in den Anhänger gegangen war. Mit Grausen erinnerte ich mich, wie sie sich gegen das Verladen gesträubt hatte, als ich sie wegen einer schweren Kolik in die Tierklinik hatte bringen müssen. Ein Schritt auf die Rampe; Stopp. Reiterstandbild. Zwei Schritte zurück, dann wieder einen Schritt vor und gleich zwei zurück. Und das Ganze noch einmal und dann noch einmal. Ich fuhr zusammen. Iris hupte. Sie wollte los, je früher sie ankämen, desto besser. Das Wetter würde halten, und es war Sonntag, da

blockierten die LKWs nicht die ganze rechte Fahrspur auf der Autobahn.
„Also dann, macht's gut, ihr zwei!"
„Bis bald! Ich freu mich auf dich – warte nicht zu lange, bis du uns besuchst – und bring Gerson mit!"
Das Seitenfenster schloss sich geräuschlos, Iris gab vorsichtig Gas und hupte noch einmal zum Abschied. Ich stand am Hoftor und winkte, bis das Gespann hinter dem Hügel am Wegkreuz verschwand.
Ich wischte mir eine Träne aus dem Augenwinkel. Noch vor einer Woche hätte ich nicht geglaubt, dass ich mich bei Nines Abreise so traurig fühlen würde.
Gerade da kam Tom aus dem Stall. „Hallo Vera, schon so früh unterwegs?", rief er mir zu. Ich zuckte matt mit den Achseln, weil ich keine Lust auf ein Gespräch hatte. Als er mein langes Gesicht sah, sagte er: „Sie kommt doch wieder und noch dazu mit einem Fohlen."
Ich seufzte: „Du hast ja recht!"
„Gut, dass ich dich sehe", sagte Tom. „Luis Maertens hat angerufen, er will heute schon deine Box haben."
Hätte natürlich auch Zeit bis morgen gehabt, dachte ich, doch warum eigentlich nicht? Die Box war leer und ich tat ihm gern den Gefallen. „Von mir aus", sagte ich. Ich helfe dir beim Ausmisten, wenn du willst."
„Nicht nötig, das kann ich schneller als du!"
Innerhalb kurzer Zeit hatte er die ganze Box gesäubert. Dann brachte er frisches Stroh und wunderbar duftendes Heu. Bevor er eine Schippe Hafer in den Trog gab, schrubbte ich noch schnell die Krippe und wischte die Tränke aus.

„Er wird jede Minute hier sein", sagte er, „Es ist schon zehn durch."
„Und hier bin ich!" Luis gab Tom die Hand und mir ein Küsschen auf die Wange. Er warf einen Blick in die Box: „Da wird er sich wohlfühlen, der Dicke!" Tom hatte weder an Stroh noch an Heu gespart, die Krippe blitzte vor Sauberkeit und das Wasser in der Tränke war glasklar.
„Du erlaubst doch, Vera?" Doch er wartete meine Antwort gar nicht ab, zog einen Schraubenzieher aus der Hosentasche und schraubte Nines Namensschild ab, das er auf den Boden fallen ließ. Dort blieb es liegen. Ich tat so, als ob ich seine Unachtsamkeit nicht bemerkt hatte und las das neue Schild:
Fango XX 4.6.1997
von Wiesenklee XX aus der Laguna XX.

„Hat er nur Blüter in seiner Verwandtschaft?", fragte ich.
Luis grinste. „Genau das bedeutet das XX, alles Vollblutpferde", sagte er in einem belehrenden Ton. „Ich habe nicht alle draufschreiben lassen. Die Stuten sind meistens Trakehner."
Ich hob Nines Schild auf, das immer noch auf dem Boden lag. „Nine ist eine Nerwa Tochter", sagte ich leise.
„Was sagst du?", fragte er, doch ich spürte, dass er mit seinen Gedanken anderswo war. „Willst du ihn heute noch reiten, ich habe Zeit, wir sollten noch einmal die Seitengänge ansprechen."

11

Am nächsten Tag kam eine E-Mail von Iris, gespickt mit Smileys. „Wir sind gut angekommen und Nine hat sich problemlos eingewöhnt. Das Futter schmeckt ihr. Unser Klima ist rauer als bei euch, wir lassen uns Zeit.“

Wenn Iris zu viel zu tun hatte, schickte sie mir eine SMS:

„Nine fühlt sich wohl. Ihre Box hat einen kleinen Auslauf. Bald kommt der Schmied, er wird ihr die Eisen abnehmen.“

In diesem Jahr ließ der Schnee im Jura auf sich warten. „Meine Pferde stehen noch auf der Weide“, berichtete Iris. „Ich will Nine in die Stutenherde stellen. Sie kommt ohne Hufeisen gut zurecht, wenn du willst, kannst du sie auch später barfuß gehen lassen.“

Mit jeder neuen E-Mail vermisste ich meine Stute mehr. Allmählich realisierte ich, dass ich mich auf eine längere Zeit ohne Nine einstellen musste.

Immer wenn ich auf den Leierhof kam, um Fango zu reiten, schaute ich bei Pepino vorbei. Er stand traurig auf seinem Paddock und brauchte dringend Zuspruch. Ich hatte ein paar Mal versucht, ihn alleine auf die Wiese hinauszustellen, doch der kleine Wilde war nicht zu halten gewesen, hatte den Boden im halsbrecherischen Galopp unter seinen Hufen gepflügt und unentwegt nach seiner Stute geschrien. Ich hatte Angst um seine Sehnen und Gelenke, und Tom um seine Weide. Seit Nines Abreise war Pepino nicht mehr auf die Koppel gekommen.

„Die Koppelsaison ist für dieses Jahr beendet“, sagte ich zu dem Dicken. „Nächstes Jahr finden wir dir ein anderes nettes Mädel.“ Doch jedes Mal, wenn ich unter der Stange hindurch zu ihm auf den Paddock kroch, drehte er mir das Hinterteil zu. Er machte mich für seinen traurigen Zustand verantwortlich, das war mir klar. Wahrscheinlich wollte er gar kein anderes Mädel, er vermisste seine Nine.

„Iris hat angerufen“, sagte Gerson, als ich aus dem Stall zurückkam. „Sie war ganz aufgeregt.“

„Ist was mit Nine?“

„Keine Ahnung, du sollst sie zurückrufen.“ Ich war durchgefroren und sehnte mich nach einer heißen Dusche. Doch zuerst musste ich wissen, was mit Nine los war. Ich schälte mich aus meiner Reithose, wusch mir schnell Gesicht und Hände, zog mir den Bademantel über und griff zum Telefon. Es klingelte nur zwei Mal, dann hatte ich Iris in der Leitung. Gerson deutete auf das Lautsprecherzeichen des Telefons, weil er mithören wollte.

„Ich habe einen Hengst gefunden! Ein kleiner Haken ist dabei, er soll im Januar in Glovelier gekört werden. Er ist der Favorit und wird garantiert alle Preise ab-

sahnen. Er gehört Monsieur Poliglott, meinem Kollegen. Ich habe Nine schon mal angemeldet."
„Wunderbar! Schickst du mir ein Bild von ihm? Wie heißt er eigentlich?"
„Du brauchst nur deinen PC anzuwerfen, dann siehst du ihn!"
Nach meiner Kündigung an der Uni hatte ich mir zu Hause im Gästezimmer ein Büro eingerichtet, mit allem, was ich für meinen Job bei Massimos „Reisen der anderen Art" brauchte: Einen PC mit Drucker, Fax und Telefon. Seit kurzem hatte Gerson mir sogar Skype installiert. Wenn er unterwegs war, und das kam ziemlich oft vor, konnten wir kostengünstig über den Computer miteinander sprechen und uns auch mal zuwinken.
Gerson stand schon an meinem Schreibtisch und fuhr den PC hoch.
„Da, schau dir ihn an: *Paletti, der Hengst für alle Fälle.* Der sollte unserer Nine gefallen!"
Iris hatte uns einen Zeitungsartikel gescannt, in welchem die Hengstanwärter für die diesjährige Körung in Glovelier vorgestellt wurden. Paletti wurde darin über die Maßen gelobt. Von seiner Ehrlichkeit war die Rede und von seinem großen Kämpferherzen. Mit 158 cm Stockmaß war er deutlich kleiner als Nine und stämmiger ohne plump zu wirken. Er hatte eine dichte, helle Mähne, die aussah wie ein Büschel Schilfgras, ein lausbübisches, freundliches Gesicht, er wirkte keck und sportlich. So wie er aussah, würde Paletti die Prüfung, von der abhing, ob er als Zuchthengst in das Register aufgenommen werden würde, mit Bravour bestehen.

Ich begann zu rechnen. Die Körung fand traditionell am zweiten Januarwochenende statt. Je nach ihrer Rosse konnten wir Nine dann irgendwann im Februar oder März decken lassen. „Vielleicht dauert es auch länger“, sagte Iris.
„Warum?“
„Wenn unser kleiner Liebling so gut abschneidet, wie wir hoffen, dann darf er den Stationstest machen.“
„Was heißt das?“
„Er bleibt noch 40 Tage in Glovelier. In dieser Zeit wird er angeritten und eingefahren.“
„Dauert das alles nicht viel zu lang? Könnten wir nicht vorher ...?“
„Wie stellst du dir das vor? Wir haben uns doch für den Natursprung entschieden? Das heißt, dass der Hengst selbst in Aktion treten muss, aber das geht nicht, weil er die 40 Tage stationär in Glovelier verbringen muss. Soll ich deine Nine etwa heimlich in seine Box schmuggeln?“ Iris lachte. „Unmöglich! Die Schweizer würden so was glatt als Angriff auf die Reinheit der Zucht ansehen. Nein, jetzt mal im Ernst, ich habe eine Idee.“
Gespannt wartete ich, dass Iris mir ihren Plan mitteilen würde, doch sie sprach nicht weiter.
„Wolltest du mir nicht etwas sagen?“
„Ach, das hat Zeit, Plan B – vielleicht brauchen wir ihn gar nicht.“
Nach der Besamung würde die Zeit des Wartens beginnen. Würde Nine aufnehmen? Wenn alles gut ginge, blieben von da an noch elf Monate, bis das Fohlen auf die Welt käme. In den ersten Monaten blieb das Kleine bei Nine und sie musste es säugen. Diese Zeit

des Fohlens bei Fuß würde bestimmt noch einmal ein halbes Jahr dauern. Alles in allem würde Nine gut zwei Jahre wegbleiben. Ich schluckte.

„Okay, wenn du meinst, dass dein Nachbar – wie heißt er doch?“, sagte ich stockend.

„Poliglott“, rief Gerson, der sich an meinem Drucker zu schaffen machte.

„Also, wenn Monsieur Poliglott mitmacht, dann bin ich mit allem einverstanden.“

Ich drückte auf die rote Taste und legte den Apparat in die Basisstation, um endlich unter die Dusche zu verschwinden.

„Halt, stopp! Einen Augenblick noch.“ Gerson wedelte mit einem Blatt Papier durch die Luft. „Muss noch eine Sekunde trocknen.“ Ich tippelte ungeduldig von einem Fuß auf den anderen. Beim Reiten hatte ich geschwitzt und im Bademantel war es mir kalt geworden. Doch Gerson gab mir kein Pardon. Fotos waren sein Ressort mit allem, was dazu gehörte. „Da ist er: Dein Hengst für alle Fälle!“

Es war eine zauberhafte Aufnahme. Paletti trabte mit wehender Mähne auf mich zu, schaute mich aufgeweckt an und rief: *„Alles Paletti*, oder was?“

12

Ich musste immer öfter für Luis einspringen. Sein Verkaufsstall florierte, mit Sportpferden sei eine Menge Geld zu machen, sagte Tom. Er hatte mir verraten, dass Luis auch noch mit einer Vereinsgründung beschäftigt wäre, es ginge dabei auch um Pferde, doch Tom wusste nichts Genaues. Er sprach mit großem Respekt von Luis, er war glücklich, einen so reichen und erfolgreichen Mann als Einsteller zu haben. Und dass es dazu gekommen war, hatte Tom auch ein bisschen mir zu verdanken.
Ich ritt Fango gerne, besonders, wenn Luis mir dabei zuschaute. Die Bekanntschaft mit ihm entschädigte mich dafür, dass meine alten Freundinnen und Freunde Liberty, Roberto und Carmen nicht mehr auf dem Leierhof waren. Ich hatte mich immer danach gesehnt, einmal einen Mann kennenzulernen, der meine Pferdeleidenschaft teilte und mit dem ich mich übers Reiten austauschen konnte. In unseren Gesprächen standen immer die Pferde im Mittelpunkt und ich freute mich besonders, wenn er sich nach Nine erkundigte:

„Geht es ihr gut? Gibt's was Neues?"
Ich zuckte die Achseln. „Iris hat einen Hengst ausgesucht, aber wir müssen die Körung abwarten."
„Soll er in Glovelier gekört werden?"
„Du kennst dich gut aus – ich habe zum ersten Mal von diesem Ort gehört, und du tust so, als ob es sich um die Körung im Landesgestüt Marbach handelt."
„.Ich habe gute Geschäftsfreunde, die mich auf dem Laufenden halten", sagte Luis. „Was hast du gesagt – wie heißt der Hengst?"
Hatte ich Luis seinen Namen wirklich schon verraten? Wenn ja, musste ich mich verplappert haben, denn ich hatte Iris versprochen, absolutes Stillschweigen über unsere Pläne zu bewahren. Aber warum eigentlich?
Ich fand nichts dabei, doch vorsichtshalber bat ich ihn:
„Du sagst ihn niemandem weiter, versprochen? *Paletti* heißt er."
„Der diesjährige Favorit? Soll ein ordentlicher Kracher sein. Iris versteht etwas von ihrem Job! Er hat null Prozent Fremdblut."
Luis brachte mich zum Staunen. Wenn es jemanden bei uns in Baden gab, der sich in der Schweizer Pferdezuchtszene auskannte, dann war es Luis.
„Was soll das heißen – Fremdblut?"
Ein merkwürdiges Wort, das bei mir mit dunklen Assoziationen verknüpft war: Rasse, Blut und Gene und die Reinheit der Zucht – das waren Begriffe, die ich von meinem Großvater her kannte. Ihm war es natürlich nicht um Pferde gegangen. Er war schon als Kind in die Hitlerjugend eingetreten und, obwohl er im

Alter die Grünen wählte, war er ein in der Wolle gefärbter Nazi geblieben. Von Rasse und Blut sprach er natürlich nicht offen, doch an seinen Kommentaren zu bestimmten politischen Ereignissen hatte ich seine braune Grundeinstellung unschwer ablesen können.
Luis schien mein Stirnrunzeln nicht zu bemerken und ahnte nichts über meinen gedanklichen Ausflug in unsere dunkle Nazi-Vergangenheit.
„Ganz einfach, es geht darum, das „Original Freiberger Pferd“ zu erhalten. Sein Fremdblutanteil darf 2% nicht übersteigen.“ Luis klang auf einmal ernst. Der freundlich-verbindliche Ton in seiner Stimme war verschwunden. Was er sagte, wirkte streng und ein bisschen oberlehrerhaft.
„Dann wäre *Paletti* also so ein Original Freiberger Pferd?“
„Genau. Und deine Freundin Iris will ihn mit einer deutschen Stute kreuzen.“
Doch die dunkle Wolke auf seiner Stirn hielt sich nicht lange. „Vera, ich habe meine Kamera dabei – was hältst du davon, wenn ich ein paar Bilder von dir auf Fango mache?“
Natürlich war ich einverstanden. Mein Freund Gerson war Fotojournalist, und trotzdem gab es von mir kaum Bilder zu Pferde. Tierfotografie wäre nicht sein Gebiet, entschuldigte er sich, doch war das ein Grund, es überhaupt nicht zu versuchen? Wenn das Foto gelingen würde, würde ich Luis um einen Ausdruck bitten. Ich würde das Bild rahmen und es Gerson schenken. Schade, dass ich kein Foto von mir und Nine hatte, dachte ich, vielleicht hätte Gerson so ein Foto besser gefallen.

13

In der nächsten Woche befand ich mich in einem eigenartigen Seelenzustand. Ich konnte mich nur schlecht konzentrieren, brauchte doppelt solange für meine Reiseberichte und suchte stundenlang nach meinem Schlüssel, wenn ich aus dem Haus gehen wollte. Mein Herz klopfte und ich hätte jeden umarmen können, der mir über den Weg lief. Doch Gerson schien alles daran zu setzen, mir meine Freude zu vergällen. Schon wie er mich beim Frühstück schräg von der Seite her anschaute, gab meiner Hochstimmung einen Dämpfer. „Wenn ich es nicht besser wüsste, dann würde ich glauben, du bist verliebt."
Er ahnt etwas, durchfuhr es mich, doch glücklicherweise gelang es mir schnell, auf sicheres Terrain zurückzukommen. Ein Blick auf Gerson genügte – so mürrisch wie er sein Butterbrötchen in zehn kleine Teile schnitt und sie wie eine Mauer um seinen Tellerrand legte, sagte mir alles über seinen Gemütszustand. Gerson war ein Miesmacher, ein Spaßverderber. Und dabei war er doch an allem schuld. Wer hatte mir denn das Bild von Paletti in einen ro-

ten Rahmen gesteckt und so auf meinem Schreibtisch platziert, dass ich, ob ich wollte oder nicht, darauf schauen musste? Gerson hatte vollkommen recht. Ich war verliebt, nicht so sehr in Luis, wie mir Gerson unterstellte, sondern in Paletti, den jungen Rotschopf. Der Hengst war einfach umwerfend und ich wünschte mir nichts sehnlicher, als dass er gleich nach der Körung zu meiner Nine gebracht würde. Leider dauerte es bis dahin noch gute zwei Wochen und ich musste mich wohl oder übel in Geduld üben.

Nachts schlief ich unruhig und träumte immer wieder den gleichen Traum. Nine war rossig, es war nicht zu übersehen. Mit aufgestelltem Schweif und abgeschrägten Beinen stand sie da und rosste auf die Stallgasse. Da sah ich, wie sich ihr jemand mit einer Spritze näherte, ich konnte die Person nicht erkennen, doch ich war mir sicher, dass es ein Mann war. Nine sah ihn, riss ihre Augen auf und drehte sich zu mir um. Ich verstand jedes Wort: „Lass mich nicht allein“, flehte sie.
Schweißgebadet wachte ich neben Gerson auf, der friedlich vor sich hin schnarchte. Sie hat mich nicht mehr gehört, dachte ich, ich wollte ihr noch sagen, dass sie sich auf mich verlassen kann. Unsere Verbindung war abgerissen. Ich drehte mich auf die andere Seite und beruhigte mich mit dem Gedanken, dass Nine bei Iris in guten Händen war.

Am nächsten Morgen wurde ich durch ein penetrantes Kratzen draußen auf der Straße geweckt. Das Fenster stand einen spaltbreit offen und ein kalter

Windzug streifte meine Stirn. Ich stand auf und schaute hinaus. Im fahlen Licht der Straßenlaterne tanzten Schneeflocken, die Autos waren mit einer weißen Haube überzogen. Unser Nachbar machte sich mit der Schneeschippe auf dem Gehweg zu schaffen. Wenn es noch morgen so weiter schneite, würden auch wir zur Schippe greifen müssen.
Aus dem Badezimmer hörte ich Gersons Rasierapparat brummen. „Du hast immer noch keine Winterreifen montieren lassen?“, rief er.
Winterreifen? An alles hatte ich gedacht, nur nicht an Winterreifen.
„Zu spät, kaufen kannst du bestimmt keine mehr!“
Glücklicherweise musste ich mit meinem Golf nicht über Land fahren. Zum Leierhof würde ich auch mit meinen abgefahrenen Sommerreifen kommen. Die Hauptstraßen waren meistens gut geräumt und gestreut. Aber wenn ich zu Nine ins Jura fahren wollte?
„Komm bloß nicht auf die Idee, mit deiner klapprigen Kutsche ins Gebirge zu fahren.“
Genau das hatte ich vorgehabt. „Vielleicht schneit es nächste Woche nicht mehr“, sagte ich hoffnungsvoll.
Gerson zog den Stecker aus der Dose, kam zu mir ins Schlafzimmer und sah mich entgeistert an. „Bist du eigentlich von allen guten Geistern verlassen? Selbst wenn der Schnee von gestern wegtaut, kann über Nacht Neuschnee fallen und es kann zu Glatteis und Schneeverwehungen kommen. Montmirail liegt immerhin über 1000m hoch.“

14

„Unbedingt Iris anrufen!“ Den Zettel fand ich auf dem Küchentisch, als ich vom Yoga nach Hause kam. Yoga tat mir gut; ich hielt mich fürs Reiten fit und blieb gelenkig. Beim Üben waren wir Frauen unter uns und unsere Lehrerin verstand es, uns schnell in einen entspannten Zustand zu versetzen. Während dieser Stunde verstummte mein nerviger innerer Lautsprecher vollständig. Die Übungen mäßigten meine Ungeduld und dämpften meine dunklen Vorahnungen, wenn ich an Nine dachte, und wie lange ich von ihr getrennt sein würde.
Umso krasser empfand ich jetzt die Wirklichkeit meines Alltags. Da war der Zettel mit der Nachricht von Iris und jede Menge schmutziges Geschirr für Suppe, Hauptgericht und Nachspeise für zwei Personen. Gerson hatte einfach alles auf dem Küchentisch stehen lassen. Für wen hatte er da gekocht? Und warum waren sie so hastig aufgebrochen? Ohne große Hoffnung schaute ich in den Kühlschrank – nein – von dem wahrscheinlich opulenten Mahl war nichts übrig geblieben.

Mit spitzen Fingern fing ich an, Teller und Gläser in die Spülmaschine zu klemmen. Mit jedem Teil wuchs mein Groll. Eine dumpfe Ahnung sagte mir, dass es keiner unserer gemeinsamen Freunde war, den er bewirtet hatte.
Klingelte da nicht das Telefon? Iris, durchfuhr es mich, ich hätte mich gleich bei ihr melden sollen! Es war schon zehn Uhr, wenn sie so spät noch anrief, dann bedeutete das nichts Gutes. Hoffentlich war Nine nicht gestürzt! Auf dem glatten, eisigen Boden ausgerutscht, weil sie sich noch nicht ans Barfußlaufen gewöhnt hatte? Eine Sehnenzerrung oder ein dicker Bluterguss, der aufs Sprunggelenk drückte? Eine Erkältung? Sie war zwar geimpft, doch gegen fremde Viren bot die beste Impfung keinen Schutz. Wo hatte Gerson nur den Apparat hingelegt – nie brachte er ihn auf die Basisstation zurück! Da, in der Sofaecke blinkte etwas. Der Anrufbeantworter sprang an, und ich hörte Iris' Stimme: „Hallo Vera“, hastig griff ich zum Hörer und rückte auf die grüne Taste. „Ich bin's. Was gibt es? Hoffentlich nichts Schlimmes!“
„Wie man's nimmt. Willst du die gute oder die schlechte Nachricht zuerst hören?“
Es gab also eine Wahl und ich sagte: „Die gute!“
„Halt dich fest: Paletti ist gekört worden. Er hat unsere Erwartungen voll und ganz erfüllt. Er ist als Sieger aus allen Prüfungen hervorgegangen.“
„Uff, uff, uff!“ Der Indianerruf aus den Winnetou-Büchern meiner Kindheit war der einzige gute Kommentar, der mir zu dieser Meldung einfiel.
„Und die schlechte Nachricht?“

„Na ja, wirklich schlecht ist sie eigentlich auch nicht. Setze dich lieber: Paletti soll den 40-Tage Stationstest absolvieren."
„Und Nine?"
„Was soll mit Nine sein, es geht ihr prächtig!"
In diesem Augenblick hörte ich, wie die Wohnungstür aufgeschlossen wurde. „Iris, entschuldige, ich muss Schluss machen, wir telefonieren morgen noch einmal." Kaum hatte ich das Gespräch beendet, stand Gerson in der Tür.
„Hast du mit deinem Lover telefoniert, weil du gleich aufgelegt hast, als ich hereingekommen bin?"
„Ach Gerson!" Ich war viel zu glücklich, um ihm für seine dumme Stichelei böse zu sein.
„Seit wann können Pferde telefonieren? Paletti ist als Sieger aus der Körung hervorgegangen!"
„Na, dann ist ja wieder mal alles paletti", schmunzelte Gerson. Sein Blick fiel auf den Esstisch.
„Du hättest nicht aufräumen brauchen! Sandy musste schnell zum Zug, da habe ich ihr angeboten, sie hinzubringen."
Hatte ich richtig gehört – Sandy?
„Meine Kollegin aus der Redaktion – wir planen eine Fototour, die muss gut vorbereitet werden."
„Und warum weiß ich nichts davon?"
„Ach Vera, *come on*, ich habe dir doch neulich alles genau berichtet – dass wir nach Denver, Colorado fliegen – oder etwa nicht?"
„Hast du nicht, aber das macht nichts. Von Denver ist es nicht weit nach Wyoming, da werde ich Liberty Bescheid sagen, die wird ein Auge auf dich haben!"

Gerson ging zum Küchenschrank und nahm zwei Gläser heraus.
„Wir haben noch zwei Flaschen *Ulisses Lima*. Es sind die letzten. Ich schlage vor, wir machen eine auf, und ich erzähle dir alles noch einmal ganz von vorn."
Seinen *Ulisses Lima* hütete Gerson wie einen Goldschatz. Wenn er freiwillig eine Flasche des kostbaren chilenischen Rotweins anbot, dann gab es entweder etwas zu feiern oder er hatte ein schlechtes Gewissen und wollte etwas wiedergutmachen. Und heute?
„Ich möchte einfach mal wieder mit dir auf dem Sofa sitzen und Rotwein trinken", sagte er lächelnd und daran wollte ich nicht zweifeln.
„Wunderbar! Ich schneide mir einen Kanten Brot ab und nehme mir ein Stück Käse dazu."
Gerson sah mich zerknirscht an: „Oh, du Arme, du hast noch nichts zu Abend gegessen!"
Er legte den Arm um meine Schulter und wir gingen ins Wohnzimmer. Gerson öffnete die Flasche mit einem satten Plopp, goss einen Finger breit Rotwein in sein Glas und hielt inne. „Moment! Fast hätte ich es vergessen! Ich habe dir etwas mitgebracht!" Er sprang auf, ging hinaus und kam mit einem quadratischen Päckchen zurück. „Das ist für dich – *with love from me to you*!" Er drückte mir ein Küsschen auf die Lippen, überreichte mir das Päckchen und widmete sich wieder dem Einschenken.
Ein kleiner blauer viereckiger Umschlag, er fühlte sich hart an – eine CD, aber welche? Oldies von Simon and Garfunkel, Jazz aus dem vorigen Jahrhundert von Keith Jarett oder moderner Jazz – Helgoland von Jonas Westergaard? Cellostücke vom großen Johann

Sebastian, oder die neue CD von Bob Dylan? Gersons Musikgeschmack war abseitig und er ließ nichts unversucht, mich auf seine Seite zu ziehen.
„Mach es ruhig auf!“, sagte er.
The Killers, ich konnte es kaum glauben. *The Killers* waren meine Lieblingsband. Ich hörte ihre Songs am liebsten im Auto oder wenn ich allein zu Hause war. *Der Rock ist ein Gebrauchswert,* hieß es schon beim alten Marx, einer der wenigen Lehrsätze, die ich aus meinem Soziologiestudium mitgenommen hatte. Man musste ihn laut hören, bis zur Schmerzgrenze, sonst war Rock eben nicht zu gebrauchen. Gerson war anderer Meinung, aber erstens hatte er nicht Soziologie studiert und zweitens spielte das in diesem Augenblick keine Rolle.
„Das ist ja Wahnsinn – wie kommst du denn darauf? *Days and Age*! Die habe ich mir schon lange gewünscht! Danke!“
„Schieb sie gleich mal rein, ich finde sie nicht schlecht.“
Nach *The Killers* hörten wir noch die englische Suite vom alten Johann Sebastian und als Absacker die Neue vom alten Bob Dylan. Gerson erzählte mir von seinen Reiseplänen, Denver, Colorado und von da aus mit dem Auto nach Laramie, die schneebedeckten Rockies immer vor sich am Horizont. Alles war gut. Ich streckte mich auf dem Sofa aus und legte meinen Kopf in Gersons Schoß. Ich fühlte mich wohl und geborgen, seine Hand lag auf meinem Bauch und er streichelte mich sanft. „Denkst du eigentlich noch an unser Rotkäppchen?“, flüsterte er. Ich fasste seine

Hand und drückte sie. „Komm, lass uns ins Bett gehen“, flüsterte ich zurück.

15

Die Zeit verging wie im Fluge. Wir waren immer noch nicht zu Nine nach *Montmirail* gefahren. Iris beruhigte mich. Ich brauche mir keine Sorgen zu machen, sagte sie, alles liefe nach Plan, es sei sozusagen alles paletti.
Meistens ging ich an den Vormittagen mit meinem Laptop ins Büro. Anfang Januar lief das Reisegeschäft nicht besonders gut, die Weihnachtsferien waren vorüber und nur wenige Kunden verirrten sich in unser Reisebüro. Trotzdem bestand mein Chef Massimo auf den normalen Öffnungszeiten. Mir war es recht, ich konnte hier genauso gut arbeiten wie zu Hause, und manchmal genoss ich die Abwechslung sogar. Von meinem Schreibtisch konnte ich auf die belebte Brückenstraße hinaus schauen, was ich ausgiebig tat, denn mein Artikel über einen Nordic Walking Kurs in einem Vier Sterne Wellnesshotel im Allgäu erforderte nicht allzu viel Aufmerksamkeit. Ich hatte mein Handy angestellt, um für Iris jederzeit erreichbar zu sein.
Doch gerade, als das Handy losging, *Dadadadam, dadadadam*, gebieterisch und laut, fiel mein Blick auf

eine Gestalt hinter der Glastür. Stand da nicht Luis – Luis Maertens? Ob er mich besuchen wollte? Nein, unmöglich, er wusste doch gar nicht, wo ich arbeitete. Es war wirklich Luis, doch er war nicht allein. Er hatte den Arm um die Schultern einer jungen Frau gelegt. Sie trug schwarze, hohe Lackstiefel bis übers Knie und einen kurzen, taillierten Mantel aus einem billigen Leopardenfellimitat. Ihre Lippen waren zu einem knallroten Kirschmund geschminkt. Die roten, krausen Haare wurden von einem silberglänzenden Stirnband zurückgehalten, bei dessen bloßen Anblick meine Haut zu jucken anfing. Die beiden betrachteten die Plakate mit den Last-Minute Angeboten – Ägypten, Mallorca, Malediven. In den Wintermonaten nahm Massimo manchmal solche Pauschalangebote auf, weil die alternativen Rucksack-Reisen zu dieser Jahreszeit nicht so gut liefen. *Dadadadam* – schon wieder das Handy und immer noch völlig unpassend. Ob Luis verreisen wollte? Mit dieser Frau etwa? Wirklich, ich hätte ihm einen besseren Geschmack zugetraut. Die beiden tuschelten miteinander, und sie zeigte auf das Plakat mit den Pyramiden. Je länger ich die beiden beobachtete, desto verschwommener wurde mein Blick. Da schaute er zu mir her – ich hätte schwören können, dass mich Luis erkannt hatte und wollte schon den Mund zu einem Lächeln verziehen, als er sich umdrehte und etwas zu seiner Begleiterin sagte; dann hakte er sie unter und schob sie auf den Gehweg hinaus in Richtung Neckarbrücke. Ich sah gerade noch, wie sie einen rosa Schirm mit weißen Punkten aufspannte, obwohl es nicht regnete, sondern nur hauchdünne Flocken schneite. Warum

war Luis nicht herein gekommen? Vielleicht wollte er mit dieser Frau lieber nicht gesehen werden? Vom Alter her hätte sie gut seine Tochter sein können. Dieser Gedanke tröstete mich etwas, wenn Kinder einmal erwachsen waren, konnte man die Eltern schließlich nicht für sie verantwortlich machen. Ich schluckte und wischte mir mit dem Handrücken eine Träne aus dem Augenwinkel.
Schon wieder dieser aufdringliche Ton, ich hatte das Handy doch abgestellt? Nein, hatte ich nicht, Beethovens Schicksalssinfonie als Signal nervte mich wirklich. Ich musste Gerson endlich bitten, mir eine neue Melodie aufzuladen. Auf dem Display erschien der Name Iris! Aufgeregt drückte ich auf Annahme – sie wollte mir bestimmt schöne Grüße von Nine bestellen.
„Hallo Vera, warum gehst du nicht ans Telefon? Hast du einen Augenblick Zeit?"
Ohne meine Antwort abzuwarten sprudelte sie los: „Ich habe dir doch von Plan B erzählt? Es hat geklappt!"
„Mal langsam, nichts hast du erzählt! Was verbirgt sich hinter diesem ominösen Plan B?"
„Ganz einfach, ich habe meinen Bekannten Monsieur Poliglott von unserer Absicht erzählt, Nine decken zu lassen. Natürlich habe ich ihm Nine vorgestellt und er hat sich auf der Stelle in deine Stute verliebt. Aber er hat mir vom Natursprung abgeraten. Abgesehen davon, dass es im Augenblick auch gar nicht möglich wäre. Sein Hengst müsste mit unserer Stutenherde zusammengebracht werden. Doch bei unseren Witterungsverhältnissen geht das nicht. Es ist eisig kalt

und es liegt knöcheltief Schnee. Die Verletzungsgefahr sei zu groß, sagte er. Bliebe noch eine Bedeckung an der Hand. Ich habe bei dieser Prozedur ein paar Mal zugeschaut und es kam mir immer wie eine Vergewaltigung der Stute vor. Die Stute hat keine Möglichkeit dem Deckakt auszuweichen, in manchen Fällen wird sie an den Hinterbeinen und an den Vorderbeinen gefesselt, damit sie den Hengst nicht treten kann."

„So habe ich mir das Ganze nicht vorgestellt!", sagte ich enttäuscht.

„Einen Moment, lass mich erstmal ausreden! Wie gesagt, Monsieur Poliglott hat sich in Nine verliebt! Ich habe ihn gebeten, mir Sperma von Paletti zu verkaufen. Er hat eingewilligt, unter einer Bedingung: er wollte es mir schenken."

„Und jetzt?"

„Das sagte ich doch schon – es hat alles wunderbar geklappt. Der Tierarzt von Saignelegier war vor drei Tagen bei uns und hat Nine künstlich besamt."

„Wirklich?" Ich musste erst einmal Luft holen. Vielleicht war mein Atemzug zu tief geraten, denn auf einmal war mir richtig schwindelig. „Ein Mann mit einer Spritze?", brach es aus mir heraus.

„Was ist denn los mit dir? Nein, kein Mann, entschuldige, wenn ich mich falsch ausgedrückt habe, wir haben hier eine sehr sympathische Tierärztin, Madame Robine. Ich war die ganze Zeit dabei, ich kann dir versichern, es ist alles gut gegangen."

„Na gut! Hoffentlich nimmt Nine auf! Jedenfalls brauchen wir jetzt die 40 Tage, die unser Liebling in Glovelier verbringt, nicht mehr abzuwarten."

Ich fühlte mich unendlich erleichtert. „Vielleicht kann ich Massimo überreden, dass er mir bald ein paar Tage frei gibt, dann kann ich Monsieur Poliglott und seinen Paletti endlich persönlich kennenlernen."

16

Drei Wochen später war alles klar. Die Rosse blieb aus, Nine hatte aufgenommen.
„Auf unser Fohlen", prostete Gerson mir zu. Nicht mit *Ulisses Lima*, auch nicht mit Prosecco, sondern mit Glühwein. Es war immer noch ziemlich kalt, obwohl der Februar dem Ende zuging. Im Jura hatte es wieder Neuschnee gegeben, Montmirail lag unter einer 60 cm dicken Pulverschneedecke. Obwohl ich in unserem Garten schon die ersten vorwitzigen Schneeglöckchen entdeckt hatte, kletterten auch bei uns die Temperaturen nur wenig über Null.
„Auf Nines Fohlen und auf unseren Paletti." Gerson umarmte mich. „Schade, dass ich heute noch einen Termin habe. Tut mir leid, Sandy wartet in der Redaktion, es gibt Schwierigkeiten mit unserem Flugticket."
Wir tranken noch einen Schluck, dann nahm Gerson seinen Rucksack, setzte seinen Fahrradhelm auf und winkte mir zu: „Bis später, du brauchst nicht auf mich zu warten, vielleicht gehen wir noch zu MacDo, einen Burger essen."

Wie sich die Zeiten ändern, dachte ich wehmütig; noch vor kurzem hatte er mich mit einem Einkaufszettel zu Pronto geschickt und mir zum Abendessen Pasta gekocht und wir hatten uns einen Dampfgarer angeschafft. Doch dann hatte der italienische Supermarkt auf der Eppelheimer Straße geschlossen, Efeuranken überwucherten das Firmenschild und der Müll stapelte sich auf dem Parkplatz. Und jetzt ging Gerson mit seiner amerikanischen Kollegin zu Mac Donald's, während mir der Dampfgarer den Backofen versperrte, wenn ich eine einsame TK-Pizza hinein schieben wollte.
Im Topf war noch etwas lauwarmer Glühwein, den ich mir einschenkte. Doch er schmeckte mir nicht mehr und ich goss den Rest in den Ausguss. Vielleicht konnte ich Gerson zu einem Ausflug nach Montmirail überreden, wenn er von seiner Amerikareise zurück war? Er hatte noch nicht damit herausgerückt, wann sie abreisen würden, wahrscheinlich wusste er es selbst noch nicht genau.
Vor zwei Tagen hatte ich mir ein Buch vom FN-Verlag über die Aufzucht eines Fohlens bestellt, bestimmt lag es schon im Briefkasten. Schnell zog ich mir eine Jacke über und ging hinunter. Das Briefkastentürchen klemmte ein wenig und knirschte beim Öffnen. Rechnungen, Werbungsschreiben, eine Aufforderung die Gelben Seiten abzuholen, das war alles. Doch nein, beinah hätte ich den Brief mit der ausländischen Briefmarke übersehen. Der Absender fehlte und die Marke kam aus der Schweiz.
Mein Herz begann wie wild zu klopfen, du bist zu schnell unterwegs, sagte mein innerer Lautsprecher,

mach langsam, doch beim Hinaufgehen nahm ich zwei Stufen auf einmal. Atemlos riss ich noch im Flur das Kuvert auf. Als erstes zog ich ein kurzes Schreiben heraus. Ob der Brief von Iris stammte? Vergeblich suchte ich nach einer Mitteilung für mich. Es war gar kein richtiger Brief, sondern ein Blatt, auf das drei E-Mails kopiert waren. Zuerst dachte ich, es handele sich um einen Scherz: *Hände weg von der Misch-Zucht. Unser Blut muss rein bleiben.*

Die zweite gab den Satz auf Französisch wider: *Pur Sang: Non au mélange de race.*

Und die dritte sprach eine Drohung aus: „*Weg mit dem deutschen Fremdblut, oder wir richten es.*" Jede einzelne Mail war unterschrieben mit: *Ligue Pur Sang, LPS. Jura Libre.*

Mir wurde auf einmal kalt. Meine Hände fühlten sich so hart wie Eisklumpen an. Wie damals auf der Weide, als ich Nine fragen wollte, ob sie in die Schweiz wollte. Damals hatte ich den Frosteinbruch in meinem Körper auf den frischen Nordwind geschoben, doch heute gab es dafür keine Erklärung. Warum hatte ich nur den Glühwein weggeschüttet, jetzt hätte ich ihn brauchen können.

Ich verstand kein Wort von dem, was ich gerade gelesen hatte. Aber etwas anderes war mir klar. Es ging um Nine, um meine Nine und um ihr Fohlen.

Hastig griff ich zum Telefonhörer und drückte Iris' Nummer. Doch entweder war sie gerade im Stall oder unter der Dusche, jedenfalls nahm sie nicht ab, nicht einmal der Anrufbeantworter sprang an.

Immer wieder las ich die kopierten Mails und versuchte vergeblich, mir einen Reim darauf zu machen.

Je länger ich auf den Text starrte, desto heftiger klopfte mein Herz. Auf einmal klingelte das Telefon. Iris! dachte ich, erleichtert.
„Hast du mich gerade angerufen, Vera?"
„Ich habe deinen Brief bekommen."
„Welchen Brief denn?"
„Den mit den merkwürdigen Mails – du weißt schon!"
„Nichts weiß ich. Ich habe dir keinen Brief geschickt. Worum geht es eigentlich?"
Ich schluckte. „Moment, ich lese es dir vor: *Pur sang, Hände weg von der Rassen-Mischung.*"
„Oh nein, das darf nicht wahr sein – du auch?"
„Iris, bitte erklär mir, was los ist, mir ist ganz flau."
„Vor ein paar Tagen habe ich die gleichen Mails bekommen. Ich habe mir nicht viel dabei gedacht. So etwas kommt überall vor. Rassenmischung! So ein Quatsch – wer will denn Mischzucht betreiben!"
„Damit ist bestimmt Nine gemeint, oder?"
„Nein! Alles was wir wollen ist ein Fohlen aus deiner Stute. Wir wollen doch keine neue Zuchtlinie begründen!"
„Das stimmt; trotzdem – merkwürdig ist es doch. Und unheimlich. Irgendwie habe ich ein komisches Gefühl im Magen. Woher haben diese Leute meine Adresse und wer steckt hinter der Aktion? Was ist, wenn diese *Liga* Nine was antut?"
„Das mit deiner Adresse ist mir unerklärlich. Ich habe alle meine Unterlagen in meinem Büro und es war niemand Fremdes hier. Wir sollten den Vorfall nicht überbewerten. Nine geht es gut, sie ist hier sicher. Genau wie Paletti; er steht jetzt in dem Auktionsstall

in Glovelier, der ist Tag und Nacht bewacht, da kann sich kein Verrückter einschleichen."
„Trotzdem – das Gefühl in meinem Bauch – irgendetwas stimmt da nicht."
„Vera, versprich mir, nicht darüber zu sprechen. Außer mit Gerson natürlich", fügte sie hinzu. „Ich glaube nicht, dass ein Grund zur Sorge besteht; ich will alles tun, um die Sache aufzuklären. Ich melde mich wieder, wenn ich etwas Neues erfahren habe."

17

In der Nacht hatte es geschneit, aber jetzt taute es. Vor Schmuddelwetter war ich noch nie zurückgescheut, wenn es ums Reiten ging. Nein, es war etwas anderes. Was genau wusste ich nicht, es kam mir so vor, als ob sich etwas veränderte oder als ob in absehbarer Zeit etwas Unangenehmes geschehen würde. Vielleicht bekam ich eine Erkältung? Das Kratzen im Hals beim Kaffeetrinken deutete darauf hin.
Nur gut, dass ich es heute Morgen nicht eilig hatte, Fango kam es auf fünf oder zehn Minuten nicht an, im Gegenteil, Tom hatte mir erzählt, dass er sich nach dem Einstreuen noch einmal hinlegte und ein Nickerchen machte, *warten müssen* kam in seinem Wortschatz bestimmt nicht vor.
Mein mulmiges Gefühl hing schon eher damit zusammen, dass sich die Mönchhofstraße bei einer Temperatur knapp über dem Gefrierpunkt in eine holprige Rutschbahn verwandelte, deren Glätte nur durch die vielen Schlaglöcher entschärft wurde. Angespannt und ängstlich überholte ich die radelnden Mütter, die ihre Kleinen entweder auf dem Kindersitz

oder im Anhänger zur Kita radelten. Richtig gefährlich wurde es, wenn, wie gerade jetzt, ein Mountainbiker das Mutter-Kind-Gespann überholte und auf die Fahrbahn hinauswitschte! Um Haaresbreite hätte er meinen Wagen gestreift. Das rote Ampellicht an der Berliner Straße verordnete mir eine Verschnaufpause. Fango genoss vermutlich gerade sein Nickerchen. Grün! Jetzt floss der Verkehr wieder. Über der Neckarbrücke hatten die orangefarbenen Lastwägen der Stadtwerke haufenweise Salz auf die Fahrbahn gestreut und ich kam gut voran.
15 Minuten später stand ich vor Fangos Box und rief seinen Namen, er lag langgestreckt im sauberen Stroh. Als er mich bemerkte, ging ein Zucken durch seinen Körper, er spitzte die Ohren und schaute aufmerksam in meine Richtung. Dann brummelte er mir freundlich zu, doch er machte keinerlei Anstalten aufzustehen. Leg dich zu mir, schien er zu sagen, doch dieser Aufforderung wollte ich wirklich nicht nachkommen!
Um mich aufzuwärmen, mistete ich Fangos Box aus. Kaum hatte ich angefangen, mit der Mistgabel im Stroh herumzustochern, gab sich Fango einen Ruck, streckte die Vorderbeine aus und wuchtete seine 600 Kilo in die Höhe. Ausmisten tat gut, es half mir in fast jeder Lebenslage. Vor allem dann, wenn ich mich klamm oder wütend fühlte. Ich kam wieder in Schwung, lud meine aufgestauten Beklemmungen auf die Karre und kippte sie auf den Misthaufen – weg damit! Auf geheimnisvolle Weise verflüchtigten sich bei der körperlichen Arbeit meine bösen Vorahnun-

gen, und meine Energieströme kamen wieder in Fluss.
Fangos Fell striegelte ich im Schnellverfahren – er trug eine Winterdecke, sein dünnes Fell war nicht verklebt, das erleichterte das Putzen. Fango benahm sich wie ein braver Junge, stand ruhig und gab auf Kommando die Hufe.
Hier am Putzplatz hatte es früher immer eine Gelegenheit für einen Plausch gegeben. Doch in letzter Zeit war es öfter vorgekommen, dass außer mir und Tom, der um diese Zeit mit Stallarbeiten und Füttern beschäftigt war, keine Menschenseele auftauchte.
Als ich den Sattel aus meinem engen Spind wuchtete, hörte ich Hufgetrappel. Die neue Stallnachbarin, die ich auf mein Alter, Ende Zwanzig, schätzte, führte ihren Friesen um die Scheune herum. Er schonte seinen rechten Vorderfuß und der Tierarzt hatte wohl ein paar Minuten schrittführen verordnet. Bestimmt kein Vergnügen bei dieser Kälte, dachte ich. Ich hätte sie gerne gefragt, was mit ihrem Schwarzen los war; doch als sie das dritte Mal an mir vorbeilief, ohne Notiz von mir zu nehmen, rief ich ihr nur ein „Guten Morgen“ zu. Auf einmal blieb sie stehen und bellte: „Bring drei Säcke Mash!“ Dann richtete sie ihre Blicke aus zusammengekniffenen Augen wie Pfeile auf mich. „Nicht mal im Stall kann man in Ruhe telefonieren!“ Mürrisch zog sie den Stöpsel aus dem rechten Ohr. „Ich habe mit meinem Mann gesprochen! Wollten Sie irgendetwas von mir?“
„Nein“, sagte ich und versuchte mir ihren Mann vorzustellen. Mit Gerson würde ich so nicht sprechen. Ob ich mich entschuldigen musste, weil ich sie gestört

hatte? Aber ich sah die beiden nur noch von hinten. Die Frau hatte ihren Stöpsel wieder ins Ohr gesteckt und gab weiter ihre Bestellungen auf.

Ich legte Fango die Trense an, zog den Sattelgurt nach, was mit einen giftigen Blick mit zurückgelegten Ohren quittiert wurde und ging mit ihm in Richtung Reithalle. Neugierig betrachtete er den Schnee auf dem kleinen Rasenstück und versuchte, seine Nase hineinzustecken. Seine Laune war nicht besonders gut, vor jeder Schubkarre stockte er und legte die Ohren an. In der Halle lag noch ein leichter Dieselgeruch, Tom war gerade mit dem Planer durch den Sand gefahren, es würde ein paar Minuten brauchen, bis sich der Gestank verzogen hatte.
„Steh!“ Fango hielt am Aufsteige-Bänkchen in der Mitte der Reithalle an, ich stieg die drei Stufen hinauf, schob meinen Fuß in den Steigbügel und schwang mich in den Sattel. Gerade als ich die Zügel aufnehmen wollte, sprang mein Handy an: *Dadada Dam*, auf maximaler Lautstärke. Fango schien auf so eine Abwechslung nur gewartet zu haben. Er reckte seinen Hals auf und machte einen Satz vorwärts. Mechanisch schloss ich die Beine, was mich vom Herunterfallen bewahrte, doch Fango nahm meinen Beinschluss als Flucht-Signal. Alles ging rasend schnell, lass los, dachte ich, einfach loslassen, dann ist es vorbei – da packte mich nackte Angst – Nein! schrie es in mir, nimm endlich die Zügel kürzer, so kurz wie möglich, zieh ihn in eine Volte, Vera, mach endlich was!
In der Mitte der langen Seite kamen wir zum Stehen. Fango schnaubte und blickte wild um sich, mein Herz

klopfte und ich gab langsam die Zügel nach. Fango entspannte sich und ich klopfte ihm den Hals. „Alles klar, Junge, du hast ganz recht, telefonieren und reiten passen nicht zusammen."
Zu unserer Beruhigung ließ ich ihn eine Runde Schritt am langen Zügel gehen. Wer hatte mich eigentlich angerufen? Vorsichtig kramte ich nach meinem Handy und schaute auf das Display. Eine Schweizer Nummer – Iris! Ich musste sie zurückrufen, sie war so schwer zu erreichen, vielleicht hatte sie etwas über die mysteriösen E-Mails herausgefunden. Fango benahm sich wieder wie ein braver Junge, er würde mir einen kurzen Anruf nicht übel nehmen.
„Hallo Vera, gut, dass du dich meldest! Ich muss dir etwas Schreckliches sagen, etwas, womit ich niemals gerechnet hätte!"
Augenblicklich bereute ich, dass ich sie angerufen hatte. Mit meiner Konzentration war es mit einmal vorbei, wahrscheinlich musste ich Fango in der kleinen Halle frei laufen lassen, damit er sich austoben konnte, mit mir war jetzt nichts mehr anzufangen.
„Was gibt es?", sagte ich gepresst.
„Paletti ist tot!"
Ich verstand sie nicht gleich. „Wer ist tot?"
„Paletti, Nines Hengst, er ist tot zusammengebrochen, während des Trainings für den Stationstest."
„Iris, sag bitte, dass das nicht wahr ist!"
„Doch, es ist leider so. Und das Schlimmste – wir wissen nicht, woran er gestorben ist – er war kerngesund und in einem ausgezeichneten Trainingszustand. Vera, hör mir zu! Sein Tod kann irgendwie mit den Mob Mails in Zusammenhang stehen."

„Du meinst, jemand hat ihn umgebracht?"
„Ich weiß es nicht, es gibt auch Vermutungen, dass es ein unbekannter Virus gewesen sein könnte, jedenfalls steht der ganze Auktionsstall erst mal unter Quarantäne."
„Um Gotteswillen – meinst du, er hat Nine ..."
„Angesteckt?" Iris sprach aus, was ich nicht auszusprechen wagte. „Nein, das glaube ich nicht! Na ja, die Ärzte wollen es nicht ausschließen, bis sie den Beweis für das Gegenteil in der Hand haben."
Fango war stehengeblieben und schaute aufmerksam in Richtung Hallentor. Ich atmete tief durch. Am Eingang stand Luis; seit unserer merkwürdigen Begegnung im Reisebüro hatten wir uns nicht mehr gesehen. Ich hatte den Hörer immer noch am Ohr. „Vera", hörte ich Iris sagen, „ich muss jetzt Schluss machen. Ich melde mich so bald wie möglich noch einmal."
„Was für eine Übung habt ihr denn gerade geprobt?" grinste Luis.
„Oh, meinst du etwa unseren mörderischen Galopp?"
„Genau so sah es aus – ich habe alles von der Tribüne aus beobachtet. Ich hätte dich warnen sollen – Fango reagiert allergisch auf Telefonklingeln – warum weiß ich nicht, frühkindliches Trauma, oder so. Und außerdem ..."; er klang wie ein kleiner Junge, der etwas falsch gemacht hatte und es nicht zugeben wollte: „Und außerdem muss ich dir gestehen, dass ich ihn gestern nicht geritten habe. Er ist einen Tag lang gestanden, da hat er heute wohl ein bisschen Dampf gehabt!"

„Na, dann ist mir alles klar.“ Auf einmal ging es mir wieder besser. Meine Energie kam zurück, und ich freute mich, dass Luis gekommen war.
„Vera, du bist ja immer noch ganz weiß um die Nase. Ich habe meine Reitstiefel an, ich kann ihn noch ein paar Minuten bewegen.“
Luis' Fürsorglichkeit tat mir gut. „Nein, das kommt überhaupt nicht in Frage. Es war meine Schuld, ich hätte besser aufpassen sollen. Ich war in Gedanken, der dumme Telefonanruf hat mich irritiert.“
„Wer war es denn?“
„Iris“, sagte ich kurzangebunden, denn ich wollte auf keinen Fall über ihre Hiobsbotschaft reden. Nicht jetzt, später vielleicht.
„Deine Freundin aus Montmirail?“
Ich war beeindruckt, dass sich Luis den Namen des Schweizer Dorfes so gut gemerkt hatte. „In Kleinigkeiten muss man genau sein“, hatte er neulich zu mir gesagt. Da war er ganz anders als Gerson. Der stammelte immer noch herum, wenn er Nines Urlaubsort aussprechen wollte. Es machte ihm sogar Spaß, alle Eigennamen zu verdrehen, oder völlig andere Namen zu erfinden. Es tat mir auf einmal leid, dass ich Luis so kurz geantwortet hatte, es hatte beinah unhöflich geklungen.
„Luis, weißt du was? Ich reite noch 20 Minuten und wenn du dann Zeit für mich hast, lade ich dich zu einem Kaffee auf dem Kurpfalzhof ein. Sie haben dort einen jenseitigen Käsekuchen! Dann erzähle ich dir alles in Ruhe.“
Luis schüttelte den Kopf. „Ich muss noch was mit Tom besprechen, er war vorhin noch mit Mistschieben

beschäftigt. Heute wird es bei mir knapp. Aber wie wäre es mit morgen? Ich bin gespannt auf deine Neuigkeiten."

Darf ich ich es ihm überhaupt sagen?, fuhr es mir beim Antraben durch den Kopf. Fango schnaubte und streckte die Nase in Richtung Boden. Warum denn nicht, beruhigte ich mich, Iris hat mir ausdrücklich erlaubt, mit Gerson über alles zu sprechen – Luis hatte sie nicht erwähnt, doch gehörte Luis nicht auch zu unserem Team?

18

Gersons Fahrrad lehnte an der Hauswand, als ich vom Stall zurückkam. Auf dem Parkett im Flur hatten seine achtlos abgestellten Wanderschuhe kleine Wasserpfützen gebildet. Ich nahm eine Zeitung aus dem Altpapierstapel und legte sie unter die Stiefel. „Wo bist du denn?“

Aus dem Wohnzimmer tönten merkwürdige Schnorchelgeräusche, die ich nicht einordnen konnte; eine liebevolle Begrüßung war das jedenfalls nicht. Eher das Gegenteil, ich hatte den Eindruck, Gerson wollte mich davon abhalten, hineinzukommen. Er lag auf dem blauen Sofa im Wohnzimmer und las. Um den Hals hatte er einen Schal geschlungen, mit diesem Knoten, den französische Intellektuelle vor sich hertrugen, wenn sie im Café saßen; neben sich einen Packen Papiertaschentücher, von denen einige zerknüllt auf dem Boden lagen. Ich musterte ihn neugierig, ohne dass er seine Lage veränderte oder auch nur zu mir aufblickte. Nein, *lesen* war nicht der geeignete Ausdruck, er hielt sich ein Buch vor die Nase, das stimmte, doch es sah so aus, als wolle er im nächsten

Augenblick hineinbeißen. Es war ein sehr dickes, schweres Buch mit einem schwarzen Cover und einer orangefarbenen, durchbrochenen Schrift. Der kryptische Titel bestand aus vier untereinander geschriebenen Zahlen, die so etwas wie *2666* ergaben. Keine Ahnung, um was es sich da handelte, ob es ein Sachbuch war oder ein neuer Roman, den ich nicht kannte; verwunderlich war das nicht, denn seit ich berufstätig war und mich in meiner Freizeit vor allem mit Nine beschäftigte, las ich nicht einmal mehr die Zeitung.

„Hi", sagte er, als ich mich zu ihm hinunterbeugte, um ihm einen Kuss auf die Wange zu geben. Doch als er mit einem Niesanfall antwortete, zog ich mich schnell zurück. Eine Grippe hätte mir gerade noch gefehlt.

„Geht es dir nicht gut?", fragte ich so vorsichtig wie möglich.

„Ich lese", sagte er.

„Ach, wirklich? Was denn?"

Er hob mir das Buch entgegen. „Roberto Bolaño", sagte er. Anscheinend war dieser spanisch klingende Name selbsterklärend, denn Gerson fügte ihm nichts mehr hinzu. Es handelte sich wohl um einen neuen Bestsellerautor, der mir wegen meiner haarsträubenden Ignoranz in literarischen Dingen wieder mal entgangen war.

Gerson schwieg und hielt sich das Buch vor die Nase.

„Er ist tot", sagte ich.

„Ja, leider! Mit knapp 50 Jahren gestorben. Was der noch alles hätte schreiben können!" Gerson griff nach einem Tempotaschentuch und schnäuzte sich ausgiebig. „Er hat auf eine Leber gewartet."

„Oh mein Gott!", sagte ich. „Gerson, bitte, wäre es dir möglich, dein Buch für eine Minute zur Seite zu legen?"

Er richtete sich auf. „Ist irgendwas passiert?"

„Paletti ist tot!"

„Aber das ist doch unser - äh, ich meine, das ist doch Nines Hengst?"

„Ja, und sie wissen nicht, woran er gestorben ist. Der Auktionsstall steht unter Quarantäne, solange bis sie den Grund für seinen plötzlichen Tod gefunden haben."

Gerson wurde von einem Hustenanfall geschüttelt. Dann sagte er: „Und was ist mit Nine? Hat Iris nichts von ihr gesagt?"

„Doch! Es geht ihr gut!"

„Meine Güte, Vera! Ich versteh dich nicht, – angenommen dieser Paletti ist an einer Virusinfektion gestorben! Iris hat sie mit seinem Sperma decken lassen –, dann kann er sie doch angesteckt haben!"

„Ja, das habe ich auch befürchtet, aber Luis hat gesagt ..."

„Luis!" Gerson bekam einen roten Kopf. Er war dabei, sich in Rage zu reden: „Schon wieder dieser Luis! Vera, mir gefällt nicht, dass du dich so oft mit ihm triffst. Der Typ ist mir nicht sympathisch! Aber okay, das musst du selbst wissen." Er holte Luft und schien sich zu beruhigen. Er fixierte mich. „Ich würde mein Pferd sofort zurückholen. Hier hast du sie besser im Blick. Und Doktor Abnemer kann dir helfen, wenn etwas passiert. Er hat Erfahrung und Pferdeverstand."

„Wie stellst du dir das vor? Angenommen, es ist ein Virus, meinst du, die Schweizer Zöllner lassen sie über die Grenze?“
„Ich dachte, es weiß niemand, dass sie gedeckt ist?“
„Nur Monsieur Poliglott, der Besitzer des Hengstes, dann du, Iris natürlich, ich und – Luis.“
Gerson atmete zischend aus, ließ sich auf das Sofa zurückfallen und griff zu seinem Buch. „Dieses Buch hat mir Sandy empfohlen – es hat 1183 Seiten und ich bin erst auf Seite 38.“
„Was soll das heißen?“, fragte ich entgeistert.
Gerson schwieg; ich konnte förmlich sehen, wie er Satz für Satz in sich hineinschlang.
„Wir können ja zu MacDo gehen, *Hamburger*, das habe ich schon gesagt, ist mal was anderes!“

19

„Deine Freundin Iris macht einen kompetenten und professionellen Eindruck“, versuchte mich Luis zu beruhigen.
„Ja, das stimmt. Sie würde auf keinen Fall etwas riskieren, was Nines Gesundheit gefährden könnte.“
Wir standen an Fangos Box und schauten zu, wie der Wallach mit seiner Nase große, runde Löcher ins Stroh bohrte. Luis kam in letzter Zeit immer dann in den Stall, wenn ich ein Date mit Fango hatte. Ob es purer Zufall war, oder irgendeine Absicht dahinter steckte, war mir nicht klar. Luis stand mit Tom in Verhandlungen über eine neue Box. Tom hatte vor, einen modernen Offenstall zu bauen und Luis unterstützte ihn mit Ratschlägen, er hatte ihm sogar einen Kredit angeboten, um das Projekt zum Laufen zu bringen. Vielleicht kam er deshalb so oft auf den Leierhof.
„Gerson will, dass ich Nine wieder zurückhole.“
„Wirklich? So ein Unsinn.“
„Ja, das habe ich auch gesagt.“
„Ich glaube, es geht ihm gar nicht um Nine.“

„Nein? Worum sonst?“
„Na, um dich, ganz allein um dich!“ Hatte sich Luis etwa aus der Reserve bringen lassen?
„Er ist eifersüchtig, merkst du das nicht?“
„Auf Fango? Gut möglich, er wollte auf keinen Fall, dass ich dein Pferd reite.“
„Siehst du!“
„Einen eifersüchtigen Freund, das ist das letzte, was ich brauche. Er kann ganz ruhig sein, in letzter Zeit höre ich immer öfter den Namen *Sandy*.“
„War das nicht ein Wirbelsturm in den USA?“, grinste Luis. Jetzt schien er sich wieder gefangen zu haben
„So ähnlich, diese Sandy scheint ihn ziemlich durcheinander zu wirbeln. Dabei sieht sie nicht einmal toll aus. Sie ist klein, stockig, hat abstehende, schwarzgefärbte Haare mit grünen Strähnen, statt Fingernägeln rote Krallen, Pickel im Gesicht und Mundgeruch.“
„Kann es sein, dass du da ein bisschen übertreibst?“
„Natürlich! Um ehrlich zu sein, ich habe sie noch gar nicht kennengelernt, geschweige denn gesehen.“, sagte ich.
„Sie ist Gersons Kollegin in der Redaktion. Die beiden planen eine längere Reise in die USA, für irgendeine Reportage.“
„Ja toll, dann hast du alle Zeit der Welt für Fango!“ Luis sah mich verschmitzt aus seinen dunklen Augen an. „Und für mich fällt vielleicht auch was ab!“
Fango tat so, als ob wir Luft für ihn wären. Doch als Luis sich von mir verabschiedete und versprach, mich bald anzurufen, kam er zu mir und legte mir den Kopf auf die Schulter. „Und was willst du mir sagen?“ fragte ich ihn und rieb ihm die Stirn. Ich spürte seine

Wärme und hatte auf einmal das Gefühl, dass Fango mich gern hatte. Ein richtiger Freund war er, genau wie Luis.

20

„Sandy hat günstige Tickets von Frankfurt nach Denver bekommen, wir könnten übermorgen fliegen, wäre das okay für dich?“, fragte mich Gerson am Abend. In zwei Tagen schon? Damit hatte ich nicht gerechnet, doch andererseits – warum nicht?
„Was soll ich sagen? Reisende soll man nicht aufhalten und selbst wenn ich es wollte, wüsste ich nicht wie.“
„Du bist einverstanden? Danke Vera, ich habe schon mit Liberty telefoniert“, sagte er. „Sie hat uns eingeladen, dich und mich, sie dachte, dass wir beide zusammen rüber fliegen.“
„Ich wurde nicht gefragt!“, sagte ich, doch ich meinte es nicht so, deshalb beeilte ich mich hinzuzufügen: „Grüße Liberty von mir und erzähle ihr von unserem Fohlen! Das wird sie freuen.“
Gerson schaute mich mit gerunzelter Stirn an. „Wenn nur alles gut geht.“ Die Sorge stand ihm ins Gesicht geschrieben. „Du hast ja meine Mobilnummer, ich lasse mein Handy drüben an, du kannst mich jeder-

zeit anrufen, wenn du meinen Rat brauchst“, sagte er. „Oder wenn sonst irgendwas anderes los ist.“
„Was soll denn schon los sein, Gerson?“
„Keine Ahnung! Übrigens - vielleicht machen wir noch einen Abstecher nach Mexico - Sandy ist eine große Freundin von Roberto Bolaño.“
„Ist das nicht der Verfasser dieses merkwürdigen Wälzers?“ Gerson nickte.
„Und was hat er mit Mexico zu tun?“
„Der Roman *2666* hat vier Teile. Der erste Teil spielt in Deutschland. Die vier Literaturkritiker Espinoza, Norton und ...“
„Gerson, bitte!“ unterbrach ich ihn. „Mach einen Punkt!“
„Du wirst es gleich verstehen! Der zweite Teil spielt in Mexico. Es geht um hunderte von unaufgeklärten Morden an unschuldigen Frauen, wahrscheinlich Serienmorde, und der Täter wurde bis heute nicht gefunden. Wir wollen zu den Tatorten, die im Roman beschrieben werden und dort Fotos machen.“
„Ach wirklich?“, sagte ich ungläubig. „Ist das nicht gefährlich? Wie lange wollte ihr eigentlich wegbleiben?“
„Na ja, drei Wochen?“
„So lange! Und das erfahre ich erst heute!“
Gerson zuckte schuldbewusst die Schultern. „Ich habe es dir doch gerade erklärt!“, sagte er.
„Ja, ist schon gut. Ich werde es überleben!“, sagte ich mit gespielter Lockerheit.
Ich hatte mich an das Leben zu zweit gewöhnt und konnte mir nicht mehr vorstellen, alleine zu leben. Immer alleine frühstücken, nur für eine Person ein-

kaufen und niemanden zu haben, mit dem ich über den Täter im Tatort-Krimi spekulieren konnte, das waren keine schönen Aussichten. Doch drei Wochen waren eine überschaubare Zeit, sie hatten einen Anfang und ein Ende, und wenn ich ehrlich war, freute ich mich sogar darauf. Ein Leben als Single auf Zeit, ich konnte Luft holen und zu mir selbst kommen. Spüren, wie es war, für mich zu sein, zu tun und zu lassen, was ich wollte. Ob ich dazu überhaupt noch fähig wäre? Ich nahm mir fest vor, meine freie Zeit zu genießen. Ganz einsam würde ich nicht sein, ich hatte ja Fango und Luis würde bestimmt auch für Abwechslung sorgen.

„Unter zwei Bedingungen: Wenn du versprichst, zu mir zurückzukommen und bis dahin dieses dicke Buch ausgelesen hast!"

Gerson legte seine Arme um meinen Hals und schaute mir tief in die Augen. „Vera!", sagte er zärtlich, „ich verspreche es dir"; er küsste mich auf den Mund. „Großes Indianerehrenwort."

„Dann will ich auf dich warten."

Gerson lächelte mich liebevoll an und ich fühlte, wie meine Augen feucht wurden. So viele Versprechen hatten wir uns lange nicht mehr gegeben. Wenn er mir jetzt noch einen Ring an den Finger steckte, dann hätten wir uns verlobt, dachte ich gerührt.

Genau in diesem Augenblick klingelte unser Festnetztelefon. Gerson lief in den Flur und nahm das Gespräch entgegen. Es war schon ziemlich spät, wer rief uns zu dieser Zeit noch an?

„Das ist aber wirklich eine gute Nachricht. Dann ist ja alles paletti! Wie gut, dass du angerufen hast – ich

fliege übermorgen in die USA, jetzt bin ich beruhigt!" Schon stand ich neben Gerson, der über beide Ohren strahlte. „Iris", sagte er und reichte mir den Hörer.
„Hallo Vera? Gut dass du zu Hause bist! Stell dir vor: Paletti ist an Herzversagen gestorben! Entwarnung auf der ganzen Linie, kein Virus, die Quarantäne ist aufgehoben, Nine geht es gut!"
„Der Arme! Ein so junger und gesunder Hengst! Geht das mit rechten Dingen zu?"
„So etwas kommt vor, vielleicht ein plötzliches Kreislaufversagen mit tödlichem Ausgang, keine Ahnung! Er war ein wunderbares Pferd. Monsieur Poliglott ist jetzt froh, dass Nine sein Fohlen trägt! Vielleicht schlägt es nach seinem Vater."
„Ja, das wollen wir hoffen!" Ich konnte mich gerade noch verabschieden und mit Mühe den Hörer auflegen, weil mich Gerson stürmisch umarmte und mir einen dicken Kuss auf die Backe drückte. „Ach Vera, wie schön! In drei Wochen bin ich wieder da, und dann helfe ich dir beim Warten!"
Ob Gerson wusste, wie lange eine Stute trug? Wahrscheinlich nicht, doch diesmal verzieh ich ihm sein Unwissen. Er wirkte so froh und glücklich, und das gefiel mir.
Plötzlich wusste ich, dass ich mir wegen Sandy keine Sorgen machen brauchte. Selbst wenn sie weder klein noch stockig war, keine grünen, fettigen Haare hatte und keinen einzigen abgekauten, roten Fingernagel, keine Pickel und nicht einmal einen Hauch von Mundgeruch, würde Gerson zu mir zurückkommen. Die beiden machten eine Geschäftsreise, das war alles.

21

Und dann stand sie vor unserer Gartentür, im dicken Daunenanorak, die rote Pudelmütze tief in die Stirn gezogen, ein Kranz blonder Locken quoll unter der Mütze hervor. Sie hat bestimmt die blauesten Augen, die man sich vorstellen kann, dachte ich, und drückte auf den Türöffner. Aber Sandy winkte nur, sie wartete lieber unten im Garten.

Die Tasse Tee, die ich Gerson hingestellt hatte, trank er im Stehen. Obwohl er immer mit leichtem Gepäck reiste, und es spielend schaffte, seinen Koffer unter 10 Kg zu halten, war er bis zur letzten Minute damit beschäftigt, nach irgendwelchen Dingen zu suchen. Seine Kameraausrüstung stand fertig gepackt im Flur, aber sein Moleskin Notizbuch, ohne das er nicht abgereist wäre, lag noch auf dem Nachtisch und ganz zum Schluss fischte er seinen alten MP3-Player aus der Kommodenschublade mit den alten Songs, die er auf jede Reise mitnahm.

„Sandy wartet unten – das Taxi hupt!“, sagte ich.

„*I am leaving on a jet plane*“, summte er statt einer Antwort.

Und du weißt nicht, wann du wieder zurück kommst? In Gedanken vervollständigte ich den Text des Songs, den wir beide so gerne hatten. *Don't know, when I'll be back again*; Gerson wusste genau, wie mir zu Mute war: „Vera, schau nicht so traurig. Spätestens in drei Wochen komme ich wieder. Sie werden dir gut tun, die paar Wochen. Wir bleiben in Kontakt - oh - wo ist mein Handy?"
Ich schaute mich suchend um, lief in die Küche, doch dort stand nur die kaltgewordene Tasse Tee.
„Du musst los!" Da sah ich das Mobiltelefon auf dem zerwühlten Bett liegen. „Ich hab's", rief ich.
„Danke, Vera, steck es mir bitte hier in die Brusttasche."
Dann stand er vor mir, die Fototasche umgehängt, in Jacke und Mütze und umarmte mich. „Mach's gut, bis bald, ich drücke dir die Daumen, dass alles gut geht."
„Ich dir auch! Und pass auf, dass dich kein Wirbelsturm mitreißt!"
Die Klingel schnarrte laut und gebieterisch.
„Ich muss los!"
„*Take care*", rief ich ihm vom Balkon aus nach. Sandy winkte mir zu, sie stand neben Gerson und ich sah, dass sie ein ganzes Stück kleiner war als er. Ein gefährlicher Wirbelsturm sieht so eigentlich nicht aus, dachte ich. Oder vielleicht doch? Sandy war ziemlich attraktiv.
Autotüren schlugen zu, das Taxi hupte noch einmal, quälte sich durch die Schlaglöcher, an der Kreuzung flammten die Bremslichter auf, dann waren sie weg.

Draußen nieselte es. Die Luft wurde von Tag zu Tag milder, doch der Frühling ließ immer noch auf sich warten. Ich schloss die Balkontür. Unsere Wohnung kam mir auf einmal leer und fremd vor. Und wie still es war! Ein kalter Luftzug fuhr mir durchs Haar, im Schlafzimmer war das Fenster offen. Ich ging hinein und schloss es; wie in Trance zog ich die Tagesdecke über das Bett. Er ist weg, dachte ich, und ich habe nicht einmal Nine bei mir. Ich fühlte mich müde, wir waren früh aufgestanden und ich hatte nur eine Tasse Tee getrunken. Im Wohnzimmer lag noch die Wolldecke auf dem Sofa, mit der sich Gerson zudeckte, wenn er las. Ich legte sie zusammen und da fiel das Buch auf den Boden. Roberto Bolaño, *2666*. Ob Gerson vergessen hatte, es einzupacken? Wahrscheinlich hat er auf dem Flug etwas Besseres zu tun, als in diesem Schinken zu schmökern. Sie sitzen gemütlich nebeneinander, trinken Tomatensaft und erzählen sich Geschichten aus ihrem Leben. Ein Atlantikflug dauerte sieben bis acht Stunden, manchmal sogar länger. Ich hätte am liebsten losgeheult.

22

„Wie wär's mit einem kleinen Ausritt?“, fragte mich Luis am nächsten Tag.
„Gerne! Massimo ist am Wochenende verreist, ich soll seine Stute Karla bewegen – wir können zusammen ins Gelände reiten!“
„Dann werde ich dich zum Käsekuchen einladen!“ Luis hatte also nicht vergessen, was ich ihm von den Köstlichkeiten der Holzofenbäckerei erzählt hatte.
Die ersten Sonnenstrahlen ließen sich blicken, auf den Feldern lagen noch einzelne schmutzige Schneematten, doch die Spatzen und Finken zwitscherten in den Bäumen und die Luft war mild. Im Schritt ritten wir nebeneinander die Straße zum Treiberhof hinunter und bogen am Wegkreuz auf einen Feldweg ab.
Bei den Kurpfalzhöfen stiegen wir ab, streiften die Stallhalfter über die Trensen und banden unsere Pferde am Zaun fest. In dem kleinen Café duftete es nach frischem Brot und nach Kaffee.
Wir setzten uns an einen kleinen Tisch, bestellten Cappuccino und ein Stück Käsekuchen mit zwei Gabeln und verspeisten es gemeinsam. Manchmal be-

rührte Luis wie unabsichtlich meine Hand, zog sie jedoch gleich wieder zurück. Er sehnte sich nach Berührung, das fühlte ich.
„Meine Großeltern lebten auf dem Land; ich bin mit Tieren großgeworden.“ Luis lehnte sich zurück. „Das Pferd hieß Alma, eine braune Stute. Ich durfte mich auf ihren blanken Rücken setzten, sie trug mich durch die Wiesen zum Bach. Ich blieb auf ihrem Rücken sitzen, während sie in langen Zügen trank. Alma war eine Freiberger Stute, solche Pferde gibt es nicht in Deutschland, sie war anhänglich und verlässlich. Alma war meine einzige Freundin.“
Luis war ein wunderbarer Erzähler, ich ließ mich von seinen Geschichten einhüllen und hätte alles getan, nur damit er weiter erzählte.
„Wo bist du aufgewachsen, Luis?“
Meine Frage schien ihn aus seinem Traum zurückzuholen. „Aufgewachsen?“, sagte er, doch er beantwortete meine Frage nicht.
Seinem leichten Akzent nach hätte er aus der Schweiz kommen können, aber ich wollte ihn nicht bedrängen. Er sollte nicht denken, dass ich ihn nach seiner Vergangenheit ausfragen wollte. Jetzt schaute er mich an und ich fühlte, wie ich errötete. Wie gut er aussah. Wenn er auf dem Land aufgewachsen war, dann hatte er es geschafft, sich aus ganz kleinen Verhältnissen hochzuarbeiten, alle Achtung. Ob es so etwas wie ein Rezept seines Erfolges gab?
„Erfolg?“, sagte Luis nachdenklich.
„Nun ja, Geld, Macht, Einfluss“, sagte ich verlegen, weil ich nicht mit einer Gegenfrage gerechnet hatte.

Seine Antwort verblüffte mich. „Jeder Mensch hat ein Geheimnis. In meinem Job kommt es darauf an, das Geheimnis der Menschen zu erraten. Ich kann das. Ich durchschaue sie alle. Das gibt mir einen großen Vorteil."
„Und wo arbeitest du?"
„Ich?", sagte er gedehnt. „In vielen Sparten. Ich interessiere mich für Kunst – Gemälde und Plastiken. Als Unternehmer muss man flexibel sein, immer da eintauchen, wo die Quellen sprudeln. Im Augenblick liegt mein Hauptverdienst im Pferdehandel. Ich dachte, du weißt das?"
Hatte mir Tom nicht etwas von Immobilien erzählt oder von Bankgeschäften? Nein, jetzt fiel es mir ein: „Du bist der Besitzer des Sonnenhofes!"
Ich hatte angenommen, dass Luis sich nur nebenberuflich mit Pferden beschäftigte und dabei war es genau umgekehrt. Pferde waren sein Leben und die anderen Beschäftigungen so etwas wie ein Hobby. Diese Information machte Luis für mich noch interessanter. Es zeigte mir, dass er die Arbeit mit den Pferden wirklich ernst nahm, sie nicht nur als Freizeitbeschäftigung auffasste, wie so viele Leute mit dickem Geldbeutel.
Luis lächelte und schlug ein Bein über das andere. „Bei Menschen und bei Pferden ist es im Grunde dasselbe: Sie haben ein Geheimnis. Wenn dir jemand ein Pferd zum Verkauf anbietet, dann sieht es immer topfit aus. Sein Fell glänzt, es läuft leicht und losgelassen, und wenn du draufsitzt hast du das Gefühl, du sitzt auf einem Sofa. Bei zweiten Mal siehst du das eine oder andere graue Haar in der Mähne und spürst du

ein leichtes Ticken, wenn du antrabst. Du willst es nicht wahrhaben, das Pferd gefällt dir und es könnte ja ein Reitfehler sein. Die Ankaufsuntersuchung verläuft zufriedenstellend und du kaufst das Pferd. Irgendwann machen dich die Leute darauf aufmerksam, dein Pferd lahmt. Aber dann ist es zu spät, und du hast eine Menge Geld ausgegeben." Luis grinste. „Es kommt darauf an, den zweiten Blick zum ersten zu machen."

„Das mit dem Geheimnis hast du schön gesagt."

Luis spielte versonnen mit seiner Kuchengabel und lächelte mich an.

„Was ist denn mein Geheimnis?" Es war mir einfach so herausgerutscht, es war mir bewusst, dass ich mich mit dieser Frage auf ein gefährliches Glatteis begab. Ich fühlte, wie sich meine Backen mit einem feurigen Rot überzogen, heute schon zum zweiten Mal. Doch Luis schien meine Verlegenheit gar nicht zu bemerken. „Dein Geheimnis? Ganz einfach: Du gibst dich selbstbewusst und emanzipiert und tust so, als ob du alles alleine schaffst. Aber du sehnst dich danach, endlich einmal zu zeigen, was in dir steckt; du sehnst dich nach Anerkennung, du willst bewundert werden."

Ich schwieg einen Augenblick, weil ich einen leichten Schwindel fühlte. Was Luis mir gesagt hatte, hatte mich im Innersten getroffen. „Ja", sagte ich, „Anerkennung haben wir alle zu wenig, nicht?" Ich atmete auf; mein wirkliches Geheimnis hatte er nicht erraten, und das war gut so.

Eine Weile verharrte Luis in Gedanken versunken, dann sagte er: „Könntest du dir vorstellen, etwas mit Pferden zu machen – beruflich meine ich?"
Die Frage kam überraschend. Nach einer Schrecksekunde fühlte ich mein Herz bis in den Hals hinauf pochen und meine Fußsohlen brannten wie Feuer. Seit meiner Kindheit hatte ich mir gewünscht, mit Pferden zu arbeiten, doch ich hatte dem Drängen meiner Eltern nachgegeben und ein Studium begonnen. Obwohl ich mit meinem augenblicklichen Job nicht unzufrieden war, hatte ich mir schon oft überlegt, ob ich nicht glücklicher gewesen wäre, wenn ich mir meinen ursprünglichen Berufswunsch erfüllt hätte. Ich hätte zum Beispiel Pferdemanagement an einer Fachhochschule studieren oder den Abschluss als Pferdewirtin machen können.
„Es ist ein alter Traum von mir, Luis", sagte ich. „Ein Traum, der nie in Erfüllung ging."
„Manchmal werden Träume wahr!"
Ich schüttelte den Kopf. „Ich habe mich damit abgefunden; ich werde bald dreißig, habe mein Studium abgeschlossen, ein paar Jahre an der Uni gearbeitet und jetzt habe ich einen guten Job im Reisebüro, der mir genug Zeit für mein Hobby lässt."
„Das klingt vernünftig und ziemlich abgeklärt. Aber ich kenne dich inzwischen gut genug, um etwas anderes herauszuhören."
„Mein Geheimnis?"
Ich wusste, dass ich Luis an diesem Punkt nicht täuschen konnte. Die Arbeit mit Pferden war immer noch mein Traum, auch wenn ich versuchte, vernünftig und erwachsen zu erscheinen.

„Manchmal werden Träume wahr, und es ist nie zu spät an ihre Verwirklichung zu denken“, sagte Luis. Er schaute auf die Uhr. „Du, ich muss los. Wir reden morgen noch einmal darüber.“ Er ging zur Theke und bezahlte unsere Rechnung; dann ritten wir zurück. Luis schien in seine Gedanken versunken und ich hatte Mühe, meine neu erwachten Wünsche im Zaum zu halten.

Nach diesem Ausritt fühlte ich meine Einsamkeit umso schmerzhafter. Von Gerson hörte ich nichts. Wir hatten verabredet, uns nur dann anzurufen, wenn es irgendetwas Wichtiges mitzuteilen gäbe und ich hatte noch keine Veranlassung gehabt, zum Hörer zu greifen.
Am vierten Tag klingelte das Telefon, als ich von der Arbeit nach Hause kam. Gerson, dachte ich, doch als ich in den Flur kam, blinkte der Anrufbeantworter, ohne dass jemand eine Mitteilung aufsprach. Vorsichtshalber nahm ich den Hörer mit ins Wohnzimmer, wo immer noch der dicke Bolaño auf dem Sofa lag. Aus Langweile blätterte ich darin. Mein Blick fiel auf eine Seite im ersten Teil und ich las ein paar Sätze:
„Außerdem wurde ihm klar, dass er ein rachsüchtiger Bursche war und voller Groll, dass ihm der Groll aus allen Poren drang und es ihm nichts ausgemacht hätte, jemanden zu töten, egal wen, wenn das die Einsamkeit, den Regen und die Kälte von Madrid gemildert hätte.“
Dann legte ich das Buch wieder aus der Hand. Mit solchen Figuren konnte ich nichts anfangen. Rach-

sucht und Groll waren Eigenschaften, die ich zutiefst verabscheute.
Gerson hatte diesen Text buchstäblich verschlungen, und ich fragte mich, was er so anziehend daran gefunden hatte. Er hatte versucht, es mir zu erklären, und ich hatte den Eindruck, als ob er selbst nicht genau wusste, wie er das Buch beurteilen sollte. *2666* sei kein Buch, das man gerne lesen wolle, oder *nicht* gerne lesen wolle; vielmehr sei es so, dass man von diesem Buch gelesen werde. Ich hatte ihn verdutzt angeschaut und Gerson hatte mit den Achseln gezuckt. Das Buch wähle sich seine Leser selbst aus, sagte er. Sie könnten dann nicht anders, als eine Seite aufschlagen und sich darin festbeißen. Sie würden noch eine Seite lesen und noch eine, und so weiter bis zur völligen Erschöpfung. Manche legten das Buch nach ein paar Seiten wieder hin – aber es bliebe ja nicht lange liegen. Er habe bereits den dritten Anlauf gemacht. Nein, verbesserte er sich, natürlich nicht er selbst – das Buch habe bereits den dritten Anlauf mit ihm gemacht; oder nur einen Anfang, und vielleicht war das Ganze ein riesiger Spaß. Gerson zuckte noch einmal die Achseln und sagte: *Ja, so ist es,* als ob er *Amen* sagte.
Ein Buch, das nicht ich las, sondern das umgekehrt mich las, so etwas gab es doch gar nicht? Das Telefon riss mich aus meinen Grübeleien.
Gerson – bestimmt saß er gerade mit Liberty und Sandy beim Frühstück mit *Pancakes, Maplesyrup* und Zimtkaffee!
„Hallo Vera!"

„Luis!“ Mir wurde heiß und ein bisschen schwindelig. Luis wollte sich mit mir zum Abendessen verabreden.
„Gerne komme ich mit – in welches Restaurant willst du gehen?“
„Das kommt auf dich an – hast du auch etwas anderes als Reithosen zum Anziehen?“
„Natürlich! Meine Ausgehjeans sind frisch gewaschen und kein bisschen gebügelt.“
„Ich dachte eher an das *kleine Schwarze*, das zu jeder Gelegenheit passt – ich wollte dich in die *Print-Media Lounge* einladen und nachher vielleicht noch in den *Turm* zu einem Cocktail.“
„Ein kleines Schwarzes?“, sagte ich amüsiert. „ Wie wäre es mit High-Heels, dazu meine super engen Ausgehjeans und ein tailliertes Samtjäckchen?“
„Das klingt gut! Ich bin in einer Stunde bei dir.“
Meine Melancholie war auf einmal wie weggeblasen. Es blieb noch genug Zeit, um unter die Dusche zu gehen, mir ein bisschen Rouge auf die Wangen zu zaubern und mich umzuziehen. Ich freute mich auf den *Turm*. Heidelberg bei Nacht – von dort oben hatte man einen herrlichen Blick über die ganze Altstadt bis zum Schloss; ich hatte dieses Schauspiel noch nie erlebt. In der Zeitung hatte ich gelesen, dass der Koch der *Print-Media Lounge* vor kurzem einen Stern ergattert hatte! Die Preise waren bestimmt gesalzen! Wenn das Gerson wüsste – doch diesem Gedanken verbot ich den Eingang in mein Bewusstsein, kaum dass er angeflogen kam.

Es war schon Mitternacht vorbei; ich hätte ewig so auf den schwarzen Lederpolstern sitzen können, die leise Jazzmusik im Hintergrund und neben mir Luis, den Geschichtenerzähler. Er hatte den Arm über die Rückenlehne gelegt, und wie zufällig war dieser Arm auf meine Schulter gerutscht. Dort blieb er liegen, warm, leicht und angenehm. Unser Gespräch kreiste um Pferde; wir sprachen über den Leierhof und wie er sich veränderte, seit Tom den Hof übernommen hatte. „Er macht seine Sache gut", sagte Luis. Ich nickte, obwohl ich mich in letzter Zeit im Stall nicht mehr so wohl fühlte. Warum wusste ich nicht, vielleicht lag es daran, dass ich Nine immer stärker vermisste. Pepino ging es genauso. Tom hatte einfach nicht die Zeit, sich um ihn zu kümmern; er stand den lieben langen Tag in seiner Box herum, wenn ich ihn nicht ab und zu in der kleinen Halle frei laufen ließ.

„Wenn er nur nicht so von sich überzeugt wäre. Er kann keine Hilfe annehmen, hast du das auch schon festgestellt?"

Ob Luis den großzügigen Kredit meinte, den er Tom angeboten hatte?

„Tom ist jemand, der nur seiner eigenen Nase nachgeht", sagte Luis. „Ich traue ihm sogar zu, dass er ein krummes Ding drehen würde."

„Meinst du? Ich habe ihn für ehrlich gehalten; aber wenn ich es mir recht überlege, möglich wäre es." Wir schwiegen eine Weile und nippten an unseren Cocktails. Eine Frage lag mir auf der Zunge, ich hatte sie ihm schon lange stellen wollen, aber nie die richtige Gelegenheit dazu gehabt und mich gescheut, ihm zu nahe zu treten.

„Luis, bist du verheiratet?" Heute Abend war alles anders; die Frage war mir einfach so herausgerutscht.

Ohne verletzt oder peinlich berührt zu sein, sagte er: „Nein, leider nicht. Ich bin geschieden, doch das liegt lange zurück. Und seither genieße ich es, alleine zu leben."
Wir waren die letzten Gäste im Turm, doch Luis winkte noch einmal dem Barkeeper. „Eine Margherita – eine letzte!" Der Barmann Joe stellte das Glas mit dem Rand aus zuckrigen Eiskristallen auf den niederen Tisch und Luis nahm einen kleinen Schluck, stellte das Glas zurück und schaute in den dunklen Nachthimmel. Unvermittelt begann er zu sprechen, mehr zu sich selbst als zu mir, der Alkohol löste ihm die Zunge. Er ist einsam, das fühlte ich.
„Es klingt idyllisch – eine Kindheit auf dem Land, doch für mich war es die Hölle." Er schwieg, starrte geradeaus auf den Tisch, als ob es da etwas zu sehen gäbe, nippte an seinem Glas. „Und eine harte Schule, eine Schule fürs Leben." Ich sah, wie Joe uns ein Zeichen machte, er rieb Daumen und Zeigefinger aneinander, eine eindeutige Geste, die Luis einfach ignorierte.
„Als Junge war ich sehr klein." Wieder war es seine Stimme, dieser süß-herbe Ton, der mir Gänsehaut auf die Arme zauberte und mich innerlich zum Schmelzen brachte. „Die anderen Buben waren älter und stärker als ich, doch das war es nicht. Ich hatte schwarze Haare und eine dunklere Haut, ich war anders als die anderen. *Dich haben die Zigeuner in den Grasgarten gelegt, deine Mutter hat dich aus den Brennnesseln herausgeholt, du bist ein Findelkind,* das haben sie mir auf dem Schulhof nachgerufen. Sie ha-

ben mit Fingern auf mich gezeigt. *Aus dir wird nie was*, hat die Lehrerin zu mir gesagt."
Mir traten die Tränen in die Augen. „Armer Luis", sagte ich leise. Das ist also *sein* Geheimnis. Sein dunkles Aussehen, gerade das war es, was mich so sehr zu ihm hinzog. Er schwieg und trank seinen Cocktail auf einen Zug aus. Wenn er doch nur etwas gesagt hätte, ein Wort nur. Ich war voller Mitgefühl mit ihm.
Luis starrte vor sich dann, dann sagte er mit seiner rauen, kehligen Stimme: „Ich habe mich gewehrt, wo ich konnte. Habe heimlich Boxen trainiert."
Ich sah den kleinen Jungen vor mir, wie er mit Boxhandschuhen in den Wald ging und auf einen Baumstamm einschlug; wild und besinnungslos. Ein kleiner Junge, der nichts wollte, als Liebe und Anerkennung, Genau wie der kleine Rabauke auf der Neckarwiese damals, der Gerson so bezaubert hatte. Am liebsten hätte ich Luis in den Arm genommen und seine dunkle Vergangenheit unter meinen Küssen zum Verschwinden gebracht. Doch ich ahnte, Luis wollte mein Mitleid nicht. Auf einmal richtete er sich auf.
„Ich habe schnell gemerkt, wo meine eigene Stärke lag."
Ob er wirklich ein Adoptivkind war? Ich spürte seinen Groll, den ganzen unermesslichen Groll, den er seit seiner Kindheit in sich angestaut haben musste; er diente ihm als Antriebskraft, um sich von dem Makel zu befreien. Und wie es schien, hatte er es geschafft! Unglaublich, was er alles erreicht hatte – er war ein erfolgreicher Geschäftsmann, konnte sich alles leisten, was er wollte, hatte einflussreiche Geschäftsfreunde und bekleidete wichtige Ehrenämter,

die ihm Macht und Einfluss verschafften. Hut ab, dachte ich, er hat sich von ganz unten hochgearbeitet. Luis stieg immer mehr in meiner Achtung.
„Ich weiß, wie die Leute ticken, wenn es um Geschäfte geht; ich kann auf hundert Meter vorhersagen, was sie heiß macht und ich weiß genau, was sie antreibt. Und: Ich habe gelernt, Geduld zu üben." Er schwieg und legte seinen Zeigefinger an die Nasenspitze. Nach einer kleinen Weile setzte er hinzu: „Sie sollten mich kennen lernen!" Ich wusste nicht, wen er mit *sie* meinte, die Menschen im Allgemeinen oder seine ehemaligen Freunde in seinem Heimatdorf? Ich sah ihn an, wie er neben mir saß, sein feuriger Blick, seine tiefgründigen, dunklen Augen, Nein, die Leute im Dorf hatten seinen Willen und sein Selbstwertgefühl nicht brechen können, und ich spürte nichts als Bewunderung für ihn. Luis schien meine liebevollen Gefühle wahrzunehmen, doch er war viel zu zurückhaltend, sich darin zu sonnen.
„Ach, was rede ich da!", sagte er hastig und es war, als ob er von einer weiten Reise zurückgekehrt wäre und sich erst wieder zurecht finden musste. Luis schaute auf die Uhr.
„Wir müssen los – Joe hat mir gerade ein Zeichen gemacht." Ich drehte mich zum Barkeeper um, der bedauernd die Achseln zuckte.
„Ja – es ist ja auch schon soooo spät."
Luis stand auf, beglich unsere Rechnung und brachte mir meinen Mantel. Von Gerson hätte ich mir niemals in den Mantel helfen lassen, das hatte ich mir ausdrücklich verbeten, doch bei Luis kam mir diese alte Höflichkeitsgeste kein bisschen verstaubt und unpas-

send vor. Wir gingen zum Aufzug, er ließ mir den Vortritt. „Morgen bist du wieder bei Fango, du tust ihm gut, das spüre ich."
„Ja, ich freu mich darauf", sagte ich. Luis hatte mich beim Sprechen leicht am Oberarm berührt und für einen Augenblick dachte ich, er wollte mich umarmen. Da hielt der Aufzug, er ließ mir den Vortritt und wir gingen zu seinem BMW-Cabrio. „Ich bringe dich nach Hause", sagte er. Wo er wohl wohnt, dachte ich, doch ich war zu müde, um ihn danach zu fragen. Ich stellte mir vor, dass er in einer schicken, neuen Eigentumswohnung irgendwo an der Bergstraße oder am Neckarufer lebte, mit einem lichtdurchfluteten Wohnraum, glänzenden Parkettböden und einem Whirlpool als Badewanne. Für einen kurzen Augenblick dachte ich daran, dass mich Luis gar nicht auf meinen Traum, die Arbeit mit Pferden angesprochen hatte. Vielleicht hatte er nichts Besonderes im Sinn gehabt, als er vor kurzem davon anfing? Mich aber hatte sein Satz: „Manchmal werden Träume wahr", nicht mehr losgelassen.
„Wo genau muss ich abbiegen?" Luis riss mich aus meinen Gedanken. „Entschuldige, ich träume – wir sind ja schon am Mönchhofplatz; genau hier."
Vor unserem Haus war eine Parklücke frei, doch Luis hielt mitten auf der Straße an. Er beugte sich zu mir hinüber – jetzt küsst er mich, dachte ich.
„Bis morgen bei Fango – vielleicht bin ich auch da. Hab noch was mit Tom zu besprechen."
„Bis morgen", sagte ich und hätte gerne noch viel mehr gesagt, doch in diesem Augenblick tauchte hinter uns ein Wagen mit aufgeblendeten Scheinwerfern

auf. Der Fahrer schien es eilig zu haben, er betätigte ungeduldig seine Lichthupe. Rasch stieg ich aus und schloss die Tür. Schnurrend wie ein Kätzchen rollte das Cabrio an mir vorbei. Was für ein wunderschöner Abend, dachte ich dankbar und voller Vorfreude auf den nächsten Morgen.

23

Der Brief mit der Schweizer Marke und dem Express-Aufkleber konnte nichts Gutes bedeuten. Er trug keinen Absender, doch ich vermutete, dass er von Iris kam; eine Nachricht, die sie weder telefonisch noch übers Internet mitteilen wollte. Ich würde ihn erst nach dem Reiten öffnen, nahm ich mir vor, doch dann siegte meine Neugier und ich riss den Umschlag auf.
Auf dem einen Blatt war ein Foto abgedruckt. Es zeigte das Scheunentor von Iris' Reiterhof in Montmirail, über das mit blutroter Farbe *PUR SANG! NON AU MELANGE DE RACES!* gemalt war. Die Schrift bestand aus krakeligen Großbuchstaben, die mit mindestens einem Eimer roter Farbe hingeschmiert worden waren.
Auf dem zweiten Blatt stand eine handschriftliche Mitteilung: „Liebe Vera, so sah mein Scheunentor gestern aus. Inzwischen habe ich es wieder überstrichen. Ich habe anonyme Drohanrufe bekommen, dass ich das deutsche Pferd wegschaffen und meine Beziehung zu Monsieur Poliglott beenden solle. Sie meinen natürlich Nine. Ich habe den Fall der Polizei gemeldet, sie wollen eine Fangschaltung einrichten. Monsieur Poliglott steht auf meiner Seite und unterstützt mich

nach Kräften. Nine geht es gut. Rufe mich nicht an, wenn du den Brief bekommst. Warte noch einen Tag, bis ich dir meine neue Handynummer schicke."
Meine Gedanken fuhren Achterbahn – *Pur Sang* – schon wieder dieser unheimliche Slogan, der wie eine alte Naziparole klang. Ob es in der Schweiz Neonazis gab? Unter den Pferdebesitzern? Das schien mir einigermaßen unwahrscheinlich und doch! Iris sollte das deutsche Pferd wegschaffen? Ja, um Gottes willen – das konnte doch nur bedeuten, dass sie es töten lassen sollte! Meine Nine! Nein, so etwas würde Iris nicht tun! Lieber würde sie – ja was denn? Ich wusste es nicht, mein Kopf schmerzte und eine lähmende Angst beengte meinen Brustkorb. Da schlug es vom Kirchturm neun Mal, beim letzten Glockenschlag konnte ich auf einmal wieder frei atmen. Ich musste schnell in den Stall, um Fango zu bewegen, am Nachmittag erwartete mich mein Chef Massimo im Büro. Es war sein freier Nachmittag und er wollte nach Mannheim zum Einkaufen fahren, ich musste spätestens um 14 Uhr im Geschäft sein.
Als ich den Motor von meinem Golf anlassen wollte, stotterte die Zündung. Das hatte mir gerade noch gefehlt – ich musste los, so schnell wie möglich. Ich schloss die Augen, atmete tief durch und konzentrierte mich mit aller Kraft auf das Anspringen. Und siehe da – diese Technik, die bei Pferden immer funktionierte, versagte auch bei meinem Auto nicht. Der Motor begann zu drehen und wenig später bog ich auf die Ernst-Walz-Brücke ab. Der Neckar wälzte seine trüben Wassermassen durch das Flussbett, das viel zu eng aussah, – es regnete in Strömen und das

Schloss versteckte sich hinter einer grauen Nebelwand. Im Jura würde es jetzt bestimmt wieder schneien.
Je weiter ich fuhr, desto klarer kristallisierte sich eine Entscheidung aus meinen wirren Gedanken heraus. Ich musste so schnell wie möglich selbst nach Nine schauen, komme was da wolle. Mir fiel die Zeitungsmeldung ein, die mir Gerson vor ein paar Wochen vorgelesen hatte. Was, wenn dieser Verrückte wieder auf freiem Fuß wäre – auf dem Weg vom Gefängnis zur Klinik in Bellelaye ausgebrochen und nun seinen Wahn auf subtilere Weise auslebte? Er hatte es auf Stuten abgesehen! Erschrocken trat ich auf die Bremse; beinahe hätte ich die Rechts-vor- links Vorfahrtsregelung im Eppelheimer Neubaugebiet missachtet. Der Fahrer des entgegenkommenden Toyotas warf mir giftige Blicke zu und tippte sich mit dem Zeigefinger an die Stirn. Nicht zu unrecht, er hatte gerade noch rechtzeitig bremsen können. Reiß dich zusammen, Vera, befahl ich mir. Du sollst Auto fahren und keine Horrorgeschichten erfinden. Der Verrückte sitzt hinter Schloss und Riegel, sonst hätte Iris mir bestimmt etwas anderes berichtet. Trotzdem: Ich durfte keine Zeit verlieren, ich musste mir selbst von der Lage in *Montmirail* ein Bild machen, musste mit eigenen Augen feststellen, ob mit Nine alles in Ordnung wäre. Mein Chef würde mir sicherlich keinen Stein in den Weg legen, drei Urlaubstage würden mir genügen, um mit Iris über alles zu reden und mir einen Überblick über die Situation zu verschaffen. Ich musste unbedingt diesen Monsieur Poliglott kennen-

lernen und herausfinden, ob ich ihm vertrauen konnte.
Auf dem Parkplatz des Leierhofs stand nur ein einziges Auto. Es war der große Geländewagen von Luis. Erleichtert atmete ich auf. War es Gedankenübertragung, dass er gerade heute Morgen hier draußen war?
Luis stand mit Tom auf der Stallgasse und sie unterhielten sich angeregt. Luis hatte sein Laptop dabei und deutete mit dem Zeigefinger auf den Bildschirm. Bestimmt erläuterte er Tom die Pläne für den neuen Offenstall. „Ach, da kommt meine Bereiterin", rief Luis mir fröhlich zu. Doch als er meine bedrückte Miene wahrnahm, runzelte er die Stirn: „Vera, geht es dir nicht gut – hast du etwas von Gerson gehört?"
„Nein, immer noch keine Nachricht – aber von Iris kam ein Brief. Kann ich dich für einen Augenblick sprechen?" Und zu Tom, der alles mitgehört hatte, sagte ich: „Tom, entschuldige bitte!"
„Ach, das macht nichts, Luis und ich können uns später unterhalten." Luis klappte das Laptop zu und verstaute es in seiner Mappe. „Wir treffen uns in zwei Minuten im Reiterstübchen, ich muss noch einmal kurz verschwinden", sagte er zu mir.
Tom stand immer noch neben mir. „Vera, wenn es irgendetwas gibt, was ich für dich tun kann, sag es mir bitte."
„Danke, Tom." Hinter seiner Hilfsbereitschaft schien mir eine gehörige Portion Neugier zu stecken, die ich im Augenblick nicht befriedigen konnte. Ich wollte mit Luis über meine Sorgen sprechen, mit niemandem sonst.

Ich schaute noch schnell bei Fango vorbei. Er stand auf dem Auslauf und kabbelte sich mit seinem Nachbarn, einem großen alten Schimmel. Der streckte seinen Hals über die Eisenstange und kniff Fango ins Hinterteil. Fango quietschte und versuchte, nach dem Alten zu treten. Dann drehte er sich um und fing seinerseits mit Kneifen an. Die beiden waren so miteinander beschäftigt, dass mein Versuch, mich bemerkbar zu machen, keinen Erfolg hatte. Ich legte Fango eine Karotte in die Krippe, aber nicht einmal diese Geste erregte seine Aufmerksamkeit.
Im Reiterstübchen hatte Luis zwei Tassen Kaffee aus der Espressomaschine gezogen.
„Nimmst du Zucker?“, fragte er. Ich nickte. „Aber keine Milch – ich vertrage sie nicht mehr.“
„Dann bist du in der Schweiz aber fehl am Platz“, grinste er. „Wenn es dir recht ist, möchte ich dir, bevor du mir von deinen Sorgen erzählst, etwas zeigen. Ich habe mein Laptop dabei“, setzte er erklärend hinzu.
Natürlich war ich einverstanden, ich fühlte mich geschmeichelt, weil ich spürte, dass mich Luis immer mehr in sein Leben und in seine Projekte ziehen wollte. „Gerne“, sagte ich, „wenn es nicht zu lange dauert?“
Luis hatte schon seinen PC aufgeklappt und vor sich auf den Tisch gestellt. Ein paar Mausklicks, und die Seite baute sich auf. Ich stand hinter Luis und sah ihm über die Schulter.
„Da, schau sie dir an, das sind meine Verkaufspferde.“
Ich war überwältig. Ein Pferd schöner als das andere,

alles junge Sportpferde, die Luis zum Verkauf anbot. Die Preise bewegten sich in schwindelnden Höhen, im Vergleich dazu hatte ich Nine für einen Spottpreis erstanden. „Du erinnerst dich an unser Gespräch über Träume?“, sagte Luis lächelnd.
„Meinst du, ich könnte meine Träume vergessen?“, fragte ich. „Oder das Gespräch mit dir?“, setzte ich hinzu.
Luis lächelte. „Diese Pferde könntest du reiten.“
„Luis!“
„Sie stehen alle auf dem Sonnenhof. Ich zeige dir gerne mal ein paar Videos, wenn wir mehr Zeit haben. Ich will mich vergrößern und einen neuen Stall bauen.“ Luis beobachtete mich aufmerksam. Er musste mein besorgtes Gesicht gesehen haben und er spürte, dass sich meine Begeisterungsfähigkeit heute in Grenzen hielt.
„Was bedrückt dich, Vera?“
Ich zog mir einen Stuhl heran und setzte mich zu ihm. Im Böllerofen prasselte ein Holzfeuer, angenehme Wärme verbreitete sich im Raum. Ich rieb meine Hände, die vom Herumstehen in der feuchten Kälte ganz klamm geworden waren. „Iris hat mir einen Brief geschrieben. Sie bekommt schon wieder Drohanrufe und an ihre Scheunenwand hat jemand mit roter Farbe *Pur Sang* geschmiert.“
„Bist du sicher, dass es Farbe war?“
„Was soll es denn sonst sein?“
„Na, Blut zum Beispiel – auf dem Land herrschen raue Sitten, wer weiß, vielleicht haben sie gerade ein Schwein geschlachtet, oder einem Hahn den Kopf ab-

gehackt – das machen die Bauersfrauen mit dem Beil."
Ich schüttelte mich vor Abscheu.
„Sie werfen die Tiere vom Hackklotz und sie rennen kopflos im Zickzack herum, bis sie tot liegen bleiben", sagte Luis. „Kopflos", fügte er grinsend hinzu, „im wahrsten Sinne des Wortes."
„Luis, bitte!" Wie kalt und abweisend er plötzlich klang!
„Sie wollen, dass Iris das deutsche Pferd wegschafft", sagte ich tonlos.
„Das klingt allerdings merkwürdig. Wer steckt dahinter, was vermutet ihr?"
„Wenn ich das wüsste, keine Ahnung; Iris tappt auch im Dunkeln. Ich will morgen oder übermorgen nach Montmirail fahren. Ich mache mir solche Sorgen, ich halte es hier nicht mehr aus."
„Das kann ich gut verstehen. Doch du darfst nichts übereilen. Und mit deiner Rostbeule Marke Golf lasse ich dich auf keinen Fall fahren. Du hast ja nicht mal Winterreifen!"
„Und heute Morgen ist er fast nicht angesprungen", gab ich kleinlaut zu.
„Wenn du willst, leihe ich dir meinen BMW-Geländewagen, ich will doch, dass du heil wieder kommst."
„Luis, ist das wahr?"
„Natürlich! Aber lass uns noch einmal überlegen, wer hinter der ganzen Sache stecken könnte. Wie heißt der Bekannte von Iris, dieser Hengsthalter?"
„Meinst du Monsieur Poliglott?"

„Ja, genau; richtig schweizerisch klingt seine Name nicht gerade – ob er ein Motiv hat?"
„Das glaube ich nicht."
„Hat Iris verraten, was dieser Poliglott für das Sperma seines Hengstes verlangt hat?"
„Nein – ich glaube, sie hat nur die Rechnungen bezahlt, den Tierarzt z.B."
„Bist du dir da ganz sicher? Ganz legal war die Besamung ja wohl nicht, oder?"
Ich konnte mich nicht mehr genau erinnern, was ich Luis alles über die Deckaktion erzählt hatte, eigentlich dachte ich, ich hätte meinen Mund gehalten. Letztendlich war es nicht von Bedeutung, Luis war mein Freund, und ich konnte ihm vertrauen.
„Hm, deshalb will ich ins Jura fahren. Ich will Monsieur Poliglott endlich kennenlernen."
Luis nickte. „Und dann die Parole – *Pur sang* – gab es eigentlich so etwas wie ein Bekennerschreiben?"
„Soweit ich weiß, nicht."
„Ich meine mich zu erinnern, dass ich vor ein paar Jahren etwas von einer Vereinigung gehört habe, die sich *Ligue Pur Sang* nannte und ziemlich militant für die Reinheit der Freiberger Rasse eintrat. Wenn du mir einen halben Tag Zeit gibst, dann stelle ich ein paar Recherchen an."
„Wirklich? Dann könnte ich spätestens übermorgen losfahren?"
„Von mir aus, ich brauche meinen großen Reisewagen nicht. Zum Leierhof schaffe ich es auch in meinem kleinen Flitzer. Ich lasse den BMW zur Sicherheit noch einmal in der Werkstatt überprüfen."

Luis war ein Schatz. Dass er mir seinen Wagen lieh, und ihn sogar noch in die Inspektion brachte, hätte ich nicht erwartet und ich hätte nie gewagt, ihn darum zu bitten. Natürlich hatte er recht, eine Fahrt ins Gebirge mit meinem Auto bei diesen Wetterbedingungen wäre unverantwortlich gewesen. Ich wagte gar nicht daran zu denken, was Gerson zu meinem Vorhaben gesagt hätte. Wahrscheinlich wäre er zum ersten Mal mit Luis einer Meinung gewesen.

Luis rief mich schon am späten Nachmittag an. „Ich habe es gewusst! Es gab in den 1990er Jahren des letzten Jahrhunderts eine regelrechte Kampagne, die in verschiedenen ominösen Zeitschriften, wie „Das Zugpferd“ und „Der Schweizer Bauer“ ausgetragen wurden. Hör dir nur die Überschriften an: *Les Franches Montagnes purs sont en danger* – auf Deutsch: *die reinen Freiberger sind in Gefahr*! Und weiter: *Die einzige wirkliche Schweizer Rasse ist vom Aussterben bedroht. Freiberger, die fremdes Blut in sich tragen, sind keine Freiberger mehr.*
„Das klingt bizarr, findest du nicht?“
„Ich bin noch nicht fertig! Es hat sich sogar eine *Interessensgemeinschaft zur Erhaltung des originalen Freiberger Pferdes*, die *IGOFM*, gebildet. Vielleicht ist die rätselhafte *Ligue Pur Sang* eine militante Abspaltung dieser Organisation.“
„Wer hätte gedacht, dass Nine in so eine schlechte Gesellschaft geraten würde. Ich werde keine Ruhe geben, bis wir etwas herausgefunden haben. Ich gehe heute bei zeit zu Bett und breche morgen in aller Frühe auf.“

„Mir ist alles recht, wenn du nur wieder bald zurückkommst und keine Dummheiten machst.“
Was für Dummheiten denn? Schließlich war ich kein Kind mehr! Ich wusste genau, was ich zu tun hatte. Es ging um *Nine Days Wonder,* die Nerwa Tochter, meine Nine, die unter die Freiberger gefallen war. Sie brauchte mich.

24

Auf Luis war Verlass. Am nächsten Morgen übergab er mir die Schlüssel seines weißen BMW-X5. Ich wollte ihn noch zu einem Espresso einladen, doch er winkte ab. „Fahr lieber gleich los, dann bist du vor der *Rushhour* in Basel. Von dort bis nach Delémont ist der Verkehr bestimmt erträglich und dann ist es nicht mehr weit." Offensichtlich hatte Luis meine Reiseroute gegoogelt. „Ich habe vollgetankt, das sollte reichen. Er braucht Superbenzin." Und er fügte hinzu: „Kein Diesel, falls dir doch der Sprit ausgehen sollte."

Ich stellte mir die Rückenlehne etwas steiler ein und rückte den Sitz nach vorn. Meine Hand stieß auf ein Blatt Papier – eine Zeitschrift? Ich zog einen Reiseprospekt oder eine Hotelreklame hervor. Ob Luis das Blatt vergessen hatte? Ich wollte es ihm hinausreichen und ließ die Seitenscheibe hinunter, doch er war schon verschwunden. Wird wohl nicht so wichtig sein, dachte ich. Ich würde es ihm geben, wenn wir uns wiedersahen.

In dem großen Reisewagen kam ich mir vor wie eine Königin. Ich drückte auf die Taste für die Sitzheizung und nach kurzer Zeit durchströmte meinen Rücken eine angenehme Wärme. Der Motor schnurrte wie ein Tigerchen, die Lenkung ließ sich mit einem Finger drehen, und ich hatte einen großartigen Überblick auf den Verkehr! Was für ein wunderbares Auto mir Luis geliehen hatte! Wenn ich wieder zurück wäre, würde ich den X5 in die Waschanlage fahren, ich würde die weiße Karosse genauso sauber zurückzugeben, wie ich sie übernommen hatte.
Als ich an der Ausfahrt Karlsruhe vorbeigefahren war, wurde die Autobahn frei. Auf der Mittelspur glitt ich mit Tempo 130 dahin und legte die neue CD in den Player, die mir Gerson geschenkt hatte. Endlich konnte ich die Musik so laut hören, wie ich wollte; ich fühlte mich von einer magischen Soundwelle überschwemmt, es war, als ob die Töne direkt in mein Sonnengeflecht eindrangen und dort vibrierten. Und nicht nur die Töne! Zum ersten Mal verstand ich vollständig den Text des Songs *Losing Touch*, den ich schon so oft im Bermudafunk gehört hatte. Es war merkwürdig, Gerson hatte mir die CD von *The Killers* geschenkt, aber der Songtext erinnerte mich an Luis.
Bei der Ausfahrt Offenburg konnte ich den ganzen Text auswendig mitsingen. Meine beiden Männer, dachte ich zärtlich, Gerson und Luis, und für einen Augenblick wusste ich nicht, wer mir näher war. Die Musik nahm mich in ihren Bann, nach *Losing Touch* kam ein Song, der mich noch mehr faszinierte, ohne dass ich den Sinn des Verses, der mich nicht losließ, wirklich verstanden hätte. *Are we human or are we*

dancer? My sign is vital, my hands are cold. And I'm on my knees looking for the answer, are we human or are we dancer?
Ich fühlte mich wie elektrisiert; auf einmal war meine Entspannung vorbei. Die Gedanken fuhren Achterbahn in meinem Kopf. Nur gut, dass der große Reisewagen wie ferngesteuert fuhr, ruhig und gleichmäßig, und ich mich nicht ausschließlich auf den Verkehr konzentrieren musste. Ich dachte unentwegt an Luis. Und an die Bilder, die er mir von seinen Pferden gezeigt hatte. Er wollte mich beeindrucken, und das war ihm gelungen. Ich konnte mich an alle erinnern, ihre Farbe, ihre Statur, ihr Geschlecht, es waren Traumpferde. Warum hatte er erwähnt, dass er einen neuen Stall bauen wollte? Einfach nur so? Nein, bestimmt nicht. Hatte er nicht gesagt, dass ich jedes einzelne dieser Pferde werde reiten dürfen? *And I'm on my knees looking for the answer, are we human or are we dancer,* Und da, auf einmal, kam die Antwort. Er hatte mir ein Angebot machen wollen, dachte ich, aber ich habe es nicht dazu kommen lassen, ich habe ihn nicht verstanden, weil ich nur an Nine gedacht hatte. Aber sei es drum. Er hatte *mich* verstanden, hatte gesehen, in welcher Verfassung ich war, und deshalb hat er mich in Ruhe gelassen. Er würde mich bestimmt noch einmal fragen. *But you made your way back home, you went and sold your soul. Like a Roman vagabond, but you made your way back home.* Natürlich, jetzt fiel es mir auf: Luis, er hatte nach Hause zurückgefunden und seinen Traum verwirklicht. Und er wollte, dass auch ich meinen Traum wahrmachen würde.

Nach vier Stunden war ich in Montmirail, aber bis ich vor Iris' Hoftor stand, dauerte es noch ganze 30 Minuten Ich hatte angenommen, ihr neuer Hof läge etwas außerhalb am Waldrand. Doch ich brachte nur das Navi zur Verzweiflung und verfuhr mich gründlich. Verzweifelt fragte ich einen alten, buckligen Bauern nach dem Weg. Er sagte etwas auf Französisch, das ich nicht verstand. Kurzerhand stieg er bei mir ein und dirigierte mich mit Handzeichen zurück ins Dorf. Dann ging es einen steilen Weg hinauf, an der Schule vorbei. Gegenüber der Kirche stieß mich der Mann am Arm an und bedeutete mir anzuhalten. Er deutete auf ein Gehöft, das gegenüber der Kirche lag. „Voila", sagte er und öffnete die Tür. Bevor ich ihm noch danken konnte, war er ausgestiegen und hatte die Tür zugeschlagen.

Das Anwesen war ein altes Bauernhaus mit Scheune, ein typisches Jura-Haus. Der Pferdestall an der Rückseite war erst vor kurzem errichtet worden. Als ich den Wagen am Straßenrand abstellte, schlug die Kirchenglocke Mittag. Wahrscheinlich war Iris gerade beim Füttern.

Ich stieg aus und streckte mich. Auf den rechteckigen Beeten des kleinen Küchengartens lag noch Schnee, die Luft war frisch und klar, durchzogen von einem würzigen Geruch – Iris hatte bestimmt ein Buchenholzfeuer im Kamin brennen.

„Ja, grüß dich, Vera! Ich habe mit dir noch gar nicht gerechnet!" Iris stand vor mir in Jeans und Daunenjacke, ihre Füße steckten in gelben Dockers. „Ich war gerade beim Füttern. Hast du Hunger?" Sie umarmte mich lachend. „Wie schön, dass du da bist!"

Das Gartentürchen stand offen. Auf einem schmalen Trampelpfad ging es durch den Schnee in die Küche. In der Mitte des Raumes stand ein großer Buchentisch, an dem mindestens zehn Leute Platz finden konnten. Die gemauerten Wände des Raumes waren weiß gekalkt. Der große Herd, der mit Holz beheizt wurde, verströmte eine angenehme Wärme. Iris zeigte mir, wo ich mein Gepäck abstellen konnte und nahm mir meine Jacke ab. „Setz dich erst mal“, sagte sie und deutete auf einen ledergepolsterten Stuhl mit hoher Lehne. „Der ist am bequemsten. Wir gehen gleich zu Nine, doch zuerst gibt es einen heißen Tee und ein ordentliches Vesper – es ist dir doch recht?“
„Gerne! Tee wäre wunderbar und gegen ein Vesper habe ich auch nichts einzuwenden.“ Ich setzte mich an den Tisch. „Doch zuerst sag mit, wie es meiner Stute geht – ich habe mir solche Sorgen gemacht.“
„Ich kann dich beruhigen – Nine ist putzmunter, gottseidank bekommt sie von all den mysteriösen Vorkommnissen nichts mit.“
Iris stellte eine Kanne mit dampfendem Kräutertee auf den Tisch, schnitt Brot von einem großen Laib und brachte Butter, Käse, und einen Teller mit Grison, wie sie das Bündner Trockenfleisch hierzulande nannten.
Gerade als sie sich setzen wollte, klopfte es ans Küchenfenster.
„*Entrez*!“
In der Tür stand ein kleiner, stämmiger Mann Mitte vierzig, mit einer karierten Schiebermütze auf dem strubbelig-schwarzen, von grauen Strähnen durchzogenem Haar, das so dicht und fest aussah wie eine

Pferdemähne. „Guten Tag, Monsieur Poliglott! Darf ich Ihnen meine Freundin Vera vorstellen?"
Seine blauen Augen blitzten freundlich, als er sich zu mir drehte: *„Bonjour*, Madame Vera, was für ein Zufall, Sie hier zu treffen!"
„Vera, das ist Monsieur Poliglott, von dem ich dir erzählt habe."
Ich hatte mir den Hengsthalter anders vorgestellt, älter und gesetzter, wie einen richtigen Schweizer eben, doch dieser Mann hatte überhaupt nichts Behäbiges an sich. Im Gegenteil, er sprühte vor Energie, verbreitete etwas Widerständiges, so als balle er die Faust in seiner Tasche und warte nur darauf, sie herauszuziehen und sie dem Widersacher unter die Nase zu halten.
Ich wollte Monsieur Poliglott mein Beileid ausdrücken, doch als ich ihn so kämpferisch vor mir sah, verbot sich jede Mitleidsäußerung von selbst.
„Ihnen gehört also diese wunderbare Stute Nine?" Er sprach Nine wie *Niene* aus, es klang französisch und nicht einmal schlecht.
„Ja, sie gehört mir, Iris sagt, sie trägt das Fohlen Ihres Hengstes Paletti, den ich leider nur von einem Foto her kenne."
„Ja, Paletti war ein außergewöhnlicher junger Hengst. Sein Fohlen wird zeigen, wie wunderbar er war." Monsieur Poliglott sprach fließend Deutsch, ich hätte viel darum gegeben, genauso gut Französisch reden zu können. Er wandte sich zu Iris, die Brot aufschnitt und noch einen Teller auf den Tisch stellte. „Ich komme gerade aus der Gemeindeversammlung. Der deutsche Investor bekommt den Zuschlag nicht – es

gibt einen Gemeinderatsbeschluss, dass Fremde kein Eigentum bei uns im Dorf erwerben dürfen."
Zu mir gewandt sagte Monsieur Poliglott: „Entschuldigen Sie, Vera, ich will es Ihnen erklären. Ich habe von meinen Eltern eine Uhrenfabrik geerbt, die hier am Dorfrand, nicht weit vom Skilift, steht. Ich will sie verkaufen, doch wie gesagt, Fremde dürfen bei uns kein Eigentum erwerben."
Ich rutschte ungeduldig auf meinem Stuhl hin- und her. Was Monsieur Poliglott über die Grundstückspolitik von Montmirail erzählte, interessierte mich nicht besonders, zumindest nicht jetzt. Meine Nine begrüßen, das war alles, was ich wollte.
Iris, die meine Unruhe bemerkte, sagte zu Monsieur Poliglott: „Bestimmt findet sich bald ein Käufer, es ist nur eine Frage der Zeit, glauben Sie mir."
„Genau darüber wollte ich mit Ihnen sprechen."
„Morgen vielleicht? Ich will Vera zu ihrer Stute bringen, sie ist schon ganz unruhig."
Monsieur Poliglott lachte. *„Ah, ben* – das kann ich verstehen. Das andere hat Zeit, dieses Angebot wird mir nicht weglaufen."
„Sie wollen doch noch nicht gehen? Tun Sie mir den Gefallen, setzen Sie sich und probieren Sie von meinem Brot. Ich bringe Vera nur in den Stall, es dauert nicht lange."
Iris führte mich durch den Küchengarten auf die Straße. Sie deutete auf den weißen X5, der am Straßenrand stand. „Hast du ein neues Auto? Mit Anhängerkupplung!"
„Nein, soweit habe ich es noch nicht gebracht – Luis, du weißt schon, hat mir seine Nobelkarosse geliehen

– seinen großen Reisewagen.“ Und ich fügte hinzu: „Er hat nämlich noch ein Cabrio.“
„Luis, ist das der Typ, der aussieht wie Rodrigo Pessoa mit 60?“
„Wenn du meinst“, sagte ich, obwohl ich diesen Vergleich ziemlich übertrieben fand. 60 war Luis bestimmt nicht, höchstens 50, aber auch das war zu hoch gegriffen, 20 Jahre älter als ich war er bestimmt nicht.
„Warte mal.“ Ich drückte auf den elektronischen Türöffner und fischte eine Tüte Leckerli aus dem Handschuhfach. „Für Nine, die habe ich ihr mitgebracht. Ich habe Angst, dass sie mir böse ist, dass ich sie weggegeben habe.“
Iris legte den Arm um meine Schulter und schob mich in Richtung Stall. „Komm mit und überzeuge dich selbst.“

An der Rückseite ihres alten Bauernhauses hatte Iris einen neuen, hellen Pferdestall bauen lassen. Vor den vier geräumigen Boxen lagen Paddocks, die auf eine große Weide hinausgingen. Weil es in der Nacht noch Minusgrade hatte, blieben die Außentüren geschlossen, um zu verhindern, dass die Selbsttränken einfroren.
„Nine steht ganz hinten, sieht du sie? Ich lasse euch zwei jetzt allein – komm ins Haus, wenn du ihr alles erzählt hast.“
Ich lief durch die Stallgasse und blieb vor Nines Box stehen. Sie stand mit halbgeschlossenen Augen an der Wand und döste. „Nine“, rief ich und schob die Boxentür zurück. Ein Ruck ging durch das Pferd, sie

öffnete ihre Augen und ich hörte ein leises, freudiges Wiehern. Sie machte einen Schritt auf mich zu, blieb stehen und streckte ihren Kopf zu mir her. Dann pustete sie mir vorsichtig ins Gesicht. Ich spürte ihren warmen Atem und ihre samtigen Nüstern und auf einmal kullerten mir Tränen über die Wange. „Meine Nine, da bin ich!“ Wie schön und zufrieden sie aussah. Sie hatte zugenommen, ihr Fell war weich und glänzte und sie hatte etwas Mütterliches an sich, das ich nicht von ihr kannte. Ich klopfte ihr den Hals und sie brummelte vor sich hin.

„Willst du eine kleine Massage?“, murmelte ich ihr ins Ohr. Was sie antwortete fühlte sich wie Zustimmung an, also ließ ich meine Finger auf ihrem Fell kreisen, langsam, ganz langsam, bis ich selbst in eine Art Trance kam und alles in mir warm und leicht wurde.

Ich musste einfach den Lautsprecher in meinem Kopf abstellen, ganz leer werden da oben, dann lösten sich die Körpergrenzen auf und die Energie aus meinen Fingerkuppen übertrug sich auf die Muskeln, Sehnen und Knochen des Pferdes. Nine genoss jede einzelne kleine Bewegung, sie ließ den Kopf fallen, kaute und schnaubte. Sie vertraute mir vollkommen, meine Berührungen taten ihr wohl und dieses Wohlbehagen übertrug sich auf mich. Ihre Augenlider waren gesenkt, Nine ließ alles mit sich machen, sie schien unter meinen Händen dahinzuschmelzen. Ein Knacken brachte mich wieder zu mir. Keine Ahnung, was unsere Zweisamkeit gestört hatte. Nine zuckte zusammen und reckte ihren Hals in die Höhe und mein Konzentrationsfaden war durchschnitten. Ich tätschelte ihr noch einmal den Hals.

„Also, altes Mädchen, ich bin wieder da! Ich bleibe noch zwei Tage bei dir.“ Dann schob ich die Boxentür zu und ging zurück ins Haus.
„Na?“, sagte Iris, als ich wieder in die Küche kam. „Was habt ihr denn so lange gemacht?“
„So eine Art Reiki für Pferde, ich glaube, es hat ihr gefallen.“
„Reiki?“ Monsieur Poliglott runzelte die Stirn.
„Nichts schlimmes, einfach nur die Hände auflegen und Energie fließen lassen – ich kann`s Ihnen gerne mal zeigen.“
Monsieur Poliglott wehrte lachend ab. Er hatte sein Vesper beendet und ein Schnapsglas vor sich auf dem Tischstehen.
„Nine macht den Eindruck, als ob sie ihr Leben genießt“, sagte ich.
„Was ist daran falsch?“, sagte Iris und schob mir einen Teller mit Käse und Grison hin.
„Nichts, wirklich nichts“, pflichtete ihr Monsieur Poliglott bei. „Doch es gibt es Leute hier in unserem kleinen Dorf, die das anders sehen.“ Er leerte sein Glas auf einen Zug und stellte es krachend auf den Tisch zurück.
„Vera, ich glaube, du brauchst auch einen Schnaps. Monsieur Poliglott hat uns noch was zu erzählen.“
„Um was geht es?“, fragte ich und nahm mir ein Stück Brot aus dem Brotkorb.
„Ein Einheimischer Investor ist aufgetaucht. Er hat mir ein grandioses Angebot für die Fabrik gemacht.“
„Sehen Sie, ich habe es doch gesagt!“, grinste Iris.
„Die Sache hat einen Haken – der Mann will die Fabrik abreißen und eine große Fabrikanlage hinstellen,

mit hunderten von Arbeitsplätzen. Das würde unser Dorf völlig verändern, man muss nur an den Verkehr denken, den die Arbeiter morgens und abends verursachen. Doch das ist noch nicht alles – ich habe von einem Bekannten erfahren, der den Mann von früher kennt, dass er illegale Arbeitskräfte beschäftigen will, Arbeiterinnen aus Rumänien, ohne Arbeitserlaubnis, die von Schleußern über die Grenze gebracht werden. Er will im Wald Container aufstellen, in denen sie wohnen sollen."
„Wirklich?", sagte Iris entrüstet.
„Ich brauche dringend Geld, das wissen Sie. Mein Pferdehof auf dem Montsoleil muss dringend renoviert werden, ich will dort eine moderne Anlage mit Offenstall und einer Deckstation einrichten."
Ich legte Messer und Gabel beiseite. Die Geschichte begann mich zu interessieren. „Dann werden Sie also doch verkaufen?", sagte ich.
„Nein, wo denken Sie hin! An diesen Merdes? – Niemals. Das ist ein hartgesottener Kerl, dem es nur auf den Profit ankommt."
Hatte er wirklich *merde* gesagt? Wie sehr musste er den Kerl hassen, wenn er ihn *merde – Scheißdreck* – nannte, statt seinen richtigen Namen zu sagen, dachte ich.
„Ich kann Sie verstehen – so ein Industriepark passt nicht hierher."
„Das ist ja noch nicht alles! Seit ich diesem Kerl eine Absage erteilt habe, bekomme ich Drohbriefe und meine Scheunentür ist über und über mit Blut beschmiert."

„Nicht möglich!“ Iris wurde blass. „Sind es die gleichen Parolen wie an meinem Tor?“
“Richtig: *Pur Sang, Kein Fremdes Blut.* Unterzeichnet mit *LPS.* Genau wie bei Ihnen. Die Mails drohen mir; ich soll den Kontakt zu Ihnen einstellen und mit der ungesunden Rassenmischung aufhören. Ich soll Ihnen das deutsche Pferd wegnehmen und so weiter. Keine Ahnung, wie die sich das vorstellen.“
„Was sagen Sie da? Das deutsche Pferd – das ist doch meine Nine?“
Poliglott nickte stumm. Iris schenkte mir einen Damassinenschnaps ein. Ich trank ihn auf einen Zug aus, der ungewohnte Alkohol brannte in der Kehle und durchströmte mich mit einer rosafarbenen Wärme.
„Wir müssen herausfinden, wer hinter dieser unheimlichen Liga steckt“, sagte ich.
„Es gibt hier im Jura keine Liga, die sich *Pur Sang* nennt, dafür lege ich meine Hand ins Feuer“, sagte Monsieur Poliglott. „Wahrscheinlich stammen die Mails von einem Irren!“
Iris legte mir die Hand auf die Schulter: „Vera, ich versichere dir, wir werden alles tun, um Klarheit zu schaffen.“
„Es geht uns doch gar nicht darum, eine neue Zuchtlinie zu begründen – alles was Iris will, ist ein Fohlen aus Ihrer Stute“, sagte Monsieur Poliglott.
„Es ist wirklich Humbug. Wenn du dir die Zuchtlinien anschaust, dann wirst du feststellen, dass nur die Hengste einen geringen Fremdblutanteil haben, aber die Stuten sind nach dieser Auffassung keineswegs reinblütig“, sagte Iris.

Monsieur Poliglott stand auf und gab mir die Hand. „Bleiben Sie ruhig, Madame Vera. Ich werde die Polizei verständigen. Ihrer Stute wird nichts geschehen."

25

Iris begleitete Monsieur Poliglott zur Tür. Auf dem Küchentisch stand der Schinken-Käseteller noch unberührt, in der Aufregung hatten wir das Essen völlig vergessen. Ich bestrich ein Stück Brot mit Butter, schob einen Bissen in den Mund und kaute langsam. Allmählich begann ich mich zu entspannen, der Geschmack des Brotes brachte mich in meine Kindheit, oder noch weiter zurück, in die Kinderzeit meiner Mutter vielleicht, als die Großmutter die Butter noch eigenhändig geschlagen hatte. „Dein Brot ist köstlich!“, sagte ich, als Iris zurück in die Küche kam. „Hast du es selbst gebacken?“
Iris lachte. „Nein, soviel Zeit habe ich nicht. Die Dorffrauen backen es, warte nur ab, du wirst sie alle noch kennenlernen“, fügte sie mit einem geheimnisvollen Lächeln hinzu.
„Soll ich dir jetzt zeigen, wo ich dich untergebracht habe?“
Ich schaute sie erstaunt an.
„Ach, hast du gedacht, dass du bei mir wohnen würdest? Ich bin mit dem Umbau des Hauses noch nicht

weit gekommen, jetzt im Winter läuft hier nicht viel. In meinem Gästezimmer gibt es noch keine Heizung und die Tapete fällt von den Wänden – wirklich gemütlich ist es nicht."

„Ich bin nicht anspruchsvoll", beruhigte ich sie.

„Du wohnst bei Janine und Pierot Velours. Sie führen eine kleine Pension, an der Kreuzung, gegenüber der *Boucherie*, der Metzgerei. Sie haben das alte Bauernhaus von Pierots Eltern geerbt und liebevoll restauriert; Janine hat ihre Kindheit hier im Dorf verbracht und in Lausanne studiert, Pierot ist in Paris aufgewachsen, aber in den großen Ferien und an Weihnachten war er immer hier bei seinen Großeltern. Er kennt im Dorf jeden Hund und ist mit allen alten Dorfbewohnern um fünf Ecken herum verwandt."

„Das klingt gut", lachte ich. „Ich habe nicht viel Gepäck, ich lasse das Auto bei dir stehen und gehe zu Fuß."

Iris zeigte mir den Weg. Wir kamen am Schulhaus vorbei, wo die Mütter in ihren Autos mit laufenden Motoren auf ihre Sprösslinge warteten. Dann ging es die steile Kopfsteinstraße hinunter. Im Schaufenster des Metzgers grüßte ein rosa Schwein, das in einem Liegestuhl lag und ein grünes Hütchen zwischen den Schlappohren trug. Sonst war nichts an Dekoration zu sehen. „Hat er nicht nötig", sagte Iris. „Seine Erzeugnisse sind weit über die Dorfgrenzen hinaus bekannt, jeden Freitag gibt es bei ihm frisch geschlachtete Stallhasen – *Lapin* – weißt du?" Ich musste daran denken, was mir Luis über das Schlachten von Hühnern erzählt hatte. Ob die sanft blickenden Stallhasen

genauso brutal und blutig ins Jenseits befördert wurden?
„So, da wären wir." Das Haus wirkte klein und unscheinbar. Der graue Verputz der Jurahäuser, das heruntergezogene Dach, die dicken Mauern und eine angebaute Scheune, zu der ein aufgeschütteter Weg führte. Die Blumenbeete des Vorgartens lagen unter einer angegrauten Schneedecke; der Garten grenzte an die Hauptstraße und war von einem schmiedeeisernen Zaun eingefasst. Unter einem Baum hing ein Vogelhäuschen, in dem es lebhaft zuging. Auf dem Parkplatz stand ein Auto mit dem Schweizer Kennzeichen JU, wahrscheinlich der Wagen meiner Wirtsleute. Es gab einen Kücheneingang, doch Iris führte mich um das Haus herum. „Hier ging es früher in den Stall", sagte sie. Die Haustür war unverschlossen und wir traten in eine geräumige Eingangshalle; jetzt diente sie als Wintergarten für die Orleanderbäume und Juccapalmen. Hier war es angenehm warm; Teppiche bedeckten den steinernen Fußboden und auf den Fenstersimsen, dem Boden und jeder freien Fläche standen Antiquitäten und Krimskrams vom Flohmarkt herum.
„Hallo", rief Iris. „Janine, bist du da?"
Eine Glastür, die die Halle in zwei Hälften trennte, wurde geöffnet. Eine kleine, energische Frau Mitte 50, begrüßte uns. Ihre Augen blitzten freundlich, als sie mir die Hand drückte. Mit Iris tauschte sie schnell ein paar Küsschen aus – rechts, links und noch einmal rechts. „Vera, das ist Janine Velours, deine Wirtin, Janine, das ist Vera, meine Freundin aus Heidelberg."

„Bon jour Madame", sagte ich und bemühte mich um eine gute Aussprache. Seit meiner Schulzeit hatte ich kein Wort Französisch gesprochen und suchte angestrengt nach passenden Wörtern, um nicht stumm dazustehen.
„Was heißt: Ich freue mich?", wandte ich mich hilfesuchend an Iris, doch Janine winkte ab. „Lassen Sie nur, ich verstehe schon, mein Deutsch ist nicht besonders gut, doch ich verstehe!"
„Wunderbar", sage ich. „Vielleicht kommen die Wörter ja zu mir zurück – ich bleibe immerhin zwei Tage lang!"

26

Janine Velours führte mich in mein Zimmer im ehemaligen Kuhstall. „Die dort“, sie zeigte auf die dicken Eichenbalken an der Decke, „haben wir eigenhändig abgeschrubbt!“ Janine schüttelte sich: „Pouh, das war eine Arbeit!“ Drei Balken, deren Enden auf grauen, grob behauenen Abschlußsteinen lagen, trugen die Zimmerdecke. Man sah ihnen ihr Alter an; das von Haarrissen durchzogene Holz glänzte wie gegerbtes Leder; dunkelbraune Astlöcher schielten wie neugierige Augen auf mich herab. Durch ein schmales Fenster konnte ich hinaus auf ein schneebedecktes Feld und einen großen, alten Baum schauen. Der Stamm gabelte sich in vier, fünf dicke Äste, die sich wieder und wieder verzweigten und an ihren Spitzen feinem Engelshaar glichen. „Es ist eine Linde.“, sagte Janine. „Ungefähr hundert Jahre.“
Ich hatte die kleine Wohnung ganz für mich allein. Mein Appartement war mit allem Nötigen eingerichtet, einer Küchenzeile mit Herd und Kühlschrank, einem alten Küchenbüffet mit Geschirr und einem gemütlichen Sofa; daneben stand ein kleiner Tisch

mit einer Leselampe. Viel Zeit zum Ausruhen und Schmökern würde ich bestimmt nicht haben. Verstohlen sah ich mich nach einem Bett um, Janine, die meinen suchenden Blick bemerkte, zeigte auf die Ecke und winkte mir: „*Venez*!"

Ich folgte ihr über eine steile Treppe, eine Art Hühnerleiter, hinauf ins Schlafzimmer. Dort stand ein großes Bett, viel zu groß für mich alleine. Auf dem schrägen Dachfenster lag Schnee. „Man kann es nicht öffnen", sagte Janine, „es ist immer noch *gelée* – zugefroren."

Janine gab mir einen Schlüssel, denn nach 22 Uhr würde sie die Haustür abschließen. Ich winkte ab: „Meine Freundin geht früh schlafen, sie ist den ganzen Tag auf den Beinen – und ich auch! Ich freue mich über die Ruhe hier."

Als ich wenig später auf die Straße trat, um das Dorf zu erkunden, fing es zu schneien an. Janine hatte mir den Weg zu der alten Uhrenfabrik beschrieben. Ich überquerte die Hauptstraße bei der einzigen Kneipe des Ortes. *Le Chat Bleu* war in der Region bekannt, weil sie den einzigen Rauchersalon weit und breit zu bieten hatte. Janine hatte mir schmunzelnd erzählt, dass sich hier abends die Polizisten der Gegend einfanden, um mit den Frauen von der Post und der Bank zu plaudern und zu rauchen. Die alte Bäckerei auf der anderen Straßenseite hatte ihren Laden schon lange dichtgemacht. Es gab eine Sparkasse, eine Poststation und einen *Volg*-Lebensmittelladen, der das allernötigste wie das rote und blaue Rivella und die gelben Toblerone-Riegel offerierte, das war alles, was das Dorf an Einkaufsmöglichkeiten zu bieten hatte.

Im dichten Schneetreiben ging ich die Dorfstraße Richtung Skilift hinauf und kam nach ein paar Minuten an der alten Fabrikanlage vorbei. Das Gebäude lag hinter einer hohen Mauer versteckt und war von der Straße aus nicht sichtbar. Nach weiteren zehn Minuten begann die Langlaufloipe, die immer noch gespurt war. Ob Monsieur Poliglott hier draußen wohnte? Wohl kaum, er hatte doch etwas von einem Zuchtstall auf dem Montsoleil erzählt. Soviel ich wusste, gehörte dieser Berg schon zum Kanton Bern, und lag etliche Kilometer weiter weg von hier.
Ich stapfte in der Mitte der Langlaufloipe auf den Wald zu. Er bestand aus hochstämmigen Tannen, die aufrecht und schwarz wie eine undurchdringliche Wand vor mir standen.
Auf einmal stockte ich. Vor meinen Füssen war der Schnee rot gefärbt, es war frisches Blut, jemand musste sich verletzt haben, beim Holzhacken vielleicht. Vorhin hatte ich Sägegeräusche gehört, es waren bestimmt Forstarbeiter, die die Sturmschäden des Winters beseitigten. Ich lief weiter; doch da – was war das? Vor mir, genau in der Langlaufspur, lag der abgeschlagene Kopf eines Hahnes, der Schnee leuchtete im Blutrot des Kamms. Mir wurde schwindelig, ein Bild huschte durch meinen Kopf – ein Hackklotz, darauf ein rotbraun gefiederter Hahn, der von einer schwarzbehaarten Männerhand festgehalten wurde. Ein Hackbeil sauste herunter, durchtrennte die Kehle, der Kopf fiel hinunter, die Hand packte den Körper, der auf dem Hackklotz liegen geblieben war und warf ihn auf den Boden des Schuppens; der kopflose Vogel, aus dessen Wunde Blut sickerte, zappelte flügelschla-

gend, zuckte und hüpfte im Kreis herum, lautlos, klaglos, immer weiter, bis er liegenblieb und verendete. Ein grausames Bild, wie ich es noch nie gesehen hatte, und doch – woran erinnerte es mich? Luis hatte mir davon erzählt. Ich würgte und atmete tief. Nur schnell weg von hier, dachte ich, nur weg.

„*Un coq*? Auf der Skipiste, *sans tête,* mit abgeschlagenem Kopf, das ist merkwürdig." Janine schenkte mir eine Tasse Melissentee ein. „Trink, das beruhigt. Es ist ein altes Rezept von Claire, der Großtante meines Mannes. Du musst sie unbedingt kennen lernen. Oh, *quel horreur*, ich habe *du* zu dir gesagt – darf ich?", fügte sie lächelnd hinzu.
„Natürlich, gerne! Janine, hat du eine Ahnung, was dieses brutale Schauspiel zu bedeuten hat?"
„*Non, désolée*! Weißt du was – ich bringe dich zu Claire. *Toute suite!* Sie ist beim Brotbacken. In dem alten Bauernhaus, dem ältesten Haus der Gegend, die eine Haushälfte ist unser *Musée rural*. Claire kennt sich mit allen merkwürdigen Dingen aus, manche Leute im Dorf halten sie für eine Hexe, andere sagen, sie ist eine *femme sage,* eine weise Frau. Wenn du mich fragst – *je crois,* sie ist beides! *Si tu veux,* wir machen wir einen kleinen Umweg, und du zeigst mir, was du gesehen hast."
Ich willigte ein, doch im selben Augenblick ahnte ich, dass wir an der Stelle auf der Loipe nichts Auffälliges mehr finden würden. Der Unbekannte würde alles tun, um seine Spuren zu beseitigen und wir hatten ihm wahrlich genug Zeit dafür gelassen.

„Ich glaube, wir können uns den Umweg sparen. Wir gehen lieber gleich zu Claire“, sagte ich.
Janine nickte. Sie sprach in ihrem gebrochenen Deutsch weiter, doch ich verstand sie gut. „Vielleicht ist es etwas in deiner Erinnerung, es steigt auf und du willst es nicht wahrhaben. Solche Bilder sind nichts Ungewöhnliches hier. Es gibt Menschen, die dafür empfänglich sind. Der hohe Tannenwald, das Klima und die Einsamkeit – da können Bilder auftauchen, lange verschüttete Bilder.“
„Nein, ich habe Blut gesehen und den toten Hahn, der noch gezuckt hat.“
Janine sah mich nachdenklich an, dann sagte sie. „*Viens*, es ist nicht weit, wir gehen zu der *Piste de ski de fond*, dann bist du beruhigt.“
Es hatte aufgehört zu schneien, auf der Dorfstraße war der Schnee schon wieder getaut. Janine schlug einen schnellen Schritt an, so dass wir im Nu bei der alten Fabrik waren. Dahinter begann die Langlaufloipe. Ob ich die Stelle wiederfinden würde? Sicher war ich mir nicht, der Boden neben der Langlaufspur sah überall gleich aus – grau-weiß, wie Schnee von gestern. Schweigend liefen wir nebeneinander her, direkt auf den Tannenwald zu.
„Hier! Hier war es!“ Ich blieb stehen; Janine sah sich um und zuckte die Achseln: „Du hast recht – es ist nichts mehr zu sehen!“ Ich bückte mich und schob mit der Hand den Schnee zur Seite, doch auch jetzt kam keine Spur zum Vorschein. Ich wollte gerade vorschlagen, wieder zurückzugehen, als ich Janine rufen hörte:
„Vera, *viens*!“

Sie klang aufgeregt, schnell drehte ich mich zu ihr um. „Schau dir das an!“ Sie hielt eine braune Hühnerfeder in der Hand. „Dein *coq*, welche Farbe hatte er?“
„Braun“, sagte ich.
„*Voilá*, – wir gehen zum alten Bauernhaus, ich glaube, jetzt brauchst du einen doppelten Damassinenschnaps, dringend.“

27

„Claire ist hier in Montmirail aufgewachsen. Sie hat ihr Leben lang im Dorf gelebt, war nie längere Zeit weg von zuhause, höchstens am Sonntag in der *Couronne* mit ihren Kindern zum Mittagessen."
„Wie alt ist sie denn?"
„Sie geht auf die 80 zu! Du darfst nicht glauben, dass sie einen beschränkten Horizont hat – es ist unglaublich, was sie alles weiß – sie bekommt alles mit und hat für alle Probleme einen Rat. Und für ihr Alter ist sie erstaunlich fit. Seit neuestem interessiert sie sich für Computer und nervt ihren Enkel, er soll ihr ein E-Mail-Konto einrichten."
Das Haus befand sich keine 50 Meter vom Pferdehof entfernt. Janine deutete auf ein Schild auf der anderen Straßenseite: *Museé rural.* „Dahin wollen wir."
„Ins Museum?"
„*Mais oui*, Claire hat mit ein paar Freunden aus dem Dorf eine Stiftung gegründet. Das Haus stammt aus dem 16. Jahrhundert und hat unverändert die Jahre überstanden. Und das soll auch so bleiben, auch wenn es jemand gibt, der andere Pläne hat."

Janine blieb vor einer Mauer aus grau-gelblichen Steinen stehen. Eine Steintreppe mit fünf ausgetretenen Stufen führte zu einer einfachen Holztür in einem steingrauen Türsturz, davor ein schmales Vorgärtchen, von einem schmiedeeisernen Gitter eingefasst. Ein alter, knorriger Obstbaum drückte sich an die weißgekalkte Hauswand und streckte einen Ast wie einen schützenden Arm über den Eingang aus.
„*Un poirier*, ein Birnbaum", sagte Janine zu mir, da wurde die Tür geöffnet.
„*Bonjour Janine, ça va*?"
„Guten Tag, Claire, ich bringe einen Gast!"
„*Vite, vite!* Kommt rein und macht die Tür zu, es wird kalt!" Die Alte packte mich am Arm und zog mich hinein. Sie ging gebückt und reichte mir nur bis zum Kinn, doch sie wirkte sehr kräftig. Sie schaute mich aus wachen Augen neugierig an und streckte mir ihren Ellbogen hin: „Ich kann Ihnen nicht die Hand geben, sie ist ganz mehlig. Wir sind gerade am Brotbacken." Sie sprach Schweizerdeutsch mit ein paar französischen Brocken gemischt; ich konnte sie gut verstehen. Ich schüttelte ihren Ellbogen, oder tat wenigstens so. „Ach, jetzt dämmert es mir, das himmlische Brot – es kommt aus Ihrem Ofen?"
„Aber ja." Claire lachte. Wir standen in einem dusteren Raum, der lediglich durch das Licht eines kleinen Fensters erhellt wurde. Es war eine Kombination aus steingefliesster Diele und Küche. Claire deutete in die Ecke der Küchen-Diele. Ungefähr einen Meter über dem Boden war ein Absatz in die weißverputzte Steinwand eingelassen und darüber ein gusseisernes Ofentürchen. „Das ist unser Backofen." Dahinter war

die Wand bis unter die Decke rußgeschwärzt. Neben einer Kiste mit Holzscheiten lehnte eine lange Stange, an deren Ende ein Brett befestigt war. „Damit werden die Brote in den Ofen geschoben und wieder herausgeholt."
Ich trat näher an den Ofen und fühlte die Gluthitze durch das Eisentürchen. „Wollen Sie hinein schauen?" Behände öffnete Claire mit einem Schürhacken die Tür. Die Scheite zerbarsten knackend im Feuer, die gelb-roten Flammen züngelten und leckten so heiß aus dem Schacht heraus, dass ich einen Schritt zurücktrat. Claire schlug das Türchen zu und schob den Riegel vor.
Allmählich gewöhnten sich meine Augen an das Dämmerlicht. Gegenüber dem Backofen stand ein weißemaillierter Kochherd, der ebenfalls mit Holz beheizt wurde. Darüber hing eine große gemauerte Abzugshaube. An der Rückwand des Raumes lehnte ein offenes Geschirrregal. Teller, irdene Schüsseln, Krüge und allerlei Küchengerät reihten sich auf den Borden aneinander. Davor ein grober Holzklotz, und in diesem Hackklotz steckte ein Beil. Ich trat näher. Tatsächlich! Die Klinge und der hölzernen Schaft waren blutverschmiert. Klebten da nicht ein paar Federn? Ich strich mir die Haare aus der Stirn. Meine Hand war eiskalt und steif, ich sah den abgeschlagenen Kopf des Hahnes im blutrotgefärbten Schnee. Claire stieß mich an: „*Ça va*? Ja, in einer Bauernküche wurden auch Hühner geschlachtet – hier ist alles ganz echt – ohne Wenn und Aber!"
„Habt Ihr heute, ich meine heute Morgen, ein Huhn geschlachtet?"

Claire schüttelte den Kopf. „Aber nein, wir benutzen das Beil nur noch zum Holzhacken. Manchmal sind die Holzscheite zu groß, da ist das Beil ganz praktisch."
„Aber da ist doch noch Blut dran!"
„Blut?" Sie stockte.
Sie klang heiser, als sie sagte: „Mein Neffe – er fragt nicht viel, vielleicht war gerade niemand da, dann nimmt er es einfach mit. Er bringt es immer wieder zurück."
Claire lachte und ging ins Nebenzimmer, wo drei Frauen um einen viereckigen Tisch saßen. Auf dem blaukarierten Tischtuch lag ein kleineres weißes über Eck. Die Frauen tranken Kaffee aus goldgeränderten Kaffeetassen und schenkten aus einer großen bauchigen Kanne nach.
„*Voilá*: Berthes, Mathilde und Jeanne, die Bäckerinnen!"
Claire stellte noch eine Tasse auf den Tisch. „Sie trinken doch eine Tasse mit uns?"
Janine nahm mir die Antwort ab. „So viel Zeit haben wir. Monsieur Velours wartet nicht auf uns, er hat zu tun – im Fernsehen kommt Skispringen."
Janine stellte mich den Frauen vor: „Vera Roth, aus Deutschland, ihr Pferd steht bei Madame Klein."
Die drei Frauen nickten mir zu. „Sie soll ein Fohlen bekommen?" fragte Berthes und Mathilde fiel ihr ins Wort: „Mein Vater hatte früher auch Pferde – ein Gespann Freiberger für die Feldarbeit. Heute müssen die Pferde keinen Pflug mehr ziehen!"
An der grüngestrichenen Wand hingen hinter Glas verblichene Porträtfotos. Sie zeigten einen schnauz-

bärtigen Mann im dunklen Anzug, weißen Stehkragen und schwarzer Krawatte, eine streng blickende Frau in schwarzer, hochgeschlossener Bluse, mit einer schwarzen Kappe auf dem zurückgekämmten Haar und einem Gebetbuch in der Hand und einen jüngeren, schnauzbärtigen Mann, dessen kurzgeschnittenes Haar in der Mitte gescheitelt war.
„ Die Eigentümer dieses Hauses?“, fragte ich.
„Ja“, sagte Claire, „nach ihrem Tod ging das Anwesen auf meine Familie über.“ Claire schwieg und rührte mit dem Sahnelöffelchen in ihrer Kaffeetasse, als ob sie etwas aus dem Kaffeesatz lesen wollte.
„Hör auf zu grübeln, Claire, daraus wird nichts.“ sagte Jeanne unvermittelt und Claire, die ganz in sich zusammengesunken war, richtete sich auf. „Entschuldigen Sie bitte, ich war in Gedanken.“ Sie wirkte verstört, ob ich mit meiner Frage an etwas gerührt hatte, das ihr unangenehm war?
„Wollen Sie noch eine Tasse Kaffee und ein Stückchen selbstgebackenen Kuchen?“, sagte Claire, als ob sie sich für ihr plötzliches Wegtauchen entschuldigen wollte.
Ich schaute auf die Wanduhr, die laut tickte. Es war schon 17 Uhr, bald würde es dunkel werden. „Nein danke vielmal, ich möchte gerne noch bei meinem Pferd vorbei schauen, bevor es dunkel wird.“
„Versprechen Sie uns, dass Sie bald wieder kommen – ich will Ihnen das ganze Haus zeigen. Es gibt noch viele interessante Dinge.“
Claire stand auf. „Einen Moment mal, kommen Sie mit!“ Vom Esszimmer führte eine Tür in den Nachbarraum. „Hier haben die Bauern im Winter das

Uhrmacherhandwerk ausgeübt." Sie zeigte auf einen in die Fensterbank eingelassenen Tisch, auf dem allerlei filigranes Werkzeug, Feilen, Schraubenzieher, Vergrößerungsgläser, Zangen, kleine Fläschchen mit Flüssigkeiten gefüllt, ein Ölkännchen und eine Schachtel mit Zifferblättern standen. Doch sie ließ mich die Dinge nicht in Ruhe betrachten. „Ich will Ihnen etwas anderes zeigen."
Auf einem Sekretär lag ein uraltes Heft. Es war ziemlich dick, von Hand geschrieben und auf Französisch. Claire setzte sich eine große Brille auf und las vor, in dem sie mit dem Finger die einzelnen Worte unterstrich *„Ad usum Herman Voirol* – das ist mein Urahn", sagte sie stolz. Sie las weiter und übersetzte dabei: *„Die Geheimnisse von verschiedenen Autoren zusammengetragen für den öffentlichen Gebrauch von Herman Voiro*l."
Ich schaute ihr über die Schulter: *„Aus dem Jahr 1804 oder dem 13. Republicanischen Jahr."*
„Jetzt müssen Sie weiterlesen", drängte sie mich. Doch ich schüttelte den Kopf. „Ich verstehe das alte Französisch nicht und ich kann die Schrift kaum entziffern." Claire übersetzte weiter: *„Inhalt: Arzneien für die Krankheiten des menschlichen Körpers, für die Tiere und für alle Arten von Unpässlichkeiten, sehr unterhaltsam."*
„Steht da auch etwas über Pferde drin?"
„Natürlich", sagte Claire. Sie blätterte in den Seiten. „Hier zum Beispiel: *Was man bei Husten tun kann und was man geben muss, wenn sie eine Giftpflanze gefressen haben und ...*"

Giftpflanzen! Ich dachte daran, wie sehr Liberty darauf geachtet hatte, dass auf unseren Weiden kein Jakobskreuzkraut wucherte. In meiner Unwissenheit hatte ich die gelben Blüten für Johanniskraut gehalten, und nur durch Libertys Achtsamkeit konnten wir verhindern, dass Nine die Pflanzen gefressen hatte. Bestimmt gab es noch andere giftige Kräuter, ob Iris sie alle kannte? Obwohl ich das Altfranzösisch nur schwer lesen konnte, sagte ich: „Dieses Buch muss ich mir einmal genauer ansehen.“ Vielleicht würde mir irgendetwas auffallen, wer weiß.
In der Stube, in der es keine Deckenbeleuchtung gab, war es schon ziemlich schummrig geworden. Wenn ich Nine noch bei Tageslicht sehen wollte, dann musste ich mich schnell verabschieden.
„Ich komme morgen noch einmal vorbei, und wenn es dieses Mal nicht klappt, dann eben das nächste Mal, das verspreche ich Ihnen.“
Sie klappte das Buch zu. „Es wartet auf Sie“, sagte Claire. Noch ein Buch, das auf mich wartet, dachte ich belustigt.
Claire begleitete uns. „Hinaus gehen wir durch die Scheune. Ein ordentliches Haus hat einen Eingang und viele Ausgänge“, lachte sie.
Draußen fielen wieder ein paar dicke Flocken und es war empfindlich kalt geworden. Verwirrt schaute ich mich um. Dann erkannte ich unseren Pferdehof von der Rückseite.
Als wir die Straße hinunter stapften, sagte Janine: „Claire hat es nicht sagen wollen, im Dorf wird geredet. Einige sagen, sie hat einen Neffen, angeblich der Urenkel des Sohnes auf dem eingerahmten Foto. An-

dere wiederum behaupten, er sei gar nicht blutsmäßig mit ihr verwandt, sondern adoptiert. Wie auch immer, dieser Neffe ist anscheinend sehr gut betucht. Er will Claire das Haus abkaufen und so etwas wie *Disneyland* daraus machen. Einen Freizeitpark einrichten, das Haus so renovieren, dass Gäste darin wohnen können, na ja, du kannst dir vorstellen, wie es dann hier aussieht!"

„Das klingt schrecklich! Und Claire, was sagt sie dazu?"

„ 'Nur über meine Leiche!' Es ist fraglich, wie lange sie den Kampf durchhält. Sie ist nicht mehr die Jüngste."

„Wohnt er hier im Dorf?"

„Nein, schon lange nicht mehr. Er treibt sich irgendwo im Ausland herum, in Frankreich, oder Deutschland - ich weiß es nicht. Jedenfalls behauptet Claire, er warte nur auf ihren Tod. Es scheint, als ob er vor kurzem bei ihr war, deshalb wirkte sie vorhin so abwesend. Übrigens will er auch die alte Uhrenfabrik von Monsieur Poliglott übernehmen. Der Mann hat es auf das ganze Dorf abgesehen. Mit diesem Kerl will ich nichts zu tun haben", fügte sie hinzu.

„Kennst du ihn denn?", fragte ich überrascht. Die Antwort kam zögernd: „Nicht mehr", sagte sie und schwieg.

28

Es war schon spät, als ich die Hühnerleiter zu meinem Schlafzimmer hinaufkletterte. Ich lag allein in dem großen Bett und vermisste auf einmal Gerson. Wenn er jetzt neben mir läge, brauchte ich nur meine Hand auszustrecken und würde seinen Herzschlag fühlen. Und dann würde ich ihm alle die unglaublichen Dinge erzählen, die mir heute widerfahren waren. Und er? Ob er schon in Mexiko angekommen war und Bilder von den Schauplätzen der schrecklichen Frauenmorde und der anderen Gräueltaten gemacht hatte? Nein, daran wollte ich jetzt nicht denken, Gutenachtgeschichten waren das bestimmt nicht.
Ob Luis das Wochenende über weggefahren war? Ich hatte mich noch nicht bei ihm melden können, weil sein Handy abgestellt war. Ich musste ihn unbedingt anrufen, ich wollte ihn noch einmal auf sein Angebot ansprechen – zumindest nachfragen, wie er es gemeint hatte. Die Geschichte ging mir nicht aus dem Kopf, je länger ich darüber nachdachte, desto verlockender schien sie mir. Es klang fast wie im Märchen – jemand bot mir an, das, was mir das Liebste im Le-

ben war, Reiten und mit Pferden zu arbeiten, nicht nur als Hobby, sondern als Beruf auszuüben. Ohne dass ich irgendein Papier vorlegen musste, einfach so! Das war *die* Chance meines Lebens, und sie kam bestimmt nicht zweimal.
Weil ich noch nicht müde war, blätterte ich die Werbezeitung durch, die ich aus dem Wagen mitgenommen hatte. Es ging um ein Vier-Sterne-Hotel in Österreich, ein ehemaliges von Grund auf restauriertes Bauerngasthaus, von dem nur noch die Außenwände übrig waren. Die Innenausstattung bestand aus glitzerndem Chrom kombiniert mit dunkelrotem und morbid-violettem Plüsch. Ein *Genießer- und Kuschelhotel.* Vielleicht handelte es sich um einen neuen Hoteltyp und ich konnte Massimo einen Tipp geben? Massimo war immer dankbar, wenn er sein Programm erweitern konnte.
Auf der zweiten Seite stutzte ich. *Schokosahne. Sie wickeln, mit dem unwiderstehlichen Duft der zarten Verführung, jeden um den Finger. Anschließend genießen Sie ein verführerisches Bad im eigenen Kuschelsuite-Whirlpool.* Und dann kam das *Pyjamafrühstück im Himmelbett, ein kuscheliges Vergnügen.* Vollends klar wurde mir, dass ich Massimo mit diesem Hotel keine Freude machen würde, als ich die letzte Seite aufschlug. *Liebe ist, die Zeit zu zweit auf eine ganz besondere Art zu beginnen,* hieß es da. Ein Mann und eine Frau in Unterwäsche mit Pferdemasken auf dem Kopf waren vor einem Doppelbett abgebildet, das war der *Kuscheltraum zu zweit.* Wie war dieser Prospekt wohl in Luis' Auto gekommen? Ich konnte mir nicht vorstellen, dass er so ein Hotel buchen würde, es war

lächerlich, abgeschmackt, pervers und teuer noch dazu. Am besten, ich vergaß das Machwerk einfach, es ging mich überhaupt nichts an, bestimmt hatte irgendein Bekannter die Werbezeitung im Auto liegen lassen.
Dann schlief ich ein, tief und fest und träumte einen merkwürdigen Traum. Ich hörte ein aufgeregtes Gackern. Das Huhn hatte ein warmes, glattes Ei gelegt. Ich konnte es sehen, das Ei lag dort im Schnee. Das Huhn hatte keinen Kopf mehr. Der Kopf lag neben ihm, in der Langlaufspur. Wie kann ein kopfloses Huhn ein Ei legen? Ich ging näher, immer näher, noch näher. Woher kam die schwarze Frau? Sie hielt ein Schüsselchen in der Hand, darin waren schwarze Maiskörner. Sie schüttelte die Körner in dem Töpfchen und rief krächzend: *komm, biep, biep, biep.* Die alte Mutter mit dem Korn. Schüttelte wieder und rief noch einmal: *biep, biep, biep.* Ein Huhn kam vorsichtig näher, einen Fuß vor den anderen setzend, den Hals vorgereckt, einen Schritt nach vorne, den Hals misstrauisch zurückziehend. Die Frau warf ein paar schwarze Körner in den Schnee, das Huhn blieb stehen, pickte, schaute auf, pickte wieder. Ein schwarzes Korn nach dem anderen. Blitzartig beugte sich die Frau nach vorne und packte das Huhn mit ihren knochigen Händen um den Körper. Es war starr vor Schreck, es flatterte nicht, es zuckte nicht, in ihren Händen das Huhn war tot.
Auf einmal hörte ich ein Scharren; das Kratzen hatte mich aufgeweckt. Durch das vereiste Dachfenster drang ein fahles Licht. Ich tastete nach meiner Arm-

banduhr, um 8 Uhr gab es Frühstück, ich musste aufstehen!
Über mir war ein reges Treiben im Gange, das ich nicht sehen, aber umso deutlicher hören konnte. Es scharrte und zirpte, an den Stellen, wo der Schnee taute, konnte ich Füße und Krallen erkennen, wie sie umhertrippelten und Schnäbel, wie sie pickten.
Vorsichtig tappte ich die Stiege hinunter. Die Sonne ging auf, das Schneefeld, das gestern noch grau und stumpf dagelegen hatte, glitzerte wie von tausend Diamanten übersät und durch die Zweige der Linde schimmerte das Blau des Himmels.
Janine hatte schon den Frühstückstisch gedeckt. Auf einem drehbaren Brett standen zehn selbstgemachte Marmeladen, dazu gab es Claires selbstgebackenes Brot, Butter und Käse vom Bauern. Ich schaute mich im Zimmer um. Auf allen Fensterbänken und Borden lagen Antiquitäten, die Janine von ihren Großeltern geerbt hatte, wie sie mir stolz berichtete. Auf einem alten Holztisch mit gedrechselten Beinen lag ein Einwohnerverzeichnis von *Montmirail* aus dem 18. Jahrhundert. Die handschriftlichen Einträge waren mit bloßem Auge kaum zu entziffern.
„Damit kannst du es lesen". Janine hielt ein Metallgestell mit einem Brillenglas in die Höhe. Sie klappte das Gestell auseinander und hielt es mir vor die Nase.
„Ich muss heute Vormittag zum Einkaufen nach Tramelan fahren, Pierot wird dir alles Notwendige bringen." Und schon war sie verschwunden.
Pierot brachte mir eine Schale Milchkaffee.
„Hat dir das Bauernhaus gefallen?", fragte er.

„Das Haus ist ein Schatzkästlein – es wäre ein Verlust, wenn es zu einem Hotel umgebaut würde."
Pierot strich sich durch seine langen grauen Haare und zog einen Stuhl heran. „Darf ich?", fragte er. „Ich weiß nicht, was dir die Frauen gesagt haben, doch es sieht nicht gut aus."
„Claires Neffe? Meinst du ihn?"
„Hat dir Janine von ihm erzählt?"
„Sie spricht nicht gerne über ihn. Sie kennt ihn besser, als sie zugeben will, glaube ich."
„Sie sind zusammen zur Schule gegangen. Er war ein Filou, wenn du weißt, was ich meine."
„Ich kann es mir vorstellen", sagte ich. Ein Filou, das war jemand, der andere Leute übers Ohr haute. Ob es um Geld gegangen war? Ich schob meine Tasse zurück. In der Küche klingelte das Telefon. Pierot ging hinaus und brachte mir den Apparat. „Ihre Freundin will sie sprechen!"
Ich erschrak. Hoffentlich ist nichts passiert, fuhr es mir durch den Kopf.
„Dein Handy war abgestellt!" Iris klang aufgeregt. „Gut, dass ich dich erreiche. Bitte komme schnell."
„Was ist los, geht es um Nine?"
„Nein", sagte Iris. „Oder vielleicht doch – keine Ahnung."

29

Schnell zog ich mir meine Jacke über. Auf dem Tisch vor dem Fenster lag mein Handy. Bevor ich es einsteckte klickte ich mich zu den entgangenen Anrufen durch; einer war von Iris – und der zweite war von Luis.

Draußen empfing mich eine frische, klare Luft, die beinah etwas Nahrhaftes hatte. Das Schaufenster der Metzgerei mit dem rosa Schwein im Liegestuhl war angelaufen.

„Er sucht sich seine Tiere selbst aus", hatte mir Pierot erzählt, „er kennt jedes einzelne. Er tötet sie selbst, sie müssen nicht leiden, sie werden nicht auf einen weiten Transport zum Schlachthof geschickt. Das wäre Stress für die Tiere, sagt er."

„Der Metzger, ein Tierfreund?"

„Wenn du so willst! Er achtet auf Qualität. Das geht Hand in Hand. Wenn die Tiere vor dem Schlachten Angst ausstehen müssen, platzen ihnen die Äderchen. Das merkt man am Fleisch. Schweine sind sehr sensibel."

Das Bild des toten Hahnes stand mir wieder vor Augen. Als ob Pierot meine Gedanken erraten hätte, fügte er hinzu: „Um Hühner zu schlachten, leiht er sich manchmal Claires Beil aus dem alten Bauernhaus aus."
Ich stapfte weiter bergauf. Der Schnee, der gestern gefallen war, taute in der Morgensonne, doch im Schatten der Häuser war der Gehweg mit einer dicken Eisschicht überzogen und ich war froh, dass ich meine festen Stiefeletten mit den Riffelsohlen angezogen hatte.
Iris erwartete mich an der Küchentür. Sie nahm mir Jacke und Mütze ab und schob mir einen Stuhl hin. „Setz dich erst mal", sagte sie.
„Was ist los, Iris, spann mich nicht auf die Folter."
„Hast du dein Auto schon angeschaut?"
„Wieso, hat es einen Platten?"
„Nein, das nicht, aber jemand hat die rechte Seite vollkommen zugeschmiert."
„Zugeschmiert? Womit denn?"
„Mit roter Farbe. In der Art, wie wir es kennen, nur diesmal auf Deutsch!"
Ich sprang auf. „Das muss ich sehen! Um Gotteswillen, was wird Luis dazu sagen – das Auto ist keine vier Wochen alt!"
Im ersten Schrecken hatte ich nur an das geliehene Auto gedacht; doch als wir vor dem Wagen standen, wusste ich, dass es um mehr ging. Über die ganze Kühlerhaube war mit roter Farbe: *FREMDES BLUT* geschmiert und darüber war ein Totenkopf gepinselt. Damit war Nine gemeint.

„So ein Mist! Ich hätte dir sagen sollen, dass du den Wagen besser in Janines Garage abstellen sollst. Ein Luxusschlitten mit deutschem Kennzeichen, direkt vor meinem Haus, da weiß doch jeder, dass du zu mir gehörst!"
„Hast du die Polizei angerufen?"
„Ja, sie waren vorhin schon da und haben ein Foto gemacht. Mehr konnten sie im Augenblick nicht tun."
„Ob die Farbe wieder weggeht?" Mit dem angefeuchteten Zeigefinger rieb ich an dem großen „F" herum. Die Farbe löste sich tatsächlich auf.
„Es scheint Wasserfarbe zu sein, Gottseidank!" Iris verschwand für einen Augenblick und kam mit einem Eimerchen und einem Schwamm zurück. Nach ein paar Minuten glänzte der Lack wieder so weiß wie zuvor.
„Ich fahre ihn auf jeden Fall durch die Waschanlage, bevor ich ihn zurückgebe", sagte ich.
„Es war keine Farbe", sagte Iris, „es war Blut."
Plötzlich stand mir ein Bild vor Augen: „Der Hackklotz bei Claire! Das blutverschmierte Beil! Jemand hatte es ausgeliehen und schmutzig wieder zurückgebracht, so hat es mir Claire erzählt."
„Weißt du, wer das Beil ausgeliehen hat?", fragte Iris.
„Keine Ahnung, das hat Claire nicht gesagt. Hör zu: Das Beil ist ein Beweisstück! Die Polizei muss das Beil auf jeden Fall nach Fingerabrücken untersuchen, wir sollten ..."
Iris ließ mich nicht ausreden. „Vera, mal im Ernst – glaubst du wirklich, die Polizei untersucht hier auf dem Dorf ein Hackbeil, an dem Hühnerfedern kleben? Da hätten sie viel zu tun! Manchmal kommt sogar der

Metzger zu Claire und leiht sich das Beil aus – es ist eine alte Anfertigung, die speziell zum Schlachten von Hühnern benutzt wurde."
Ich zuckte die Achseln. „Ich glaube, du hast recht. Pierot hat es mir vorhin gesagt. Das, was wir hier erleben ist leider kein *Tatort-Krimi*", sagte ich matt, „sondern die schwarz-weiße Wirklichkeit. Aber was ist mit Nine? Das Ganze macht mir Angst, ich überlege mir ernsthaft, ob ich sie nicht wieder mit nach Heidelberg nehmen soll."
„Ich verstehe dich, Vera. Aber überleg mal! Meiner Meinung nach wäre das eine übereilte Entscheidung. Die Straßenverhältnisse sind im Augenblick sehr schlecht, an manchen Stellen ist es glatt, wenn Nine nicht ruhig steht, könnte der Hänger schnell ins Schlingern kommen."
„Und ich bin völlig aus der Übung", musste ich kleinlaut beigeben.
„Ich verspreche dir, gut auf deine Stute aufzupassen. Ich informiere dich über alles Wichtige und halte meine Augen und Ohren offen."
„Du weißt, dass ich dir vertraue, Iris, aber wohl ist mir bei der Sache nicht."
Wir tranken noch einen Tee zusammen und Iris versuchte, meine düstere Stimmung aufzuhellen. „Monsieur Poliglott kennt die Gegend hier und die Leute, wenn einer etwas über die merkwürdige Liga herausfinden kann, dann ist er es."
Morgen war Montag und Massimo rechnete mit mir im Büro. Es war mir klar, dass ich im Augenblick in Montmirail nichts tun konnte. Es blieb mir nichts anderes übrig, als meine Tasche zu packen und meinen

Freunden adieu zu sagen. Aber zuerst musste ich mich von Nine verabschieden.
Als ich in die Stallgasse kam, hörte ich sie schon von weitem brummeln. Ich suchte nach einem Leckerli in meiner Jackentasche. Nine freute sich, dass ich zu ihr kam, sie ahnte nicht, dass ich sie in wenigen Minuten wieder verlassen würde. Ich kam mir fast ein bisschen schäbig vor, doch was hätte ich anderes tun können? Ich schob die Boxentür zurück und sie kam auf mich zu, streckte mir ihre Nase entgegen und blies mich sanft an. Ich streichelte ihre Stirn, sie hielt ihren Kopf still und genoss meine Berührung. „Nine“, flüsterte ich. „Meine Nine.“ Irgendwie schien sie meine Sorge und meine Traurigkeit zu spüren, denn auf einmal hob sie ihren Kopf, stieß ein kurzes, helles Wiehern aus, drehte sich um und lief auf ihren Paddock hinaus.

30

„Bist du schon zurück – ich dachte, du wolltest erst morgen kommen?“, sagte Luis kurz angebunden. Ich wollte mich mit ihm verabreden, doch Luis wehrte ab: „Heute nicht! Wir sehen uns morgen auf dem Leierhof.“ Luis klang nicht gerade unfreundlich, aber er schien sich nicht besonders über meine Rückkehr zu freuen. Vielleicht lag es auch nur an der schlechten Verbindung, er schien von einem Ort aus zu telefonieren, der kein stabiles Netz hatte. „Wir reden morgen“, sagte er, dann war die Leitung tot. Ein bisschen enttäuscht war ich schon. Ich hatte mich auf einen gemütlichen Nachmittag oder Abend mit ihm gefreut, hatte mir vorgestellt, ein Glas Wein mit ihm zu trinken und von meinen Erlebnissen zu erzählen. Daraus wurde nichts. Wenigstens hatte ich jetzt noch genügend Zeit, den X5 aufzupolieren.
Als ich den blütenweißen BMW neben meinen Golf auf den Leierhof-Parkplatz stellte, war die Dämmerung schon hereingebrochen.
Luis wartete auf mich. „Alles gutgegangen?“, sagte er, als er die Wagentür öffnete und mich umarmte. Er

wirkte irgendwie abwesend, in Gedanken mit etwas ganz anderem beschäftigt. Hatte er mit Tom gesprochen? Möglicherweise war die Unterredung nicht so gelaufen, wie Luis es sich gewünscht hatte. Tom konnte stur und undiplomatisch sein, er hatte seine eigenen Ansichten, wenn es um seinen Hof und um die Pferde ging; er ließ sich da nicht gerne dreinreden. Seit mir Luis offen seine Meinung über unseren Pächter kundgetan hatte, sah auch ich ihn mit kritischeren Augen. Mir gefiel nicht, wie er sein dickes, weißes Pony behandelte. Seit Nine weg war, hatte Pepino kaum noch Abwechslung, er wurde nicht geritten, niemand ging mit ihm spazieren, stattdessen drehte er Runde um Runde in der Führmaschine. Ich war die einzige, die ihn manchmal von seinem langweiligen Dasein erlöste.

Wir standen vor dem Reiterstübchen. „Drinnen brennt noch der Ofen, sollen wir uns nicht noch ein paar Minuten setzen?"

Luis ging zur Bar, um eine Flasche Prosecco aus dem Kühlschrank zu holen, doch ich winkte ab. „Heute lieber nicht. Ich kann nicht lange bleiben, muss noch auspacken und mich auf meine Arbeit vorbereiten. Wie wär's mit einem Tee?"

Bereitwillig füllte Luis Wasser in den Wasserkocher. „Pfefferminz oder Pfefferminz?", witzelte er.

„Also, dann nehme ich lieber Pfefferminz!"

Er steckte zwei Teebeutel in die Tassen und kam zu mir an den Tisch vor dem Bullerofen.

„Jetzt erzähl aber von deinen Abenteuern! Gibt es wirklich keinen Hinweis darauf, wer hinter dieser mysteriöse Liga steckt?"

„Nein. Iris hat die Polizei verständigt, aber du weißt ja, wie es ist – die Beamten haben Wichtigeres zu tun, als sich um bluttriefende Graffiti auf Luxusschlitten zu kümmern.“
„Bluttriefend? Sind die Schmierereien etwa auch auf Autos gepinselt worden? Und mit Blut? Woher willst du das wissen?“
Jetzt hatte ich mich verplaudert – ich hatte mir fest vorgenommen, nichts von der Verschandelung des großen Reisewagens zu erzählen. Doch wie so oft hatte ich meinen Mund nicht halten können und jetzt war es zu spät.
„Ja! Dein X5, *Fremdes Blut* haben sie darauf gepinselt. Es ließ sich ohne weiteres mit Wasser abwaschen.“
„Sie haben angenommen, dass der Wagen dir gehört, nicht? Aber wieso Blut? Es könnte doch genauso gut Wasserfarbe gewesen sein?“
„Das blutige Beil im Hackklotz – jemand hat damit ein Huhn geköpft, das Blut aufgefangen und möglicherweise für die Schmierereien benutzt.“
„Und ihr habt es abgewaschen? Wenn ihr so einen Verdacht hattet, warum habt ihr nicht die Polizei geholt?“
Kleinlaut berichtete ich ihm von Iris' Überlegungen. „Kein Polizist würde sich auf dem Dorf für ein blutiges Hackbeil interessieren, meinte Iris. Manchmal leiht sich sogar der Metzger das Beil aus und Claire benutzt es auch hin und wieder.“
„Das sind doch genau zwei Verdächtige! Ist noch etwas vorgekommen?“, fragte Luis.
„Sie haben einen Großneffen von Claire erwähnt.“
„ Ja und? Was ist mit ihm?“

„Keine Ahnung – aber jetzt, wo ich von ihm spreche, fällt mir auf, dass er wahrscheinlich auch zu den Verdächtigen zählt."
„Meinst du? Wenn du so weitermachst, hast du bald das gesamte Dorf unter Verdacht! Ehrlich gesagt, wenn ich es mir überlege, muss ich Iris zustimmen. Auf dem Dorf ticken die Uhren anders, die Katzen gehen ihre eigenen Wege und die Ermittler haben ihre eigenen Ansichten, wenn sie nicht gerade in der *Chat Bleu* sitzen und ein Zigarettchen rauchen. Außerdem kann ich mir nicht vorstellen, dass der oder die Täter aus diesem idyllischen Dorf stammen sollen. Ist sonst noch was vorgefallen?"
„Nein", sagte ich schnell. „Nur das, was ich dir erzählt habe. Wir haben uns gefragt, warum Iris überhaupt gemobbt wird. Das Ganze ist ziemlich abwegig – wir wollen doch nur ein Fohlen von Nine, mehr nicht. Und dazu noch von einem Hengst, der tot ist und von dem es kein Sperma mehr gibt. Iris hat nicht vor, eine neue Zuchtlinie zu begründen."
Doch Luis gab sich mit meinen Ausführungen nicht zufrieden. „Dieser Monsieur Poliglott, hast du ihn endlich mal kennen gelernt?"
„Ja, er ist sehr sympathisch. Er hat einen Zuchtstall auf dem Montsoleil, den er modernisieren will."
„Da braucht er bestimmt einen Sack voll Stützli?"
„Wie bitte?"
„Ach so, in der französischen Schweiz kennt man den Begriff nicht? Ich wollte sagen – Monsieur Poliglott braucht Geld?"
„Ja, natürlich; er hat eine Uhrenfabrik geerbt, die er verkaufen will."

„In Montmirail?"
„Ja, warum fragst du?"
„Naja, ist doch ungewöhnlich, dass so eine Fabrik in einem so kleinen Dorf steht."
„Die Fabrik hat nur 20 Arbeiter, doch es gibt ein Angebot eines Einheimischen, der aus der kleinen Klitsche einen Industriepark machen will."
„Das wäre doch die Rettung für diesen Monsieur Poliglott?"
„Es geht ihm nicht nur ums Geld", sagte ich.
Je länger ich mit Luis sprach, desto dankbarer war ich ihm, dass er mir so genau zuhörte. Seit Gerson mit Sandy in Amerika war, hatte ich niemanden mehr, dem ich meine Gedanken und Besorgnisse hätte mitteilen können. Luis war ein wirklicher Freund. Jede seiner Fragen verschaffte mir mehr Klarheit – ich hatte wieder großes Vertrauen zu Iris gefasst und war mir sicher, dass Nine bei ihr in guten Händen war. Doch über Monsieur Poliglotts Rolle war ich mir plötzlich überhaupt nicht mehr sicher. Er brauchte Geld, wenn er seinen Stall auf dem Montsoleil ausbauen wollte, was lag da näher als die Fabrik zu verkaufen? Aus welchem Grund sträubte er sich eigentlich so sehr gegen einen Verkauf?
„Daran habe ich noch gar nicht gedacht", sagte ich.
„Woran hast du nicht gedacht?"
„Warum Monsieur Poliglott seine Fabrik unbedingt behalten will, wenn er ein gutes Angebot von einem Einheimischen hat."
„Siehst du, jetzt zählst du eins und eins zusammen."
„Ja, es stimmt; vielleicht war ich die ganze Zeit ein bisschen zu blauäugig und habe mich von seinem

Schweizer Charme einwickeln lassen." Doch ich wollte nicht vorschnell den Stab über jemanden brechen, den ich erst vor kurzem kennengelernt hatte.
Um das Thema zu wechseln sagte ich: „Wie ist Fango gegangen, als ich weg war?" Luis fühlte meine Unsicherheit und ging bereitwillig auf sein Lieblingsthema „Fango" ein.
„Ich war sehr zufrieden. Hut ab – du hast gute Arbeit geleistet. Seine Galoppade ist allererste Sahne!"
„Fango ist ein gutes Pferd", sagte ich. Mir war es peinlich, dass mich Luis so über den grünen Klee lobte. Das war ich nicht gewöhnt, Gerson hielt sich mit Lob zurück, wenn es darum ging, meine Leistungen zu beurteilen. Hinter allzu großem Lob stand meistens eine verborgene Absicht. Doch was hätte Luis damit bezwecken sollen? Und er schien wirklich mit Fangos Leistungen zufrieden zu sein, denn er strahlte über das ganze Gesicht.
„Ich freue mich auf morgen, wenn ich ihn wieder reite", sagte ich. „Wenn du mich jetzt nicht mehr brauchst, fahre ich nach Hause und packe meine Reisetasche aus."
Luis sah mich aus seinen dunklen, braunen Augen liebevoll an.
„Wann sehen wir uns?", fragte er. „Ich habe dir etwas Wichtiges zu sagen."
Also doch, dachte ich, jetzt kommt es. Ich habe ihn mit meinen Gruselgeschichten davon abgehalten, sich mir zu offenbaren und höflich wie er ist, hat er gewartet, bis ich ausgeredet hatte! Gerson platzte immer gleich mit seinen Geschichten heraus, und wenn er mit Erzählen fertig war, fühlte sich mein Kopf leer

an, und ich hatte vergessen, was ich ihm eigentlich hatte sagen wollen.
„Ist etwas mit Tom?“, fragte ich. „Er kommt mir in letzter Zeit so merkwürdig vor.“
„Es hängt damit zusammen“, sagte er. „Ein bisschen jedenfalls.“
Luis wollte mit etwas herausrücken, das nicht auf die lange Bank geschoben werden durfte. Ob es mit seinem neuen Reiterhofprojekt zu tun hat?, dachte ich mit klopfendem Herzen.
„Morgen nach dem Reiten?“
„Nein“, sagte Luis, „Ich will in Ruhe mit dir sprechen. Ich reserviere uns einen Tisch im *Grenzhof*, wenn es dir recht ist.
Hinter dem Namen *Grenzhof* verbarg sich ein Nobel-Hotel mit einem Sterne-Restaurant ganz in der Nähe des Leierhofs. Gerson und ich fuhren manchmal mit dem Rad daran vorbei, aber wir stiegen nie ab, weil uns sogar die Preise im Biergarten zu teuer waren. Und jetzt lud mich Luis in das Restaurant zum Essen ein! Ich verbarg meine Aufregung so gut es ging.
„Ich freue mich!“, sagte ich. „Bis morgen also.“
Zur Beruhigung ging ich in den Stall, um Fango hallo zu sagen. Hinter der geschlossenen Stalltür hörte ich eine laute Männerstimme. Tom war es nicht, denn der Kerl sprach Englisch, das hörte ich. Vorsichtig öffnete ich die Tür.
„Hands up“, schrie er, *„Guns down*!“
Erschrocken blieb ich stehen – der andere war bewaffnet – oh mein Gott!– ein Einbrecher, ein Pferdedieb, oder ein Serienmörder auf der Flucht? Jemand rannte auf die Stalltür zu und riss sie ganz auf. Schnell

sprang ich zur Seite; ich konnte es nicht glauben! Vor mir stand Bud Spencer! In vollem Outfit: Sheriffstern, schwarze Mütze, schwarzes Hemd und Cowboystiefel. Er sah mich, nahm seine Mütze ab und fuhr sich mit der Hand durchs Haar. „Vera! Was machst du hier um diese Zeit?“
„Hast du mich erschreckt! Was soll denn dieser Aufzug?“ Ich zitterte immer noch.
„Muss ich dir alles auf die Nase binden?“, sagte er hart. Er drehte sich wortlos um und ging im wiegenden Schritt der Cowboys über den Hof Richtung Reiterstübchen. Dann drehte er sich noch einmal um und blökte: „Wir haben seit einer halben Stunde Stallruhe!“

31

Ich drehte im Wohnzimmer die Heizung an, ließ die Rollläden herunter, knipste die Stehlampe an und schob eine CD in den Player. Es war mir gleichgültig, welche, ich wollte nur ein bisschen Musik im Hintergrund, damit die Stille nicht so laut und nervend in meinen Ohren drang. Gerson hatte immer noch nicht angerufen; später würde ich nachschauen, ob er mir wenigstens eine E-Mail geschrieben hatte. Ich stellte den Player an, es war das Köln-Konzert von Keith Jarret, Gersons Lieblingsplatte. Er hörte sie zu jeder passenden und unpassenden Gelegenheit. Die Musik erinnerte mich an ihn und stimmte mich noch melancholischer. Was Gerson zu meinen Geschichten aus Montmirail gesagt hätte, wollte ich mir lieber nicht ausmalen. Er hätte mir bestimmt Vorwürfe gemacht und mir Löcher in den Bauch gefragt, warum ich Nine nicht wieder nach Heidelberg geholt hätte.
Ich hielt mich lieber an Luis. Er verstand etwas von Pferden und hatte mich gewarnt: Man dürfe mit einer tragenden Stute nicht beliebig in der Gegend herumfahren. Nein, Gerson war mir in meiner Lage keine

Hilfe. Außerdem meldete er sich nicht und blieb einfach stumm, wenn ich mich mit ihm unterhalten wollte.
Aber da war wieder dieses Buch und es drängte sich mir geradezu auf. Es lag auf dem Couchtisch; das Buch war aufgeschlagen, vor meiner Abreise hatte ich es zugeklappt, daran erinnerte ich mich genau. Ich hatte es zugeklappt, weil ich mich nicht noch einmal darin verirren und mir keine Gedanken über Sätze machen wollte, die ich nicht verstand. Doch jetzt lag es wieder aufgeschlagen da. Möglicherweise hatte ich es vorhin in die Hand genommen, um irgendeine Verbindung zu Gerson herzustellen? Je besser ich mich mit Luis verstand, desto fremder wurde mir Gerson. Wie gesagt, möglich war es, und trotzdem hatte ich das Gefühl, dass das Buch eine Art Eigenleben entwickelte. Je mehr ich es ablehnte, desto mehr drängte es sich mir auf. Ich verspürte nicht die geringste Lust darin zu lesen; ich fühlte mich hundemüde, wollte nur ein paar Minuten ruhig auf meinem Sofa sitzen, um das, was ich in Montmirail erlebt, und das, was ich mit Luis gesprochen hatte, noch einmal zu überdenken. Doch das Buch ließ mich nicht in Ruhe. Es war, als ob es blinkte und Signale aussandte, die mir in Augen und Ohren stachen. Bis ich es nicht länger aushielt. Also nahm ich es in die Hand. Diesmal war es die Seite 103. Dort waren ein paar Zeilen angestrichen, die mir bisher noch nicht aufgefallen waren. Ich las Wort für Wort, natürlich ohne den Zusammenhang zu verstehen. Weder kannte ich die Personen, noch konnte ich mir einen Reim darauf machen, worüber sie eigentlich sprachen.

Die CD war zu Ende und plötzlich war es so still im Zimmer, dass es mir beinah unheimlich wurde. Da begann ich laut zu lesen, wie ein Kind, das anfängt zu singen, weil es alleine durch den Wald läuft und Angst hat:
Und Pelletier und Espinoza sagten, den Tränen nahe, wann, wenn nicht jetzt? Und Norton fragte, ob sie eifersüchtig seien. Daraufhin sagten sie, soweit sei es also schon gekommen, nicht im Geringsten eifersüchtig, so wie sie zu ihrer Freundschaft stünden, sei der Vorwurf der Eifersucht geradezu eine Beleidigung. Und Norton sagte, es sei nur eine Frage gewesen.
Immerhin hatte ich jetzt ein bisschen mehr verstanden. Viel war es nicht. *Norton* war eine Frau, die beiden anderen, *Pelletier und Espinoza*, waren Männer. Wie alt waren sie? Spielte das eine Rolle? Keiner von ihnen war eifersüchtig, das behaupteten sie wenigstens. Auch diese *Norton* nicht?
Ich schloss die Augen. Unser Kater Felix zum Beispiel; er hatte mich immer mit einem hämischen Grinsen empfangen und war im Nachbargarten verschwunden – konnten Katzen eifersüchtig sein? Warum nicht? – Pferde konnten es. Wenn ich Nine ein, zwei Tage nicht gesehen hatte, drehte sie mir das Hinterteil zu, wenn ich wieder zu ihr kam. Natürlich waren die beiden Männer in dem Buch auch eifersüchtig, sie verrieten sich selbst, weil sie *Nortons* Vermutung so aggressiv von sich wiesen. Und Gerson? Gerson war natürlich auch eifersüchtig – auf Luis. Vollkommen grundlos, wie ich fand. Meine Beziehung zu Gerson unterschied sich himmelweit von meiner Beziehung zu Luis. Luis war mein Freund, mein hilfsbereiter Ka-

valier. Und Gerson? Nicht so einfach in eine Schublade zu stecken! Gerson war unberechenbar, dachte ich, für jede Überraschung gut, immer wenn ich meinte, ich wüsste, was in ihm vorginge, hatte ich mich schon wieder getäuscht. Dennoch hatte er immer auf meiner Seite gestanden, bisher wenigstens. Aber warum meldete er sich nicht? Natürlich hätte auch ich ihn schon längst anrufen können, er hatte ja sein *cell phone* dabei, wie die Amis sagten. Aber wollte ich das überhaupt? Nein, ich wollte ihn gar nicht anrufen. Bestimmt frühstückte er gerade mit dieser Sandy oder trieb sonst irgendetwas mit ihr, das ich mir lieber nicht genauer vorstellen wollte.

32

„Jetzt wird wieder gearbeitet, was?“, grinste Tom. Er sah aus wie immer, trug weder Hut noch Revolvergürtel, sondern Arbeitsjeans und seine wattierte Karojacke vom Raiffeisenshop. Und trotzdem beobachtete ich ihn mit Vorsicht. Irgendetwas war anders zwischen uns seit dem merkwürdigen Zwischenfall, den er immer noch nicht aufgeklärt hatte.
Ich zog Fango aus der Box und konnte ihn nur mit Mühe davon abhalten, seine Nase in die Haferkiste zu stecken.
„Man täuscht sich, drei Tage laufen lassen oder Führmaschine, das macht sich bemerkbar.“
„Ist Luis etwa nicht geritten?“
„Wie denn? Er war doch gar nicht da.“
„Aber, er wollte doch ...“ Ich stockte.
Tom zuckte die Achseln. „Na, immerhin hat er diese Tussi geschickt.“
„Das versteh ich nicht! Wen meinst du denn?“
„Ach, lass mal. Hat Luis eigentlich eine Tochter?“
„Keine Ahnung“, sagte ich. Unser Gespräch ging mir allmählich auf die Nerven. Tom erging sich in Andeu-

tungen und ich sollte mir einen Reim darauf machen. Dazu hatte ich keine Lust. „Frag ihn doch selbst“, sagte ich.
„Ach was! Am ersten Tag hat er einer Frau Unterricht gegeben, die, ehrlich gesagt, überhaupt nicht reiten konnte.“
„Er kann mit seinem Pferd machen, was er will“, sagte ich, dann bückte ich mich, um Fango die Hufe auszukratzen. Meinte Tom etwa, ich würde Luis nachspionieren? Dazu würde er mich nicht bringen!
„Sag ich doch“, brummte Tom und schob die Futterkiste ratternd zur nächsten Box weiter.
Doch seine Frage bohrte in mir. Eine Tochter? Es gab keinen Grund, warum Luis mir gegenüber seine Tochter hätte verheimlichen sollen. Er hatte ja auch freimütig von seiner Scheidung gesprochen, als ich ihn danach fragte. Die junge Frau im Leopardenmantel an Luis' Arm im Reisebüro? Vielleicht. Und wenn schon – musste man nicht jedem Menschen seine kleinen Geheimnisse lassen? Aber komisch war es schon, dass er damals so getan hatte, als kenne er mich nicht. Wenn es überhaupt Luis war, sagte ich mir und dann fühlte ich mich besser.
„Tom?“
Er ließ die Futterkiste stehen und kam noch einmal zu mir zurück.
„Du schuldest mir noch eine Erklärung.“
Toms wettergegerbtes Gesicht wurde über und über rot. Er schaute auf einen Punkt zwischen seinen Stiefelspitzen, den normalen Stallboots mit den Stahlkappen, dann schaute er mich an.

„Du hast mich darauf gebracht, Vera! Und Luis hat es mir bestätigt. Die Ähnlichkeit! Du weißt schon! Morgen früh habe ich ein Casting als Double, da wollte ich noch mal meine Rolle üben. Ich wollte erst davon erzählen, wenn es geklappt hat. Du hast mich richtig aus der Rolle geworfen." Er kratzte sich an der Stirn. „Es kommt bestimmt nicht wieder vor! Ehrenwort.", setzte er hinzu.
„Uff", sagte ich. „Dann werde ich dir mal die Daumen drücken!"

Die Neue hatte ihre Ohren zugestöpselt und plapperte vor sich hin. Den Warnruf: *Tür frei* hätte ich mir sparen können, im Radio kam gerade so laut Werbung, dass sie mich sogar mit offenen Ohren nicht verstanden hätte. Ich führte Fango noch mal auf den Vorplatz hinaus und zog den Radiostecker aus der Steckdose. Sofort herrschte himmlische Ruhe, doch jetzt hörte man das Gurren der Tauben unterm Gebälk viel lauter als vorhin. Als ich am Bänkchen in der Mitte der Bahn aufstieg, blieb der Friese abrupt stehen.
„Hast du gerade das Radio ausgemacht?", herrschte mich seine Reiterin an.
„Ja, das habe ich!"
„Hättest wenigstens fragen können!", knurrte sie und rammte dem Friesen die Absätze in die Seite, so dass er seufzend einen Schritt vorwärts machte.
Die Reiterin nahm ihre Stöpsel aus dem Ohr und blickte verdutzt um sich. „Was für eine himmlische Ruhe!", sagte sie. „Da brauche ich gar keine Stöpsel mehr! Ich liebe Tauben, du auch?" Sie lenkte den

Friesen an meine Seite und streckte mir über seine Kruppe die Rechte hin. „Bella“, sagte sie „und das ist Emil.“
Ich war so verblüfft, dass mir die Worte fehlten und Fango sich in eine Giraffe verwandelte.
Er machte seinen Hals so lang, wie es nur Giraffen können, streckte den Kopf weg, und weigerte sich, anzutraben. Nine hatte es auf diese Weise immer geschafft, mich zur Verzweiflung zu bringen. Aber inzwischen war ich drei Jahre bei Iris in die Lehre gegangen.
Fango benahm sich wie ein altes, ausgefuchstes Schulpferd in der Reitschule, das testen wollte, ob ihre Reiterin die Ansage ernst meinte. Keinen Kampf, dachte ich; ich ließ den Zügel lang und bat ihn, auf diese Weise anzutraben. Seine Ohren verwandelten sich in zurück gerichtete Pfeilspitzen und er zögerte.
‚Geduld, Geduld, Geduld und Konzentration; lass kein Nörgeln zu und bleibe freundlich.‘ Ich hörte Iris` Stimme wie durch ein Mikrofon. Auf einmal gelang es. Ich lud ihn zum Halten ein und er stand. Ich legte meinen Schenkel vor den Sattelgurt und er drehte mit der Schulter. Ich hörte Iris' Stimme, als ob ich ein Headset aufhätte.
Mir war, als ob uns der Friese beobachtete und uns einen sehnsüchtigen Blick zuwarf. Dann verlor ich die beiden aus den Augen, sie schienen sich in Luft aufgelöst zu haben.
Nach einer Weile, keine Ahnung, wie lange sie dauerte, lief Fango wie am Schnürchen. Ich ließ die Zügel aus der Hand kauen und trabte leicht. Das Radio plärrte wie zu Beginn der Stunde, Bella und Emil wa-

ren weg, und eine Frau galoppierte auf dem Mittelzirkel. Es war, als ob ich aus einer Art Halbtrance erwachte.
„Mascha", rief ich. Mascha war eine der wenigen, die mit mir zusammen auf den Leierhof gekommen und geblieben waren. Ob sie mir beim Reiten zugeschaut hatte?
„Hallo, Vera", lachte sie. „Ich habe dir vorhin schon Hallo gesagt. Hast du ein Headset aufgehabt und dir eine Aufgabe vorsagen lassen?"
„Ja, ja", sagte ich zufrieden und klopfte Fangos Hals.

33

Die Schneeglöckchen in unserem Garten senkten mutlos die Köpfe, die grün-gelben Papageien, die im Sommer den Neuenheimer Luftraum mit ihren Tiefflügen und ihren grellen Pfiffen unsicher machten, hatte der strenge und lange Winter vertrieben; im kleinen Park um die Ecke trugen die Palmen immer noch ihre Winterhauben und Schnürleibchen. Ich legte Fango nach dem Reiten die dicke Outdoordecke auf.

Iris hatte mir geschrieben, dass es in Montmirail einen ganzen Tag lang geschneit und der Försterlehrling noch einmal mit dem Traktor die Langlaufloipen gespurt hatte. Wie überall in der Schweiz waren die Straßen gut geräumt, so dass Iris dreimal in der Woche mit ihren Pferden zu Monsieur Poliglott zum Training fahren konnte. Ihre eigene Reithalle auf der ehemaligen Kuhweide hinter ihrem Haus befand sich noch in der Planung und würde frühestens im nächsten Spätsommer fertig sein. Mit Nine ging sie, wann immer es das Wetter zuließ, ins Gelände. Sie ritt sie ohne Sattel, ganz so, wie ich Iris gesehen hatte, als

Gerson und ich kurz nach Margas Tod im Jura unsere Ferien verbracht hatten. Ohne Sattel, ganz leicht und einfühlsam.
Ich stand vor meinem Kleiderschrank und kam mir vor, als starrte ich in eine *Blackbox*. Meine Ausgehjeans und das Samtjäckchen, mit dem ich neulich im *Turm* eine so gute Figur gemacht hatte, waren im *Grenzhof* fehl am Platz. Gerson und ich gingen so gut wie nie aus, und wenn, dann höchstens mal zum Pizza- Essen in unserem Stadtviertel. Ich schob die Kleiderbügel auseinander, doch da hingen Jeans und Cordhosen und Cordhosen und Jeans; in den Fächern stapelten sich Blusen, Strickjacken und Pullover. Das war meine Wintergarderobe, mehr hatte ich nicht. Ob ich mir was Neues zum Anziehen kaufen sollte? Aber wann denn? Freitagabend waren wir verabredet, heute war Mittwoch, nach dem Büro hatte ich ein Date mit Fango, danach waren die Geschäfte geschlossen. Blieb noch der Donnerstag mit seinem langen Verkaufsabend. Ein „kleines Schwarzes" wäre bestimmt keine schlechte Investition, sagte ich mir, als ich im Kopf meinen letzten Kontoauszug überprüfte. Es würde ein bisschen knapp werden, doch ich konnte das Teil auch zu anderen Gelegenheiten tragen, ins Theater, oder ins Konzert. Luis würde mich bestimmt noch öfter einladen.
Die Schicksalssymphonie ließ mich wie gewohnt zusammenzucken. Wenn Gerson wieder zu Hause war, würde ich ihn bitten, mir eine andere Melodie herunterzuladen, etwas gelasseneres, von *The Killers* zum Beispiel: *I'm in no hurry,* das entspannte mich gleich beim ersten Ton.

Dadadadam.
„Vera?"
„Ja?"
„Ich bin's Luis."
„Ja?" Meine Knie fühlten sich verdammt weich und ziemlich heiß an; ich ließ mich auf den Sessel im Flur fallen. Was konnte Luis von mir wollen – er rief mich so gut wie nie an und wenn, dann war es wegen Fango, doch von dem hatte ich mich gerade erst in aller Freundschaft verabschiedet.
„Was ist mir dir, was hat dir die Sprache verschlagen?"
„Nichts, alles gut."
„Na dann! Vera, ich muss dir etwas gestehen!" Ich schluckte, schluckte noch einmal, irgendetwas steckte in meiner Kehle, ich musste husten. Ich hatte es gewusst, es war etwas passiert, diese verdammte Schicksalsmelodie, warum hatte sie Gerson nicht schon längst ...
„Vera, bist du krank?"
„Nein, ich bin nicht krank, sag endlich, was los ist, bitte."
„Ich muss morgen nach Genf und von da aus nach Paris. Ein Auktionär hat mir in Genf ein Bild angeboten, nach dem ich schon lange suche – ein echter Archimboldo – er malt diese verschrobenen Gesichter aus überreifen Früchten zusammengesetzt, wunderbar dekadent – der Künstler sagt dir bestimmt nichts – ein Maler aus dem 18. Jahrhundert – egal, tut nichts zur Sache. Ich kann dich am Freitagabend nicht ausführen."

Archimboldo? Hatte ich den Namen nicht schon einmal gehört, oder etwas über ihn gelesen? Genau – in Gersons Wälzer, da passte der Name hin, doch dort ging es nicht um einen Maler, sondern um einen Schriftsteller und der schrieb sich mit einem „i“ am Ende. Wer auch immer dieser Malerdichter war, ich war ihm dankbar! Er ersparte mir gerade eine Menge Probleme!

„Ist schon gut!“

„Du weißt ja, Kunst ist mein Hobby! Und im Grenzhof ist am Wochenende alles ausgebucht, sie haben eine Casting-Show für Models im Programm, wir hätten nur noch einen Ecktisch, aber kein Zimmer mehr bekommen können.“

Was sagte er da? Kunst wäre sein Hobby? Wieso ein Zimmer? Wir wollten doch nur essen gehen? Also doch! Oder doch nicht? Der Grenzhof lag ein paar Kilometer außerhalb und zu einem guten Essen gehörte ein gutes Glas Wein. Bei einem Glas würde es nicht bleiben und wie ich Luis kannte, bestellte er vor dem Essen einen *Apero*. Und hinterher einen *Digestif*. Luis war ein vorsichtiger Autofahrer und würde sich niemals betrunken ans Steuer setzen. Ja, genau so war es. Oder vielleicht auch nicht. Doch wie auch immer, irgendwie war es gut so.

„Das ist in Ordnung. Der Grenzhof läuft uns nicht weg. Fährst du schon morgen?“ Ich unterdrückte ein zu deutliches Aufatmen – wirklich, eine Menge Probleme fielen da von mir ab!

„Nein, erst am Freitag. Doch vorher muss ich dich sehen. Ich habe dir was zu erzählen. Etwas, das nicht länger warten kann, ich brauche deine Entscheidung.

Hast du heute Abend Zeit, es gibt einen neuen Italiener in Handschuhsheim, da können wir in Ruhe sprechen."
Ich schaute auf die Uhr. Die Tagesschau war gerade vorbei und gegessen hatte ich außer einem Salamibrot auch noch nichts Richtiges.
„Du weißt doch, dass ich dir nichts abschlagen kann – holst du mich ab?"
„In einer Viertelstunde bin ich bei dir."
Und noch eine Viertelstunde später saßen wir in dem überfüllten neuen Restaurant, wo Luis mit Hilfe seines Charmes und seiner guten Beziehung zum Oberkellner den letzten freien Tisch für uns ergattert hatte. Das Restaurant hatte erst kürzlich aufgemacht. Keine Ahnung, warum sich die Leute so danach drängten, ausgerechnet hier Pizza zu essen. Sie warteten an der Bar in Zweierreihen, bis ein Tisch frei wurde. „Mal wieder Glück gehabt", grinste er. Wir saßen in einem Anbau, einer Art Wintergarten mit großen Fenstern, die im Sommer geöffnet werden konnten. Der Fußboden war gekachelt, die Wände weiß gekalkt und mit mediterranen Motiven bemalt. Ich verschränkte die Arme vor der Brust, unser Tisch stand gegenüber der Eingangstür, durch die mit jedem neuen Gast ein Schwall Nordpolluft hereinkam.
„Soll ich dir einen Glühwein bestellen?" fragte Luis.
„Lass nur, es geht schon. Ich nehme eine Pizza Diavolo, die wird mir einheizen."
So sehr Luis darauf gebrannt hatte, mir seine Neuigkeit mitzuteilen, so viel Zeit ließ er sich jetzt. Genüsslich probierte er seinen Rotwein und reichte mir ein Stück Pizzabrot, das die Kellnerin unaufgefordert auf

unseren Tisch gestellt hatte. Er schien alle Gäste persönlich zu kennen; er grüßte und nickte in einem fort. „Das war der Rechtsanwalt Berggrün“, sagte er, „mit seiner neuen Frau, geschieden ist er übrigens noch nicht. Ach und dort sitzt Randy mit seiner Freundin – Randy ist Golf-Pro, Geld wie Heu. Die Freundin reitet einen Friesen bei uns im Stall.“ Ich schaute genauer hin und tatsächlich, es war Bella aus der Reithalle. Sie bemerkte mich nicht, weil sie unablässig auf ihren Mann einredete.

Nachdem wir unsere mittelmäßigen und ziemlich salzigen Pizzen gegessen hatten, lehnte sich Luis zurück, winkte der Kellnerin und bestellte noch zwei Gläser Rotwein. Im Lokal ging es jetzt etwas ruhiger zu, die Gäste, die sich vorhin an der Bar gedrängt hatten, beschäftigten sich mit ihrem Essen. Luis hob sein Glas. „Ich trinke auf dich, liebe Vera. Ich will dir sagen, wie sehr mir deine Art zu reiten gefällt. Ich habe gestern mit Tom gesprochen, der dir manchmal zusieht. 'Hohe Schule', das sind seine Worte. 'Hohe Schule'. Auf dich!“

Er hob das Glas und prostete mir zu. Vor lauter Verlegenheit konnte ich kaum einen Schluck hinunterbringen. Das, was er mir da um den Bart schmierte, war süßer Honig, der ziemlich klebrig war. Ich musste Luis möglichst schnell wieder auf den Boden der Tatsachen zurückbringen; wenn mich jemand zu sehr lobte, verlor ich mich, wurde sentimental und tat Dinge, die ich bei wachem Verstand nicht getan hätte, wie zum Beispiel Einzelheiten aus meiner Kindheit zu erzählen. „Luis, bitte!“

„Ich weiß, ich weiß, du kannst Komplimente nicht ertragen. Das solltest du dir abgewöhnen! Doch wenn du willst, höre ich sofort damit auf."
Hatte ich Luis verärgert? Nein, Luis konnte man nicht verärgern, er nahm nichts persönlich und er wusste genau, dass ich ihn nicht verletzen wollte. Bitte, hör nicht auf, dachte ich, ich war süchtig nach seiner Stimme, nach dieser unglaublichen Männerstimme – rauchig, jungenhaft lebhaft, liebevoll und so weich wie schmelzende Bitterschokolade.
„Tom hat mir eine Absage erteilt. Dabei war alles so gut wie abgemacht. Er wollte einen Offenstall bauen, hatte aber nicht das nötige Kleingeld. Ich habe ihm einen zinslosen Kredit angeboten und ihn beraten. Er hat ja keine Ahnung vom Geschäftemachen. Alles war gut, bis der Kerl einen Rückzieher gemacht hat. Warum weiß ich nicht, er kann ziemlich eigen sein, du kennst ihn ja. Jedenfalls ist der Traum vom Offenstall und einem eigenen Stall für Fango gestorben."
Ich schaute Luis mitfühlend an. Doch er schien überhaupt nicht wütend oder traurig zu sein. Im Gegenteil, er sprach beinah fröhlich weiter. „Wenn er nicht will, auch gut! Besser sogar. Und jetzt hör mir gut zu: Ich habe ein tolles Angebot. Ein Reiterhof mit allem Drum und Dran, Offenstall, geräumige Boxen mit Auslauf, Weiden, Reithalle und Außenplätze. Er steht zum Verkauf für einen Spottpreis. Der Besitzer braucht dringend Geld, scheint in irgendwelchen Schwierigkeiten zu stecken, aber das interessiert mich nicht."
Luis holte Luft und schaute mir tief in die Augen. „Vera, ich biete dir an, diesen Reiterhof zu führen. Du kannst reiten so viel du willst, übernimmst die Ge-

schäftsführung, führst das Personal, sagen wir, vier, fünf Männer, vielleicht noch zwei, drei Lehrlinge, ich bezahle dir ein Gehalt, von dem du nur träumen kannst. Sagen wir das Doppelte von dem, was du in deiner Klitsche verdienst. Du kannst eine Reitschule aufbauen und das Knowhow, das du von deiner Freundin gelernt hast, weitergeben. Was hältst du davon?“

Ich war sprachlos. So etwas hätte ich mir in meinen kühnsten Träumen nicht ausdenken können. Luis hatte in seinen Andeutungen immer nur davon gesprochen, dass ich seine Pferde reiten sollte, und jetzt hieß es: Einen Reiterhof führen! Das war ein richtiger Job, nein, es war eine Aufgabe fürs Leben! „Uff!“, sagte ich und dann noch mal: „Uff!“ Einen Augenblick lang fiel mir nichts mehr ein, ich konnte es einfach nicht glauben. „Kannst du mich bitte mal in den Arm kneifen – manchmal habe ich diese Tagträume, weißt du.“

Luis strich mir mit der Hand über die Wange. „Du hast richtig gehört. Ich habe dir einen tollen Job angeboten.“

Ich setzte mein Glas an die Lippen, doch es war leer. Luis schnipste mit dem Finger und sofort stand ein volles Glas *Chianti* vor mir. Ich nahm einen großen Schluck. „Sag es noch einmal, Luis“

Luis lächelte liebevoll, nahm meine Hand und sagte: „Ich biete dir an, meinen Reiterhof zu führen.“ Es war, als ob jedes Wort einzeln in meine Ohren drang, sich mit den anderen Wörtern verband, die sich zu einer Kette zusammensetzten, zu einem ganzen Satz, den ich mir in Ruhe betrachten konnte. Ganz langsam schälte sich eine wunderbare Botschaft heraus.

„Ich soll deinen Reiterhof führen?" Mein Herz klopfte im Rhythmus meines Atems, so heftig, dass ich nicht mehr daran zweifelte, wie meine Antwort lauten würde.
„Ja", sagte Luis ruhig. „Du sollst meinen Reiterhof führen." Er hatte eine unglaubliche Geduld mit mir, dachte ich. Er wusste genau, was sein Angebot für mich bedeutete. Am liebsten wäre ich ihm um den Hals gefallen und hätte 'Ja' gesagt, so wie er gerade 'Ja', gesagt hatte, klar und frei und froh. Luis schien wirklich davon auszugehen, dass ich einschlagen würde. Doch dann durchzuckte mich ein Gedanke, den ich am liebsten weggeschoben hätte. Aber so ging es nicht. Ich darf nichts übereilen, dachte ich; solange mein Herz in diesem Tempo weiterklopft, darf ich nicht zusagen.
„Das ist der glatte Wahnsinn! Wo liegt dieser Hof eigentlich?"
„Gar nicht weit von ..."
„Vom Leierhof?", fiel ich ihm ins Wort.
„Nein", sagte er lachend. „Viel besser. Der Hof liegt in der Nähe von deiner Freundin Iris. Du wärst also bei deiner Nine und könntest Fango weiter trainieren."
„Luis!"
Er prostete mir zu. „Also?"
Wenn ich jetzt noch einen einzigen Schluck Rotwein trank, würde sich der Tisch drehen, ein Schlund würde sich auftun und mich unweigerlich in die Tiefe ziehen. Trotzdem nahm ich noch einen Schluck. Luis Angebot würde mein Leben von Grund auf verändern, und das von Gerson auch.

„Wenn ich alleine wäre, würde ich sofort zusagen. Aber Gerson hat auch noch ein Wörtchen mitzureden. Schließlich wohnen wir zusammen. Seit drei Jahren schon." Der letzte Satz klang, als müsse ich mich rechtfertigen, dachte ich. Warum? Ich war doch frei zu tun und zu lassen was ich wollte. Es ging um meine Zukunft, da musste ich mich selbst ganz allein entscheiden. Luis schien wieder einmal meine Gedanken zu lesen.

„Gerson! Natürlich! Denke daran, dass es um dich geht. Du hast jetzt die Chance, das zu tun, was du schon immer tun wolltest, was deinen Fähigkeiten und Begabungen entspricht; du wirst keinen Job annehmen, nein, du wirst deiner Berufung folgen."

„Aber kann ich es denn wirklich? Ich meine, ich habe doch überhaupt keine Ausbildung dafür?"

„Und die letzten drei Jahre mit Nine – hast du da Däumchen gedreht?"

„Oh nein, sicher nicht, aber das hat doch Spaß gemacht!"

„Wer sagt denn, dass eine Berufung kein Spaß machen darf? Jetzt hör mir mal zu: Du hast dich in kurzer Zeit zu einer All-Round-Managerin entwickelt. Du kannst gut mit Geld umgehen, denn ein Pferd zu halten ist teuer. Du bist eine Expertin für Ernährung und Gesundheit deines Pferdes geworden, du hast dich körperlich gestählt." Luis schmunzelte, dann fuhr er fort: „Vor allem die Oberarmmuskeln durch das Misten und durch das Hufe-Aufhalten beim Schmied. Du bist fit in jedem Wetter und hältst große körperliche und psychische Belastungen aus. Du kannst mit Risiken furchtlos umgehen, denn Reiten ist in der Unfall-

statistik 100-mal gefährlicher als Motorradfahren und du ...“
„Genug, Luis, ich habe verstanden!“, lachte ich. Genau so sah ich es auch, aber deshalb fiel mir die Entscheidung nicht leichter.
„Ich habe immer noch nichts von Gerson gehört, spätestens morgen werde ich ihn anrufen.“
„Warte nicht zu lange, ich muss mich schnell entscheiden, wenn ich den Zuschlag bekommen will.“
„Wie lange gibst du mir?“
„Drei Tage, mehr nicht.“

34

Ich konnte lange nicht einschlafen, kein Wunder, denn mein Kopf fühlte sich an wie ein Luftballon, der prall mit buntem Konfetti gefüllt war. Ein starker Föhn wirbelte die Schnipsel durcheinander, sie leuchteten in allen nur denkbaren Farben. Je nachdem, wie sie sich zusammenfanden, überwog mal rot, dann wieder schwarz, dann blau und jede Menge grün und immer wieder schwarz. Ich hörte die Amseln singen, so laut und durchdringend, wie das nur im Schlaf erscheint. Ob es schon Morgen war? Tatsächlich, ich war eingeschlafen. Hört auf mit diesem Geschrei, ihr Amseln, habt ihr nicht gehört, ich soll einen Reiterhof führen! Das ist mein Traumjob! Ich sage 'ja'! Pferde sind mein Leben, Nine ist das Beste, was mir je passiert ist. Gut, dass Gerson nicht da ist. Er stellt sich immer gegen meine Pläne. Er stemmt sich gegen alles, was ich will, als ob es Teufelszeug wäre, als ob ich nicht genau wüsste, was ich anfangen will mit meinem Leben. Ihr Amseln, hört endlich auf mit eurem Geschrei. Es ist immer noch dunkel.

Um 9 Uhr weckten mich die Kirchenglocken. Durch die Ritzen des Rollladens kreuzten Sonnenstrahlen, auf denen Staubpartikelchen auf und absausten. Seit Gerson nach Amerika geflogen war, hatte ich nicht mehr Staub gewischt. In Flur sammelten sich die Staubflusen, das schmutzige Geschirr trocknete in der Spülmaschine vor sich hin, weil ich keine Reinigungstabs gekauft hatte und meine Fensterscheiben waren eine Beleidigung für die Frühlingssonne, die ein kurzes Gastspiel gab.
Ich füllte Wasser in den Wasserkocher und löffelte Kaffeepulver in die Glaskanne. Vorsichtig schnüffelte ich an der Soyamilch im Kühlschrank, angewidert goss ich den grün-gelblichen Inhalt in den Ausguss.
Wenn Gerson nicht zu Hause war, kam unsere gesamte Vorratshaltung durcheinander! Und nicht nur das! Ein grimmiges Hupen von der Straße störte meine Frühstücksvorbereitungen. Und dann kam ein Geräusch, das über die Ohren direkt ins Gehirn ging, ein Bohrgeräusch wie beim Zahnarzt, wie ein Wurm drehte es sich in meine Gehirnwindungen. Ich hing hinaus und schaute aus dem Flurfenster. Ein Lastwagen mit einem silbernen Tank auf der Ladefläche hielt mitten auf der Straße. Das schreckliche Geräusch hörte auf, ein kräftiger, sportlicher Mann im Overall sprang aus dem Wagen und zerrte einen gelben Schlauch zu dem knallroten Dixi-Klo, das im Nachbargarten stand. Jetzt kam wieder das alles durchdringende Pumpgeräusch. Der Mann pumpte den Inhalt des Klos ab, der zum Himmel stank und auf dem Weg dorthin an meinem Flurfenster vorbeiduftete.

Nicht nur bei mir sammelt sich Dreck an, dachte ich grimmig. Heute stehen die Zeichen auf Reinigung. Gleich nach dem Frühstück werde ich meine Wohnung aufräumen und die Fußböden einmal gründlich durchwischen.
Im Wohnzimmer stapelte ich die aufgeschlagenen Bücher und Zeitschriften übereinander. Der dicke Bolaño lag nicht mehr auf dem Tisch, wo ich ihn das letzte Mal hatte liegen lassen, sondern auf dem Sessel. Bei diesem Buch wunderte mich gar nichts. Noch unverständlicher als sein Inhalt, war mir sein eigensinniges Verhalten. Welches Buch konnte sich von alleine von einem Ort zum anderen bewegen? Oder war jemand in meiner Abwesenheit heimlich in unsere Wohnung eingedrungen und hatte sich mit dem Buch beschäftigt? Komische Idee! Klang fast wie Verfolgungswahn. Oder war ich es selbst gewesen, die das Buch verlegt hatte? Gejagt von einem Buch – meine Fantasie drohte, wieder einmal mit mir durchzugehen. Ich atmete tief durch und rief mich zur Ordnung: Vera, Vera, Vera! Drei Mal. Das half immer, in den meisten Fällen wenigstens.
In drei Tagen musste ich eine Entscheidung treffen. Und Gerson? Warum rief er mich nicht an? Leute, die wegfahren, müssen sich zuerst melden, das gehörte sich so. Wahrscheinlich hat er mich schon längst vergessen und turtelte mit seinem Sturmwind Sandy herum. Oder er unterhält Liberty gerade mit Pferdegeschichten, die ich ihm erzählt habe. Wenn er ihr Gutes von Nine berichtete, warum nicht? Wie magisch angezogen fiel mein Blick auf den dicken Bolaño. Das Buch war auf Seite 280 aufgeschlagen,

eine Stelle sprang mir förmlich in die Augen, saugte sich fest, so dass ich sie lesen musste, um sie loszuwerden.
„Die Ehrlichkeit verrät uns? Die Neugier verrät uns? Die Liebe verrät uns? Der Mut verrät uns? Die Kunst verrät uns? Ja, doch, sagte die Stimme, das alles verrät uns, oder vielmehr es verrät dich, was nicht dasselbe ist, aber in diesem Fall ist es dasselbe, alles außer der Ruhe, nur die Ruhe verrät uns nicht, was jedoch, wenn ich dir das gestehen darf, keine hundertprozentige Garantie ist."
Was für ein Blödsinn, dachte ich, was soll das Gefasel von Verrat? Wie kann mich *die Ehrlichkeit* verraten? Und warum ausgerechnet mich? Ich wollte das Buch zuklappen, aber wie vorherzusehen war, widersetzte es sich meinen Bemühungen. Noch zwei Sätze, dachte ich, dann ist Schluss, ich muss mit meinem Putzprogramm weitermachen. *„Nein, sagte Amalfitano, der Mut verrät uns niemals, Und die Liebe zu den Kindern auch nicht. Ach nein?, sagte die Stimme. Nein, sagte Amalfitano und fühlte sich plötzlich ganz ruhig.*
Verrat? Was soll das heißen? Vielleicht ist es einfach schlecht übersetzt? Verrat kann doch auch heißen, dass *ich* jemanden im Stich lasse? Oder dass mich jemand im Stich lässt? Oder dass wir uns gegenseitig im Stich lassen? Gerson zum Beispiel. Ich hatte geglaubt, ich könnte ihn unbesorgt gehen lassen. Und jetzt rief er mich nicht an. Worauf können wir uns denn verlassen? Auf unseren Mut? So stand es in dem Buch. Ja, das mochte stimmen, Mut ist etwas Wichtiges im Leben. Iris hat Mut, sie nimmt ihr Leben selbst in die Hand, auf sie Verlass. Gerson ist genauso mutig,

er tut immer das, was ihm am Herzen liegt. Deshalb waren seine Fotos so begehrt und er bekam einen interessanten Auftrag nach dem anderen. Und die Idee mit dem Fohlen, war das nicht auch mutig gewesen? Aber, kann ich mich wirklich auf ihn verlassen?
Ich setzte mich für einen Augenblick auf das Sofa. Eine Träne lief mir die Wange hinunter. Der Wasserspielplatz, die Bank auf der wir saßen und der kleine Junge mit dem Fußball; für den Bruchteil einer Sekunde stand der kleine Rabauke vor meinem inneren Auge wie er seine Locken aus der Stirn wischte, wie Gerson den Ball aufhob und ihn dem Jungen zurückwarf. *Und die Liebe zu den Kindern auch nicht?* Gersons Liebe zu den Kindern, jetzt erkannte ich sie deutlich, so deutlich wie nie zuvor. Die Liebe lässt uns nicht im Stich. Und nicht nur die zu den Kindern. Gerson lässt mich nicht im Stich, er liebt mich, dachte ich. Gerson liebt mich, und ich erkenne es erst jetzt richtig. Jetzt, in diesem Augenblick, da er nicht bei mir ist. Aber ich, ich bin auch mutig! Zum ersten Mal in meinem Leben werde ich das tun, was mir wirklich am Herzen liegt. Ich werde ihn heute noch anrufen, und wenn er mich wirklich liebt, wird er mich verstehen.

35

Pepino hob nicht einmal den Kopf, als ich an seiner Box vorbeikam. Er lag flach und langgestreckt im frischen Stroh und schnarchte. In der Reithalle übte Mascha Traversalen auf ihrem Clavigo; sie war so vertieft in ihre Lektion, dass sie mich nicht bemerkte. Tom, der die Longierhalle ebnete, winkte mir vom Traktor aus zu. Ich blieb stehen und wurde augenblicklich von einer schwarzen Dieselwolke eingehüllt. Mit der Hand wedelnd versuchte ich mir Luft zu machen. Tom stellte den Motor ab. „Schon so früh unterwegs, Vera?"

„Ich habe einiges vor, ich will Fango reiten, danach seine Box misten und das Sattelzeug putzen."

„Du bist wirklich eine tolle Reitbeteiligung!", sagte Tom. „Wie geht es eigentlich deiner Nine?", setzte er hinzu.

„Naja, soweit ganz gut. Sie hat aufgenommen, und sie fühlt sich wohl bei Iris. Gottseidank bekommt sie die unheimlichen Geschichten, die in Montmirail vor sich gehen nicht mit. Alles in allem 'paletti', wie Gerson sagen würde."

„Gerson? Bevor ich's vergesse, er hat mich gestern angerufen, anscheinend hat irgendetwas mit seinem Skype nicht funktioniert."
„Na, endlich! Gut, dass du am Apparat warst! Ich fange an, mir Gedanken zu machen, Amerika ist ziemlich weit weg!"
„Ich glaube, er macht sich noch mehr Gedanken über dich", sagte Tom.
„Aber warum denn? Du hast ihn doch beruhigt?"
Tom grinste. Dann sagte er ernst: „Hat Luis mit dir gesprochen?"
Ich schnappte nach Luft. Ob Tom von Luis' neuem, großen Projekt wusste? Und hatte Luis verraten, dass er mir ein Angebot gemacht hatte? Hoffentlich hatte Tom nichts an Gerson weitergegeben! Das Reiterhofprojekt war meine Sache und Tom hatte sich da nicht einzumischen. Doch ich behielt meine Befürchtungen für mich, es waren schließlich nur Vermutungen und ich wollte niemandem Unrecht tun.
„Ich weiß nicht, was du meinst, Tom, er hat mir nur gesagt, dass der Offenstall gekippt ist, das war alles", sagte ich betont sachlich.
„War das wirklich alles? Ich dachte, er hätte ..."
„Was hätte er?" Jetzt konnte ich meinen Ärger kaum noch verbergen. Ich fühlte, wie sich meine Bauchmuskeln spannten und sah Tom herausfordernd an. Doch er ließ mich nicht zu Wort kommen.
„Vera, hör mir zu. Wenn es so ist, wie ich vermute, dann warne ich dich. Bevor du dich auf irgendeinen Vorschlag einlässt, wie genial er auch immer aussieht, prüfe ihn genau."

Genau das werde ich tun, dachte ich. „Danke Tom für deinen Rat. Na, dann will ich mal Fango fertig machen."
„Der wird heute ganz schön Gummi haben – er ist gestern nur in der Führmaschine gewesen."
Tom stellte den Motor wieder an, und ich beeilte mich, aus der Dieselwolke zu entkommen. Eine halbe Stunde stumpfsinnig im Kreise laufen, das war Fangos einzige Beschäftigung gewesen! Ich drehte mich noch einmal um: „Danke für den Hinweis!", rief ich Tom zu, diesmal war ich ihm wirklich dankbar.

Bei Fango hatte ich keine guten Karten. Er schaute mich aus kleinen Augen mürrisch an. Als ich ihm das Trensengebiss ins Maul schieben wollte, hätte er mir um ein Haar auf den Daumen gebissen. Erst als ich den Daumen statt in die linke in die rechte Zahnlücke steckte, machte er das Maul auf. Beim Satteln schlug er mit dem Kopf und wehrte sich gegen das Anziehen des Gurtes. Alle seine Gesten zeigten mir so etwas wie pulsierende Wut, die gleiche Wut vermutlich, die ich in meinen Adern fühlte. Was wollte Tom eigentlich? Warum druckste er so herum und warum sprach er nicht Klartext mit mir? Und warum hatte Gerson Tom angerufen und nicht mich und was hatte er mit Tom besprochen?
Ich zog Fango Richtung Halle und er folgte mir unwillig. Auf halben Weg blieb er stehen, um zu äppeln. Jetzt musste ich auch noch nach einer Schaufel suchen. „Fango, steh!" Stehenbleiben schien das einzige, was er heute wirklich gerne tat. Weil es anfing zu

regnen, gab ich meine Suche nach einer Schaufel auf. Den Dreck konnte ich auch später noch wegkehren.
Wie musste diese Geschichte denn auf Gerson wirken? Wenn er von einem Dritten erführe, dass seine Partnerin im Begriff war, ein berufliches Angebot anzunehmen, das ihr ganzes Leben verändern würde! Und noch dazu, wenn es von Luis kam, den Gerson nicht leiden konnte, den er als seinen Rivalen ansah. Wenn Gerson seinem aufkeimenden Groll nachgab, dann konnte er unberechenbar werden. Seine krankhafte Eifersucht konnte ihn sogar dazu bringen, mich zu hintergehen. Er wollte mich unter Kontrolle halten, mir seinen Willen aufdrängen, mich ...
Ich stieg aufs Bänkchen, schob meinen Fuß in den Steigbügel und schwang mich in den Sattel. Ich hatte den Sattelgurt noch nicht nachgezogen, geschweige denn die Zügel aufgenommen, da lief Fango einfach los. Das Taubenpaar, das gurrend auf den Balken unterm Dach saß, beobachtete uns misstrauisch. Dann blieb er stehen und ich zog den Sattelgurt fest. In diesem Augenblick fühlte ich einen Luftzug an meiner Wange vorbeistreichen. Irgendetwas war von oben herabgefallen; etwas Weißes, Schmieriges – Vogelscheiße! Auf meinem schönen, frischgeputzten Sattel. Einen Millimeter weiter und es hätte meinen Kopf getroffen. Flügelschlagend segelte eine Taube auf den Hallenboden herunter, genau vor Fangos Hufe. Der Vogel legte den Kopf zurück und blickte aufreizend zu uns herauf. Fango spitzte die Ohren, machte seinen Hals lang und schaute neugierig auf die Taube hinunter.

Nach ein paar Runden Schritt begann ich anzutraben. Doch schon nach einer halben Runde begann der Wallach zu husten. Sein Körper bebte so stark, dass ich Angst bekam, er würde stolpern.
„Du bist krank!“ Jetzt verstand ich sein merkwürdiges Betragen. Das Training konnte ich für heute vergessen. Ich ritt zur Bande, angelte nach der blaugrauen Abschwitzdecke und warf sie Fango über den Rücken. Heute ist nicht mein Tag, dachte ich. Nichts ist so gelaufen, wie es hätte laufen können. Luis wollte, dass ich mich entscheide, ich musste mit Gerson sprechen, doch ich hätte mich gerne davor gedrückt. Ich war hin- und hergerissen zwischen meiner begeisterten Aufbruchsstimmung und dieser nervigen Instanz, die hartnäckig für Gerson Partei ergriff. Wie gerne hätte ich einfach „Ja“ gesagt. Doch dann übernahmen die Stimmen das Kommando. Und Tom? Warum hat er dich gewarnt? Meinst du, er hält dich zum Narren? Nein, versuchte ich die Stimmen zu beruhigen. Natürlich nicht. Er will nur mein Bestes. Kaum hatte ich den einen Einwand außer Kraft gesetzt, kam schon der nächste. Du redest immer nur von dir! Und was ist mit Gerson? Ist er nicht auch betroffen von deiner Entscheidung? Natürlich! Ja! Das ist doch das Problem, das mich zu zerreißen droht. Er will mich bestimmt davon abhalten. Verdammt noch mal, ich will aber diesen Reiterhof führen! Die Zeit drängte, es blieben nur noch zweieinhalb Tage für meine Entscheidung, eine Entscheidung, die mein Leben verändern würde.
Mit dem Sattel über dem Arm rannte ich beinah in Mascha, die aus der Sattelkammer kam.

„Schon fertig für heute?“, sagte sie überrascht.
„Leider ja, Fango hustet.“
„Gut, dass du es selbst gemerkt hast. Ich wollte es dir schon vor ein paar Tagen sagen. Ich habe ihn mehrmals in seiner Box husten hören, aber du bist in letzter Zeit immer so schnell vom Hof verschwunden.“
Wie bitte? Fango hustete schon seit Tagen? Und ich sollte nichts davon bemerkt haben? Unmöglich! Mascha wollte mir ein schlechtes Gewissen verpassen, warum wusste ich nicht.
„Ich habe es heute zum ersten Mal gehört“, sagte ich trotzig.
„An deiner Stelle wäre ich vorsichtig! Du weißt ja, wie schnell sich der Pferdehusten im Stall verbreiten kann. Was gibst du ihm denn?“
„Nine habe ich immer homöopathisch behandelt, Liberty hat mir Tabletten besorgt. Sulphur C 30, einmal 8 Tabs, die haben immer sofort geholfen.“
Mascha sah mich mitleidig an. „Homöopathisch?“, sagte sie und es klang, als ob sie *arme Irre* hätte sagen wollen, es jedoch gerade noch rechtzeitig verschluckt hatte.
„C 30! – Vera, das ist ein Witz.“
„Bei Nine hat es sofort geholfen!“
„Weißt du nicht, dass diese Tabletten überhaupt keinen Wirkstoff enthalten? Sie haben nur geholfen, weil du daran geglaubt hast. Deine Nine war ja kerngesund, wenn sie mal gehustet hat, dann nur, weil das Stroh ein bisschen zu staubig war.“
Ich schwieg; ich hatte weder Lust noch Energie, mich mit Mascha zu streiten.

„Ruf lieber Doktor Abnemer an, damit er ihm das Hustenpulver *Ventiplus* und vielleicht etwas zum Inhalieren gibt“, setzte sie nach.
„Fango ist nicht mein Pferd, Mascha, ich werde Luis Bescheid sagen, er muss selber wissen, was er tut.“
„Warte nicht zu lange“, sagte Mascha mit gerunzelter Stirn. „So ein Husten kann leicht chronisch werden. Und wenn später noch eine Pollenallergie dazukommt, kannst du das Pferd zur Kur an die Nordsee schicken.“
„Mal bitte nicht den Teufel an die Wand“, sagte ich unwirsch. „Ich weiß, was ich zu tun habe.“
„Du vielleicht schon, aber ob Luis es auch weiß, ist eine andere Frage.“
Ich schaute Mascha verblüfft an. „Luis? Er hat eine Menge Erfahrung mit Pferden und ihren Wehwehchen, Husten kann doch kein Problem für ihn sein?“
“Stimmt! Entweder es bessert sich von alleine, oder er wird richtig krank. So denkt er. Und ich habe das Pferd dann immer wieder hochgepäppelt. Jetzt bist du dran!“
„Gut, Mascha, ich habe verstanden.“ Hatte ich das wirklich? „Ich muss los, ich habe noch einiges zu tun heute.“
Ich wuchtete den Sattel in den Spind, der viel zu eng für all die Utensilien war, die Luis seit neuestem darin aufbewahrte. Die schlecht aufgewickelte Longe fiel mir vor die Füße und die Longierpeitsche hinterher. Was hatte mir Mascha da erzählt? Luis kümmerte sich nicht um sein Pferd, wenn es krank war? Sie ist eifersüchtig auf mich, dachte ich. Sie ist mit Fango nicht gut zurechtgekommen, sonst hätte er sie doch

gebeten, Fango zu reiten. Sie kann es nicht zugeben, das verträgt ihre Eitelkeit nicht. Sie hat eine zu harte Reiterhand, sie kann nicht loslassen. So war es!
Jetzt konnte ich wieder klar denken. Ich gebe ihm 8 Tabletten Sulphur, wenn es schon nichts nützt, schaden kann es auch nichts. Ich brauche es Luis nicht einmal zu sagen. Das braune Sulphurfläschchen war noch fast voll, ich hatte ein neues gekauft, kurz bevor Iris mit Nine nach Montmirail abgefahren war. Ich zählte 8 Tabs ab, schmuggelte sie unter eine Handvoll Hafer aus der Futterkiste und brachte sie Fango. Der schnüffelte an meiner Handfläche, dann nahm er vorsichtig die dargereichte Gabe und kaute so genüsslich, als ob ich ihm Schokoladenpudding mit Banane gegeben hätte. „Gute Besserung", flüsterte ich ihm ins Ohr. „Nimm's mir nicht übel, dass ich heute etwas unfreundlich war – wir Menschen haben es manchmal auch nicht einfach." Fango schnaufte zufrieden. Er war nicht nachtragend. „Bis morgen", schien er zu sagen, „gut, dass es dich gibt."

36

Vom Schritt reiten war mir kalt geworden und als ich endlich nach Hause kam, war ich vollkommen durchgefroren. Ich entschied mich, erst einmal unter die Dusche zu gehen. Doch kaum ließ ich mir das Wasser über die Schultern rinnen, klingelte das Telefon. Es klingelte und klingelte, so beharrlich konnte nur Gerson sein. Nein, nicht jetzt! Es hätte ja doch keinen Zweck, das Wasser abzudrehen und tropfnass in den Flur zu hüpfen – kurz bevor ich den Hörer in die Hand genommen hätte, wäre das Klingeln verstummt. So war es immer, wenn ich mich besonders beeilte. Ich würde in aller Seelenruhe duschen, mir die Haare föhnen und dann bei Gerson anrufen.
Gerson, würde ich sagen, ich habe ein Angebot von Luis. Ich werde es annehmen. Es ist mein Traumjob. Es ist eine Chance, die kein zweites Mal kommt. Wenn Gerson nur den geringsten Zweifel in meiner Stimme spüren würde, würde er sofort einhaken und so lange bohren, bis ich schwanken würde. Das durfte auf keinen Fall passieren. Ich musste fest, klar und entschieden bleiben. Also noch einmal. Gerson, würde ich sa-

gen, ich habe ein Angebot von Luis und ich nehme es an. Mehr nicht. Ich drehte den Kaltwasserhahn auf und duschte mich noch einmal kalt ab. Beim Abtrocknen spürte ich eine leichte Verzagtheit. Erst noch eine Tasse Tee, dann rufe ich ihn an.

Das Teewasser sprudelte schon, als das Telefon klingelte. Durchdringend und schrill, wie es nur dann klingelte, wenn Gerson am anderen Ende der Leitung war. Warum konnte er nicht zwei Minuten warten, bis ich ihn anriefe? Ärgerlich nahm ich ab.

Am Apparat war Luis. Er klang irgendwie aufgeregt, schien völlig aus dem Häuschen, so wie ich ihn gar nicht kannte.

„Ich versuche dich die ganze Zeit zu erreichen – dein Handy ist abgestellt und auf deiner Festnetznummer spricht nur der Anrufbeantworter mit mir. Hast du dich schon entschieden?"

„Aber Luis, drei Tage, dachte ich, ich habe doch noch zwei ganze Tage Zeit?"

„Ach, ja, natürlich. Entschuldige, ich glaube, ich vermisse dich!" Er wirkte auf einmal so hilflos und verletzlich; ob er Angst hatte, dass ich genau wie Tom in letzter Minute absagen würde?

„Ich dich auch, Luis. Im Grunde habe ich mich ja schon entschieden."

„Wirklich? Vera, das ist wunderbar! Bei mir läuft alles wie geplant, die Geschäfte gehen gut. Ich freu mich auf dich."

Ich hörte das Besetzzeichen und dann war das Gespräch weg. Mir schwirrte der Kopf, so freute ich mich über diesen unverhofften Anruf. Er dachte an mich, obwohl er über und über in der Arbeit steckte.

Ich hätte ihm noch so gerne von Fangos Husten erzählt und ihn nach seinen Hausmittelchen gefragt. Irgendjemand musste Luis beim Telefonieren gestört haben. Wo hielt er sich wohl gerade auf? In Genf, oder schon in Paris? Das Gespräch war plötzlich unterbrochen worden, oder war er an einem abgelegenen Ort, wo es kein ordentliches Netz gab? Egal, Fangos Husten würde ich alleine in den Griff bekommen. Ich war sicher, dass meine *Geheimwaffe S* auch bei ihm wirken würde.
Als ich das kochende Wasser über die Teeblätter goss, klingelte schon wieder das Telefon. Noch einmal Luis, dachte ich freudig und nahm sofort ab.
„Hallo Vera!" Gerson plapperte einfach drauflos. „Na, wie geht es dir? Endlich erreiche ich dich. Wir sind bei Liberty. Hier würde es dir gefallen. Sie wohnt auf einer großen Ranch in Wyoming. Sie behandelt Pferde mit Handauflegen – hat unglaublich Erfolg damit. Sandy hat eine Reitstunde gehabt, ohne Sattel und Trense, nur mit Halsriemen ..." Gerson redete und redete und redete, als ob es nichts anderes auf der Welt gäbe, als seine schöne bunte Cowboywelt mit Hut.
„Du sagst ja gar nichts? *Make listening noises,* bitte."
"Was soll ich machen? Zuhörgeräusche? Ich glaube, du hast sie nicht mehr alle! Jetzt hör du mir mal zu. Ich habe dir auch etwas zu sagen." Es klang härter, als beabsichtigt, doch jetzt war es heraus. Ich hörte, wie Gerson schluckte.
„Was gibt es denn so Wichtiges?"
„Luis Maertens hat mir ein Angebot gemacht", sagte ich, und es klang selbstsicher, klar und fest, genauso,

wie ich es mir vorgenommen hatte. Nur dass ich Luis' Nachnamen lieber nicht erwähnt hätte.
„Oh, shit – schon wieder dieser Merde-Kerl!", brüllte Gerson ins Telefon. Er war nahe daran aus der Haut zu fahren, das spürte ich deutlich, doch ich ließ mich nicht von seinem Ärger beeindrucken. „Du sollst mir zuhören, bitte Gerson, es ist wichtig."
„Okay, dann spuck es aus."
Und genau das tat ich. „Er will einen Reiterhof im Jura kaufen. Er hat mir angeboten, dass ich die Geschäftsführung und den Reitbetrieb übernehmen soll. Er hat mir drei Tage Zeit gegeben mich zu entscheiden. Davon sind jetzt noch zwei übrig, doch mein Entschluss steht fest. Ich werde sein Angebot annehmen." Er hatte es hören wollen und ich hatte es ihm gesagt.
„Vera, das ist nicht dein Ernst. Du kennst doch diesen Shit-Kerl überhaupt nicht. Nur weil er reitet, ein Pferd hat und aussieht wie dieser Springreiter, dem alle Frauen nachlaufen! Hey – wie hat er dich rumgekriegt? Hat er dich ...?"
„Gerson, noch ein Wort und ich lege auf. Du bist unverschämt und gemein. Er heißt nicht Shit-Kerl, sondern Luis, er ist mein Freund und er hat mir ein seriöses Angebot gemacht."
„Jetzt hörst du mir mal zu! Du bist pferdeblind. Wie kannst du denn glauben, dass so ein Immobilienfritze einen Reiterhof führen kann? Er hat doch keine Ahnung!"
„Wieso? Er führt doch den Sonnenhof! Luis ist ein All-Rounder! Wenn ich die Geschäftsführung übernehme, werde ich mich mit Iris beraten."

„Da wird sie sich aber freuen! Ich glaube, sie hat mit ihrem Hof genug zu tun, oder? Wie geht es überhaupt Nine?"
„Lenk nicht ab, Gerson. Noch einmal: Ich werde sein Angebot annehmen."
Plötzlich war die Leitung wie tot. „Gerson? Bist du noch da?"
Dann hörte ich ihn wieder, aber seine Stimme klang kalt, fremd und wild entschlossen: „Luis oder ich. In spätestens drei Tagen komme ich zurück nach Deutschland und erwarte eine Entscheidung von dir."
Mehr sagte er nicht. Ich hörte das Besetzzeichen, unser Gespräch war beendet.
Mit geballten Fäusten stand ich neben dem Telefon. Schon der zweite Mann, der innerhalb kürzester Zeit eine Entscheidung von mir forderte! Ich sehnte mich nach einem Punchingball, oder nach dem Hackklotz in Claires Küche mit mindestens einem Klafter Holz zum kleinhacken. Wenn er mir doch wenigstens zugehört hätte! Er hatte mich einfach zugeschwallt, hatte Luis beleidigt und mir jede Chance genommen, ihn in meine Pläne einzubeziehen. So war es doch? Vielleicht war ich ein bisschen zu forsch vorgegangen, ich hatte mich hinreißen lassen, etwas zu sagen, was noch gar nicht spruchreif war. Ich hatte tatsächlich behauptet, dass ich Luis' Angebot annehmen würde, obwohl ich doch zuerst mit ihm, Gerson, darüber sprechen wollte. Aber jetzt war es heraus, ich hatte es ausgesprochen und ich konnte es nicht mehr rückgängig machen. Wenn ich ehrlich war, dann wollte ich es gar nicht rückgängig machen, ich hatte mich tat-

sächlich entschieden, ich würde Luis' Angebot annehmen.
Mein Tee war kalt geworden. Noch einmal Wasser aufsetzen? Nein! Jetzt brauchte ich was Stärkeres. Ich ging zum Küchenschrank, wo der Damassinenschnaps stand, den ich von meinem letzten Besuch bei Iris mitgebracht hatte und schenkte mir einen ordentlichen Schluck ein. Was Iris wohl zu diesem Gespräch sagen würde?
Wenig später hatte ich sie am Telefon. Ohne ein Wort zu sagen, ohne mich zu unterbrechen, ohne bohrende Fragen zu stellen, hörte sie mir zu. Wie gut das tat, Iris war eine echte Freundin.
„Wie siehst du Gersons Reaktion?", fragte ich.
„Ich kenne Luis nicht gut genug, du musst selbst herausfinden, ob sein Vorhaben seriös ist, da hat Tom recht. Aber ich hätte nichts dagegen, wenn du in meiner Nähe wärst."
Ich atmete auf. Iris sah die Sache genauso wie ich. „Ich habe keine Ausbildung als Pferdewirtschaftsmeisterin – meinst du, das ist ein Hinderungsgrund?"
„Dafür gibt es Kurse, das schaffst du. Du hast eine Menge Fähigkeiten im Umgang mit Nine erworben, die bei deiner Führungsaufgabe sehr nützlich sein werden."
„Ach wirklich", sagte ich ungläubig, „welche denn?"
„Du kannst gut mit Ärger umgehen; Nine hat dir beigebracht Grenzen zu setzen. Du hast Geduld gelernt. Denk nur daran, wie lange es gedauert hat, bis Nine in den Hänger ging. Du hast gelernt, genau hinzusehen, beim Beobachten der Pferde hast du deine Wahrnehmung geschult und du kannst dich mit deinem

Pferd ohne Worte verständigen – das ist etwas, worüber du vor drei Jahren noch ungläubig gelächelt hast. Und noch eines: Du hast gelernt, deine Absichten klar zu vermitteln."
„Meinst du?" Warum verstand mich Gerson dann nicht? Oder wollte er mich nicht verstehen?
Iris war noch fertig. „Gerson?", sagte sie. „Er liebt dich und er kämpft um dich, was ist daran so schlimm? Kann sein, dass er auf Luis eifersüchtig ist, da ist eine Sicherung beim ihm durchgeknallt und er hat ein bisschen überzogen reagiert."
Eifersucht! Ja, das war es. Iris hatte den Punkt getroffen. „Du kannst dir nicht vorstellen, wie wütend ich mich über ihn gefühlt habe", sagte ich. „Ich melde mich bald wieder bei dir."

37

Jemand hatte Fango die dicke Winterdecke abgenommen, auf seiner Kruppe waren die Haare aufgestellt wie bei einem Teddybär, er stand dösend auf dem Paddock und genoss die ersten Sonnenstrahlen. Er hörte mich kommen, spitzte die Ohren und drehte sich um, als ich ihn zu mir rief.

„Geht es dir wieder gut?"

Ich legte ihm das grüne Knotenhalfter an und führte ihn am langen Strick über den Hof. Als wir am Parkplatz vorbeigingen, fiel mir ein alter Volvo auf, der geräuschvoll und umständlich in die Parklücke zwischen zwei Pferdeanhängern bugsiert wurde. Das Auto kam mir bekannt vor; die Fahrertür ging auf, ein Gehstock erschien, dann noch einer und eine alte Dame schälte sich heraus.

„Edda!" Ich hatte unsere alte Freundin, die Trakehnerzüchterin, schon lange nicht mehr gesehen; als Iris sie im Herbst besucht hatte, hatten wir keine Zeit gefunden, uns zu dritt zu treffen. Doch sie sah immer noch so aus, wie ich sie vor drei Jahren im Jura kennengelernt hatte. Schmal und zerbrechlich, ein

bisschen gebückter vielleicht und tiefere Falten im Gesicht, doch ihre wachen Augen und ihr Lachen zeugten von ihrer unveränderten Lebenskraft. Sie stützte sich auf ihre beiden Stöcke und streckte sich.
„Hallo Vera“, begrüßte sie mich. „Na, ich sehe, du gehst fremd?“ Sie deutete auf Fango und tätschelte ihm den Hals. „Ein schönes Pferd, gut gebaut - schau dir nur den Schulteransatz an!“ Das war typisch Edda, wenn sie ein Pferd sah, das sie noch nicht kannte, begutachtete sie zuerst sein Exterieur. Ich nickte erfreut, so genau hatte ich mir Fangos Schulter noch gar nicht angesehen.
„Ich muss mit dir reden“, sagte sie. Fango versuchte die Unterbrechung auszunutzen, wollte sich umdrehen und versuchte, mich zurück zum Stall ziehen.
„Wir gehen in die kleine Halle, da kann er toben und wir können ungestört miteinander sprechen.“
„Dein Handy war abgestellt“, sagte sie, während sie mir die Hallentür aufschob. Ich löste den Strick vom Halfter und schickte Fango hinein. Sofort hörten wir ein tiefes Grunzen.
„Iris hat mich angerufen, weil du nicht erreichbar warst. Im Reisebüro warst du auch nicht, da hat dein Chef darauf getippt, dass du im Stall bist.“
„Volltreffer!“, grinste ich. „Jetzt sage mir endlich, was los ist!“
„Kannst du es dir nicht denken?“
Mir wurde flau im Magen, ich hätte mich gerne irgendwo hingesetzt, doch der Vorraum der Halle diente zum Aufbewahren von Stangen und Ständern für die Hindernisse, Sitzgelegenheiten für schwindelnde Reiterinnen waren hier nicht vorgesehen.

„Ist Nine krank, eine Kolik?“, fragte ich erschrocken.
„Nein, gottseidank! Es ist etwas anderes.“
„Edda!“
„Als Iris heute Morgen in ihr Büro kam, fand sie den Schrank aufgebrochen, in dem sie ihre Zuchtbücher aufbewahrt. Sie waren weg, verschwunden. Auf ihrem Schreibtisch lag ein Zettel mit blutroter Schrift.“
„Ich weiß, was darauf stand!“, sagte ich matt. *„Pur Sang* – hab ich recht?“
Edda nickte.
„Genau! *Pur Sang,* sie hat mir alles erzählt. Aber das war noch nicht alles. Sie haben versucht, in den Stall einzubrechen. Ein Fenster war zerschlagen, aber die Tür hat gehalten. Jemand muss sie gestört haben, sie sind abgehauen, bevor sie noch mehr Unheil anrichten konnten. Iris hat einen Verdacht. Kannst du dich an den Namen Viktor erinnern?“
„Viktor?“, sagte ich. „Nie gehört.“
„Doch, du hast bestimmt von ihm gehört, wenn auch nicht seinen Namen – der potentielle Käufer der Uhrenfabrik von Monsieur Poliglott, er will einen Industriepark daraus machen.“
„Und das Bauernmuseum zum Luxushotel umfunktionieren?“
„Genau. Iris hat einiges über ihn herausgebracht; am Telefon wollte sie mir darüber nichts erzählen.“
„Und was soll dieser Mann mit Nine zu tun haben?“
Fango hatte sich zum dritten Mal auf den Hallenboden geworfen, alle Viere in die Luft gestreckt und sich von einer Seite auf die andere gedreht.
„Ein Verdacht, wie gesagt. Iris war ziemlich ratlos. Die Kantonspolizei kann ihr anscheinend nicht viel hel-

fen. Sie sind im Moment mit anderen Dingen beschäftigt – ein Serienmörder treibt sein Unwesen im Kanton. Und dann sind sie noch Geldwäschern auf der Spur."

Fango streckte seine Vorderbeine aus, drückte sich nach oben und schüttelte den Hallenstaub von sich. In diesem Augenblick war es mir, als ob jemand eine Binde von meinen Augen zöge, die mich am klaren Sehen hinderte. „Ich muss sofort nach Montmirail fahren", sagte ich. „Iris braucht mich, und Nine auch."

„Gut!", sagte Edda entschlossen. „ Aber fahr vorsichtig", fügte sie hinzu. „Das Juraklima ist rau und auf den Bergstraßen kann es noch Glatteis geben."

„Egal", beruhigte ich sie, „ich frage Luis, ob er mir noch einmal seinen großen Reisewagen ausleiht."

38

Gerade als ich meine Reitstiefel gespannt und ins Kämmerchen gestellt hatte, klingelte es. Ich drückte auf den Türöffner und wusste: Der federnde Schritt, die zwei Stufen, die er auf einmal nahm – das konnte nur Luis sein. Und wirklich, jetzt stand er vor mir, Jeans-Jacke, offener Hemdkragen und die Haare zerzaust, als ob ihm der Fahrtwind immer noch durchs Gesicht blies; er war garantiert mit seinem Cabrio unterwegs gewesen. „Bist du schon von Paris zurück?“, fragte ich erstaunt.
„Ja“, sagte er schroff. „Ich muss dich sprechen.“
Er war das erste Mal bei mir zu Hause und er war kein bisschen neugierig; schaute sich nicht um, wie ich es immer tat, wenn ich bei Bekannten war, die mich das erste Mal zu sich eingeladen hatten. Nicht aus blanker Neugier, sondern um Gemeinsamkeiten zu entdecken, und um die Person besser kennenzulernen.
„Gibst du mir zwei Minuten?“ Ich stand immer noch in meinen Reitklamotten da, mit einer Wolke Stallparfüm um mich herum. „Ich will mich schnell um-

ziehen. Ich habe dir auch zwei Dinge zu erzählen. Ich fang schon mal an: Fango hustet nicht mehr!"
„Das war die gute Nachricht, nehme ich an?"
„Genau! Die schlechte kommt später. Willst du was trinken? Bediene dich einfach, in der Speisekammer steht Apfelsaft, und Rotwein ist auch da. Oder wie wär's mit einem Damassinenschnaps?", fügte ich hinzu, obwohl ich mir sicher war, dass Luis diesen selbstgebrannten Schnaps aus Claires Destille gar nicht kannte. Doch er verzog das Gesicht zu einem breiten Grinsen: „Gute Idee, eine Damassine ist mir schon lange nicht mehr offeriert worden." Luis marschierte wie selbstverständlich in Richtung Küche.
Wenig später saßen wir gemütlich auf dem Sofa und ich berichtete über die neuesten Ereignisse aus Montmirail.
„Warum kümmert sich die Polizei nicht um den Fall?", brauste Luis auf. „Die greifen immer erst ein, wenn es zu spät ist; es muss doch immer etwas Fürchterliches passieren, bevor Beamte ihre Ärsche hochkriegen."
„Genau! Ich muss selbst aktiv zu werden. Ich habe eine Bitte, leihst du mir noch einmal deinen großen Reisewagen?" Er zögerte einen Augenblick, vielleicht brauchte er den Wagen selbst und suchte nach einer Ausrede. Doch dann sagte er: „Ja, gerne! Aber da gibt es ein kleines Problem; der Wagen muss in die Werkstatt, eine Bagatelle, aber ich muss es reparieren lassen, bevor du losfährst. Verstehst du, ich möchte mir keine Vorwürfe machen, wenn etwas passieren würde."
„Wie lange wird es dauern?", fragte ich besorgt.

„Ich bringe ihn gleich morgen früh zum Kundendienst und rufe dich an, wenn er fertig ist. Oder besser noch, ich bringe den X5 gleich bei dir vorbei. Du kannst spätestens um 15 Uhr losfahren."
„Das ist sehr nett von dir, Luis", sagte ich. Ich fühlte mich erleichtert, doch plötzlich dachte ich daran, dass Luis bestimmt nicht ohne Grund zu mir gekommen wäre.
„Du willst wissen, ob ich mit Gerson gesprochen habe, deshalb bist du gekommen, oder?"
„Genau, ich wollte dich nicht unterbrechen, dein Bericht über Montmirail hat mich interessiert. Was ist aus eurem Gespräch herausgekommen, hat er grünes Licht gegeben?"
Ich öffnete die Rotweinflasche, die Luis aus der Speisekammer geholt hatte. Es war die letzte Flasche *Ulisses Lima*, die Gerson von seiner Chilereise im Oktober mitgebracht hatte; die einzige, die von unseren Vorräten übrig war. Die andere hatten Gerson und ich vor seiner Abreise zusammen geleert, es war ein schöner Abend gewesen. Wenn eine Flasche *Ulisses Lima* aufgemacht wurde, dann gab es etwas zu feiern; ein samtiger, fruchtiger, rassiger Wein, der angenehm warm die Kehle hinunterrann, wie geschaffen, um große Entscheidungen zu besiegeln.
Luis nahm mir die Flasche aus der Hand und goss ein.
„Ich glaube, wir haben etwas zu feiern", sagte ich und nahm einen Schluck Rotwein.
„Vera, heißt das, dass du mein Angebot annimmst?"
„Ja! Ich werde deinen Reiterhof leiten."
Luis hob sein Glas und prostete mir zu. „Auf unseren Hof", sagte er.

„Und auf all die schönen Pferde“, setzte ich hinzu.
„Ich werde dir so bald wie möglich die Pläne zeigen und dir meine Finanzierungsstrategie offenlegen. Du sollst ja nicht die Katze im Sack kaufen. Du wirst erst dann deinen Job bei Massimo kündigen, wenn wir zu bauen anfangen.“
„Ach Luis“, sagte ich überwältigt. Eigentlich hatte ich ihm noch sagen wollen, dass Gerson mit meinen Plänen überhaupt nicht einverstanden war und mir die Pistole auf die Brust gesetzt hatte. Doch an diesem wunderbaren Abend war kein Platz für Miesmachergeschichten. Luis legte den Arm um meine Schulter und zog mich an sich. „Vergiss nicht, mir deine Kontonummer zu geben, damit ich die Boxenmiete überweisen kann. Du weißt, in Kleinigkeiten muss man genau sein!“, sagte er schelmisch. „Und jetzt erzähle ich dir von Fango.“
Ich legte meinen Kopf an seine Schulter und hörte ihm zu. Er hätte mir alles erzählen können, auf den Inhalt kam es mir gar nicht an. Ich schloss die Augen, sog seinen männlich-herben Duft ein und genoss seine unglaublich erotische Stimme.
Mit Luis zusammen zu sein, war etwas Besonderes. Gerson war nie zufrieden, wenn er mit mir war; er wollte immer mehr: Mehr Gespräche, mehr Zusammensein, mehr Liebe, von allem mehr. Luis war anders. Wie er jetzt auf dem Sofa neben mir saß, den Arm um meine Schulter gelegt, zufrieden mit dem, was war. Vielleicht trank er ein bisschen zu viel, aber das machte nichts. Er konnte eine Menge vertragen und blieb immer mit beiden Füssen auf dem Boden. Gerson war ein Träumer. Er sah die Menschen nicht

so, wie sie waren und schon gar nicht, wie ich sie sah; wie sie sich bemühten alles richtig zu machen und doch jederzeit in Gefahr waren, in einen Abgrund zu stürzten.
Luis betrachtete mich, wie ich mein Glas hob und ihm zulächelte. Luis förderte das Beste in mir zu Tage: Meine Liebe zu den Pferden, und er achtete sie.

Als Luis gegangen war, waren meine Sorgen gewichen. Es war so einfach, nett zu Luis zu sein, warum fiel es mir gegenüber Gerson so schwer?
Ob ich noch einmal den Sonnenhof im Internet googeln sollte? Obwohl ich noch nicht müde war, hielt mich etwas davon ab. Nicht jetzt, dachte ich; wenn ich jetzt meinen PC hochführe, dann würde ich mir so vorkommen, als ob ich Luis misstraute und ihm hinterher spionierte. Dabei wollte er doch selbst, dass ich mich informierte! Morgen ist auch noch ein Tag, dachte ich, oder übermorgen. Googeln kann ich auch von Montmirail aus.
Bevor ich zu Bett ging, räumte ich die leere Rotweinflasche und die Weingläser in die Küche. Als ich noch einmal mit einem feuchten Lappen ins Wohnzimmer kam, um die Rotweinflecken vom Couchtisch abzuwischen stolperte ich über einen Gegenstand. Ich bückte mich – da war das dicke Buch. Es lag auf dem Teppich neben dem Tisch, keine Ahnung, wie es dahin gekommen war. Luis hatte es bestimmt nicht in die Hand genommen, er war kein Leser, und mit diesem Buch hätte er bestimmt nichts anfangen können. Warum lag mir eigentlich dieser Schinken schon wieder im Weg? Diesmal war das Buch zugeklappt, was die

Sache nicht einfacher machte. Vielleicht war es beleidigt? Vielleicht soll ich ihm noch eine Chance geben? Mal sehen, was kommt, wenn ich selbst die Initiative ergreife, dachte ich. Es kam mir plötzlich vor wie ein Orakelbuch, eine Art Brevier, das man zu Rate zieht, wenn man nicht weiter weiß und einen Blick in die Zukunft tun wollte. Meine eigene Zukunft schien mir heller denn je vor mir zu liegen, warum also blätterte ich in dem Wälzer?

Ungefähr in der Mitte des Bandes war eine Passage dick angestrichen. Ob Gerson bis hierhin gelesen hatte? Wer sonst hätte die Stelle markieren sollen? Etwa Sandy, die ihm das Buch geliehen oder geschenkt hatte? Sandy war Amerikanerin, warum sollte sie die deutsche Übersetzung eines auf Spanisch geschriebenen Buches lesen? Sie hat es ihm geschenkt, dachte ich und ich fühlte ein undefinierbares Gribbeln durch meinen Bauch wandern. Ich las eine Zeile, dann fielen mir die Augen zu und ich legte die Schwarte weg. Orakelbuch – lächerlich – es stand nichts weiter drin als Wortgeklingel und postmodernes Gerede.

Ich ging in die Küche und stellte die Weingläser in die Spülmaschine. Danach war meine Müdigkeit verflogen. Ich hätte mich nicht so lange mit dem Buch aufhalten sollen, jetzt hatte ich den Moment verpasst, um ins Bett zu gehen. Alles hat seine Zeit, wenn man die Müdigkeit überging, dann musste man bis zum nächsten Schub warten, das konnte Stunden dauern. Und ich wollte morgen früh aufstehen! Mit einem Stück Knäckebrot ging ich noch einmal zurück ins Wohnzimmer. Das Buch lag immer noch auf dem Tisch, da wo ich es vorhin hatte liegen lassen. Immer-

hin, dachte ich. Es blieb mir nichts anderes übrig, als gute Miene zum bösen Spiel zu machen; ich war hellwach. Mal sehen, dachte, wo es sich jetzt aufschlagen lässt; ich gebe ihm noch eine einzige Chance, die allerletzte.
Es war wieder die Seite mit der angestrichenen Stelle. Ich las sie laut.
„Der Jüngere sprach weiter über diesen Jurevich, den der Alte geschnappt hatte.
Es war nicht schwer, sagte der Weißhaarige.
Ein unsystematischer Mörder, sagte der Jüngere und hob eine Hand ans Gesicht, als müsste er niesen.
Nein, sagte der Weißhaarige, ein systematischer Mörder.
Ach, ich dachte, er war unsystematisch?, sagte der Jüngere.
Fate schnitt ein Stück Fleisch ab. Es war dick und zart und schmeckte gut. Die Salsa war lecker, vor allem, wenn man sich an die Schärfe gewöhnt hatte.
Die unsystematischen, sagte der Weißhaarige. Ihr Verhaltensmuster ist nicht leicht zu durchschauen.
Aber möglich ist es doch?, sagte der Jüngere.
Mit Zeit und Geld ist alles möglich, sagte der Weißhaarige."
Ein sympathischer Mörder, dachte ich verblüfft, so einer kommt nicht oft vor. Im Krimi nicht und in der Wirklichkeit noch nie hatte ich einen fiktiven oder realen Mörder, von dem die Zeitungen schrieben, sympathisch gefunden. Außer Mr. Ripley vielleicht, ja, der junge, talentierte Mr. Ripley war irgendwie sympathisch. Aber diese Assoziation passte nicht zu dem Zitat. Vielleicht hatte ich mich verlesen. Ich fing noch

einmal von vorne an. Oh je, da stand nicht sympathisch, sondern systematisch! Systematisch und unsystematisch, darum ging es in dem Gespräch zwischen dem Alten und dem Jüngeren und das machte einen gewaltigen Unterschied.
Also gut: Kannte ich jemanden, der unsystematisch war? Eigentlich nur mich, dachte ich verblüfft. Gerson stempelte mich als chaotisch ab. Aber ich – was dachte ich? War ich nicht systematisch, klar und berechenbar? Doch, das war ich. Und natürlich auch sympathisch. Andere Leute schienen diesen Eindruck ebenfalls von mir zu haben: Luis zum Beispiel, er fand mich sympathisch und Tom konnte mich gut leiden, Iris natürlich, und meine beiden Pferde Fango und Nine liebten mich auch. Zufrieden lehnte ich mich zurück und biss ein Stück Knäckebrot ab. Gottseidank war ich noch keinem Mörder begegnet und ich hatte auch nicht vor, jemals einen kennenzulernen.
Plötzlich überkam mich eine heilige Wut. So ein Quatsch, dachte ich, wenn ich wieder aus dem Jura zurück bin, werde ich den Schmöker in das kommunale Bücherregal am Marktplatz stellen. Dort gehört es hin, sollen es doch andere Leute aufschlagen und sich damit herumärgern.
Dann ging ich ins Bett und schlief traumlos bis zum nächsten Morgen.

39

Pünktlich um 15 Uhr stand der weiße BMW X5 vor meiner Haustür. Luis öffnete mir den Kofferraum und ich warf meine Reisetasche hinein. „Der kleine Defekt ist behoben, es ist alles in Ordnung; ich habe voll tanken lassen und dir eine Vignette besorgt. Wie du es geschafft hast, ohne diese Hundemarke über den Zoll zu kommen, ist mir ein Rätsel“, setzte er hinzu.
Ich runzelte die Stirn. „Wieso?“ Ich war mir keines Vergehens bewusst, doch Luis lachte nur. „Das sieht dir ähnlich! Du brauchst eine Vignette für die Benutzung der Schweizer Autobahn, 40 Franken, dann hast du freie Fahrt. Da vorne klebt sie hinter der Frontscheibe.“
„Das letzte Mal haben sie mich einfach durchgewinkt“, sagte ich, „und auf dem Weg zurück hat sich kein einziger Beamter blicken lassen.“
„Glück gehabt! Ich wünsche dir gute Fahrt“, sagte Luis gut gelaunt. Ich stieg ein, legte den Sicherheitsgurt an und drehte den Zündschlüssel um. Dann hupte ich noch einmal zum Abschied und winkte Luis zu. Doch

er hob die Hand und machte ein Zeichen, dass ich halten solle.
„Was ist los, habe ich etwas vergessen?“, fragte ich durchs offene Fenster.
„Ja, den Fahrzeugschein!“ Er gab mir das Papier und ich verstaute es in meinem Geldbeutel. Der gute Luis, er dachte wirklich an alles! Er ist wie ein Vater zu mir, und mir wurde warm ums Herz. Mein eigener Vater war schon lange tot und manchmal vermisste ich ihn.
Bevor ich auf die Hauptstraße abbog, schaute ich noch einmal zurück, da war Luis schon verschwunden.
Ich brauchte nur knappe zwei Stunden nach Basel; am Zoll wurde ich angehalten. Die Schweizer Grenzbeamten nahmen sich ausgerechnet heute alle hochmotorisierten Wagen vor, besonders die unauffälligen mit Vignette. Vor mir stand eine Reihe schwarzer SUVs, die darauf warteten kontrolliert zu werden. Mir wurde flau im Magen. Was, wenn Luis irgendetwas im Kofferraum oder im Zwischenboden versteckt hatte? Gerade in letzter Zeit war in den Nachrichten viel von Geldschmuggel die Rede und Luis war im Bankgeschäft tätig gewesen. Zeit genug hätte er gehabt, wer weiß, was sie in der Werkstatt gemacht hatten? Ein älteres, sportlich aussehendes Ehepaar mit Hund musste aussteigen. Geduldig sahen sie zu, wie die beiden bewaffneten Polizistinnen mit Schweizer Gründlichkeit ihr Auto in verschiedene Einzelteile zerlegten. Glücklicherweise ging mein Schwächeanfall schnell vorüber. Ich hatte mir nichts vorzuwerfen

und ich konnte mir Luis beim besten Willen nicht als Schmuggler vorstellen.
„Gruezi!“ Ich grüßte freundlich und vermied es, den Schweizer Tonfall nachzuahmen, das ging immer schief, auch wenn es gut gemeint war. „Was kann ich für Sie tun?“, sagte ich.
„Einfach mal den Kofferraum öffnen.“ Ich tat den beiden den Gefallen, stieg aus, ging um den Wagen herum und öffnete die Heckklappe. Meine Reisetasche, die ich nicht ordentlich zugemacht hatte, war umgefallen und meine Wanderschuhe, mein Kulturbeutel und meine Trinkflasche waren herausgerutscht; sonst war der Kofferraum leer.
„Sie haben nichts zu verzollen?“ „Nein“, sagte ich aus voller Überzeugung.
„Danke vielmal, Sie können weiterfahren.“ Sie hatten mich nicht einmal nach den Wagenpapieren gefragt und die schöne neue Vignette hatten sie auch nicht beachtet.
Hinter Basel verließ ich die Autobahn. Eine dreiviertel Stunde später erreichte ich Delémont. Ein dringendes Bedürfnis zwang mich zum Halten. Eine kleine Pause, dachte ich, ich trinke einen Espresso und rufe Luis an, er freut sich bestimmt, wenn er hört, dass ich gut über die Grenze gekommen bin. Ich stellte den Reisewagen auf den Marktplatz und schaffte es gerade noch in ein kleines Restaurant. Ohne rechts und links zu schauen strebte ich auf das Schild „Toilettes“ zu. Hoffentlich spricht mich niemand an, betete ich, denn ich wusstenicht, wie ich mein mit jedem Schritt dringender werdendes Bedürfnis auf Französisch erklären sollte.

Erleichtert schaute ich mich im Gastraum um. Es war 18 Uhr, spätestens in einer Stunde würde ich in Montmirail ankommen. Für einen kleinen Kaffee reichte die Zeit noch. Ich suchte mir einen Platz am Fenster aus und rief den Kellner. *„Un café, si'l vous plait."* *„Volontier, Madame."* Ich hatte eine richtige Unterhaltung auf Französisch geführt, dachte ich stolz, der Mann hat mich sofort verstanden! Dann zog ich mein Handy aus der Hosentasche und drückte Luis Nummer.

Er meldete sich sofort. „Hallo Vera, was ist los?" Seine Stimme klang heiser, irgendwie gespannt. „Alles klar, ich mache gerade ein Päuschen, stell dir vor, am Zoll haben sie mich gefilzt."

„Wo bist du?"

Hörte er mir eigentlich zu? Vielleicht denkt er, ich hätte eine Panne? „Es ist alles gut gegangen, am Zoll haben sie mich angehalten und gefilzt – natürlich haben sie nichts gefunden ..."

„Was hätten sie denn finden sollen?", fiel er mir ins Wort. „Wo genau bist du?"

„In Delémont", sagte ich und ich fühlte mich irgendwie in Urlaubsstimmung. „Ein nettes Städtchen, von meinem Café schaue ich auf einen wunderschönen mittelalterlichen Brunnen. Wenn ich Zeit hätte, würde ich ..."

„Ist alles in Ordnung mit dem Reisewagen?", unterbrach er mich wieder. Endlich hatte ich verstanden, er machte sich Sorgen um sein Auto, vielleicht traute er der Werkstatt nicht, oder die Bagatelle war doch nicht so klein, wie er mir gegenüber behauptet hatte.

„Ja, er schnurrt wie ein Kätzchen."

„Wie ein Kätzchen?“ grunzte Luis. „Wenn du meinst! Wenn ich dir etwas raten darf: Fahr so schnell wie möglich weiter und nimm die Abkürzung durch die Gorge du Pichoux. Die Schlucht musst du gesehen haben. Es bleibt ja lange hell. Ruf mich bitte an, wenn du bei Iris bist!“
Ich trank meinen Kaffee auf einen Schluck aus. Als Gerson und ich vor drei Jahren unseren Sommerurlaub im Jura verbracht hatten, waren wir auch durch diese enge Schlucht gefahren. Ich erinnerte mich noch lebhaft daran. Gerson war am Steuer gesessen, und ich hatte die bizarre Landschaft betrachten können. Damals war ich froh gewesen, dass ich nicht hatte fahren müssen, die Straße war eng und einspurig und klebte an dem schroffen Felshang. Wenn ein Auto entgegenkam, musste Gerson den Wagen in eine der kleinen Ausweichstellen bugsieren, die in den Fels gehauen waren und warten, bis die Straße wieder frei war. Tief unten auf dem Boden der Schlucht schäumte ein reißender Fluss, gespeist durch zahlreiche Bäche, die von den Karstfelsen hinunterstürzten. In den Tunnels, die in den Felsen gehauen waren, lief das Wasser an den Wänden herunter und es gab keine Deckenbeleuchtung.
„Meinst du nicht, dass es zu duster ist, wenn ich dort oben ankomme?“
„Nicht, wenn du dich gleich auf die Socken machst! Es lohnt sich, Vera, glaub mir.“
Mein mulmiges Gefühl legte sich. Wenn mir Luis dazu so dringend riet, konnte ich es ruhig wagen. Er kannte sich in der Gegend gut aus. „Okay, ich berichte dir von meinen Abenteuern, wenn ich bei Iris bin.“

„Viel Glück“, hörte ich ihn noch sagen. Ich bezahlte und lief fröstelnd zum Parkplatz. Obwohl vor ein paar Tagen der Frühlingsanfang auf dem Kalender gestanden hatte, war es immer noch ziemlich kalt. Im Wetterbericht hatten sie die Autofahrer vor Straßenglätte gewarnt. Doch heute Abend war der Himmel klar und Regen nicht zu erwarten. Der Weg durch die Schlucht würde mir eine Menge Zeit sparen und ich würde bestimmt noch vor Einbruch der Dunkelheit in Montmirail ankommen. Wenn ich erst einmal oben auf der Höhe der Freiberge angekommen wäre, war es nur noch ein Katzensprung zu meiner Nine.
Beim Anlassen des Motors schaute ich auf die Tankanzeige. Der Zeiger stand im letzten Viertel – merkwürdig, Luis hatte doch vor meiner Abfahrt vollgetankt! Ich hatte keine Ahnung, wie groß der Tank des X5 war und wie viele Liter er auf 100 km verbrauchte. Ob eine Füllung überhaupt reichen würde? Vielleicht gibt es irgendwo eine Tankstelle, dachte ich, dann werde ich vorsichtshalber anhalten.
Ich drehte den Zündschlüssel um und spürte einen Stich in der Herzgegend. Ich musste los, wenn alles gut gehen sollte. So schnell wie möglich, schließlich war ich nicht zu meinem Vergnügen hier.
Nach ungefähr 20 Minuten kam ich an dem Hinweisschild Glovelier vorbei; dort in diesem Kantonstädtchen hatte im Januar die Körung der Hengste stattgefunden. Ich musste an den armen Paletti denken und dass er sein junges Leben in einer fremden Pferdebox ausgehaucht hatte. Ich fuhr an einer Tankstelle vorbei, doch ein Blick auf die Benzinanzeige gab Entwarnung. Bis nach Montmirail war es nicht mehr weit, ich

durfte jetzt keine unnötige Zeit mit Tanken zu verlieren. Ein paar Kilometer weiter ging es links hinauf zur Schlucht. Kurz vor der Abzweigung sah ich das Hinweisschild, ich setzte den Blinker, doch da stutzte ich. Schnell nahm ich den Fuß vom Gas – was war das? Gorge du Pichoux war mit einem dicken roten Balken durchgestrichen. Ob die Schlucht für den Verkehr gesperrt war? Jeder andere Hinweis fehlte, die Straße schien vollkommen in Ordnung, es gab keinen Grund, warum ich von meinem Weg abweichen sollte. Luis hätte mich bestimmt gewarnt, wenn die Schlucht nicht passierbar gewesen wäre. Also? Hinter mir hupte jemand. Kurzentschlossen gab ich Gas und fuhr weiter. Ich bog ich nach links ab, jetzt ging es hinauf auf die Freiberge. Die Straße stieg stetig. Rechter Hand blitzte hinter schwarzen, hochstämmigen Tannen das Weiß der Kalkfelsen hervor. Auf der linken Seite, die zur Schlucht abfiel, war die Straße nur durch eine niedere Steinmauer gesichert. Je höher die Straße anstieg, desto enger erschien sie mir. Die Serpentinen folgten immer dichter aufeinander und die Kurven nahmen die Form von Haarnadeln an. Nur mit Mühe konnte ich das Steuer des X5 schnell genug drehen. Unzählige Wasserläufe strömten aus den hochaufragenden Karstfelsen über die Straße zum Boden der Schlucht hinunter. Die Schlucht von Pichoux war wild und romantisch, ein Naturdenkmal, doch ich hatte dafür keinen Blick. Immer, wenn mir ein einheimischer Personenwagen mit quietschenden Reifen entgegenkam, musste ich scharf bremsen und hart an den Randstein heranfahren. Dann kamen die Tunnels. Drinnen war die Straße von Schlaglöchern

zerklüftet, es war dunkel und die Wagenfenster beschlugen wegen der Feuchtigkeit der Luft. Vor jedem Tunneleingang stellte ich das Fernlicht an, hupte zweimal und schickte ein Stoßgebet hinterher. Offenbar wirkte es, denn in den ersten drei Tunnels kam mir niemand entgegen. Und das war gut so, an meinem großen Reisewagen hätte sich kein zweites Auto vorbeidrängen können. Langsam brach die Dämmerung herein und hüllte die gespenstisch zerklüftete Landschaft in ein fahles Licht. Je dunkler es wurde, desto stärker zog die Außentemperatur an. Ein Klingelton schreckte mich auf – Gefahr von Glatteisbildung! Meine feuchten Hände krampften sich um das Lenkrad. Ich schauerte bei dem Gedanken zusammen, dass ich jetzt statt in dem großen Reisewagen in meinem klapprigen Golf säße. Nun zeigte sich der Vorteil der Farbe Weiß, dachte ich, bei den schlechten Lichtverhältnissen würde das Weiß alle entgegenkommenden Scheinwerfer reflektieren. Jetzt musste der letzte Tunnel vor mir liegen, dann kam der kleine Stausee und dann endlich die Hauptstraße.
Ich hupte zweimal und gab Gas. Der Reisewagen rumpelte durch tiefe Schlaglöcher und auf der Straße kamen mir kleine Sturzbäche entgegen. Von den Felswänden über mir tropfte es so heftig herunter, dass ich die Scheibenwischer anstellen musste. Plötzlich beschlug die Windschutzscheibe, dass ich mich wie vor einer undurchdringlichen Nebelwand vorkam. Hektisch suchte ich nach dem Schalter für das Gebläse, drückte auf diesen Knopf und drehte jenen Hebel, doch ich kannte mich in den vielen Tasten und Knöpfen am Armaturenbrett und Lenkrad nicht aus.

Einmal ging knackend das Radio an, dann begann der Heckscheibenwischer turbomäßig zu arbeiten und zu guter Letzt fuhr das rechte Seitenfenster hinunter und ließ einen Schwall kalter, feuchter Luft herein. Verzweifelt gab ich den Kampf mit der undurchsichtigen Technik auf und wischte ein Guckloch mit der Hand frei.
Was war das schon wieder? Jetzt fing auch noch der Motor an zu stottern. Ich drückte aufs Gaspedal, der Wagen ruckelte weiter, schon meinte ich, die Umrisse der Ausfahrt erkennen zu können, doch der Motor stotterte immer stärker. Nein! Nicht hier im Tunnel, flehte ich. Der Wagen ruckelte ein paar Meter weiter. Doch da – ein Schweinwerfer! Verdammt! Hatte er mich nicht gesehen? Ich blendete auf, einmal, noch einmal, hupte, ließ meine Hand schwer auf der Hupe liegen. Der Göttin sei Dank! Der Fahrer gab mir ein Lichtsignal! Er blieb vor der Einfahrt stehen. Ich drückte aufs Gaspedal, der X5 ruckelte vorwärts, er gab sich alle Mühe, er ruckte noch einmal, dann blieb er stehen. Stille und Dunkel. Ein merkwürdiges süßlich-bitteres Gefühl stieg mir in die Kehle, so schmeckt nur Angst, durchfuhr es mich. Ein Schweinwerfer hinter mir? Ich schaute in den Rückspiegel. Ein Wagen kam direkt auf mich zu. Der X5 versperrte die Fahrbahn; wenn mich der andere nicht wahrnahm, dann würde es unweigerlich zu einem Auffahrunfall kommen. Er kam immer näher. Ich muss hier raus, dachte ich, so schnell wie möglich raus aus dem Wagen. Ich öffnete die Tür und rannte auf der glitschigen Straße Richtung Tunnelausgang. Nur nicht stolpern, nicht hinfallen, schnell, schnell!

„Hupen Sie“, schrie ich dem Fahrer des Wagens am Tunnelausgang zu. „Licht.“ Geblendet hielt ich mir die Hand vor die Augen. Dann hörte ich ihn hupen! Ich blieb einen Augenblick stehen, um Atem zu schöpfen. Schaute mich um, im Scheinwerferlicht waren die Umrisse des großen Reisewagens deutlich zu erkennen. Bremsen quietschten, Motorengeräusche. Da, eine Gestalt löste sich aus dem Dunkel, ein Mann lief auf mich zu. Er hatte sich eine Zigarette angezündet, trug eine grüne Armeejacke, Jeans und seine Haare waren unter einer schwarzen Wollmütze versteckt.
„*Vous êtes tombée en panne*?“, rief er mir zu. Ich nickte. „Ja, eine Panne“, sagte ich zitternd, Als er meinen Akzent hörte, wechselte er ins Deutsche.
„Das Auto muss weg.“, sagte er barsch, unfreundlich wie eine rostige Säge.
„Und was soll ich mit dem BMW machen?“, sagte ich den Tränen nahe.
Der Kerl zuckte die Achseln. „Wenn Sie die Polizei beim Halten im Tunnel erwischt, wird es teuer. Lassen Sie die Karre abschleppen.“ Er drehte sich auf dem Absatz um und lief zu seinem Wagen im Tunnel zurück. Offensichtlich hatte er keine Angst, dass hinter ihm noch einer in den Tunnel einfahren könnte, vielleicht hatte er ein Warndreieck aufgestellt? Die Polizei? Doch ich konnte den Gedanken nicht zu Ende führen. Der andere Mann stand jetzt neben mir.
„Ich kann Sie mit meinem Range Rover zur Mühle am Ende der Schlucht ziehen. Dort können Sie alles Weitere überlegen“, sagte er. Trotz seines starken Schweizer Akzentes konnte ich ihn gut verstehen. In diesem Augenblick kam der Typ mit der schwarzen

Pudelmütze noch einmal zurück. „Normalerweise ist hier so gut wie kein Verkehr“, sagte er, als ob er mir die Schuld an meiner Panne zuschieben wollte. „Haben Sie nicht das durchgestrichene Schild gesehen? Kommen Sie bloß nicht auf die Idee, die Polizei zu rufen, die würde sowieso nicht kommen.“ Ich nickte mechanisch, dann verschwand er im Tunnel.

Alles Weitere ging sehr schnell. Der Fahrer des Range Rovers drehte geschickte seinen Wagen auf der engen Fahrbahn, dann stieß er rückwärts in den Tunnel. Er brachte eine Abschleppstange zwischen unseren beiden Autos an. Schnell öffnete ich den Kofferraum und griff nach meiner Reisetasche.

„Wohin wollen Sie?“, fragte er, als er meine Tasche auf den Rücksitz wuchtete und mich bei sich einsteigen ließ. „Nach Montmirail zu meiner Freundin.“

„Zu der Pferdezüchterin?“

„Zu Iris Klein, sie hat einen Reiterhof in Montmirail.“

„Dahin ist es nicht mehr weit, ich schleppe Ihren Wagen ab, wenn es Ihnen recht ist.“

„Ich danke Ihnen! Ich bin Vera Roth“, stellte ich mich vor.

„Jacob Poliglott“, sagte er mit einer angedeuteten Verbeugung.

„Poliglott? Sind Sie vielleicht mit dem Pferdezüchter Monsieur Poliglott verwandt?“

„Ja, warum? Er ist mein Bruder.“

„Was für ein Zufall! Meine Stute Nine, die bei meiner Freundin Iris steht, ist von seinem Hengst Paletti gedeckt worden.“

„Wirklich? Er ist während des Stationstestes in Glovelier gestorben – niemand kennt die Todesursache."
„Iris hat mir die traurige Geschichte erzählt", sagte ich. Ich schwieg einen Augenblick, dann sagte ich: „Spielt es hier im Jura eine Rolle, dass Iris Deutsche ist?"
„Hm, schwer zu sagen. Wir sind nicht fremdenfeindlich, im Gegenteil. Wenn da nicht diese merkwürdige Vereinigung wäre, *Ligue Pur Sang,* nennt sie sich."
„Ja, ich weiß. Wir machen uns Sorgen um mein Pferd, deshalb bin ich hier."
„Es ist nicht klar, was diese Liga eigentlich will. Ich habe den Verdacht, dass sie die Forderung nach dem reinen Blut nur vorschieben."
„Aber warum?"
„Keine Ahnung. Vielleicht geht es um etwas ganz anderes. Das Dorf Montmirail befindet sich augenblicklich in einem Prozess der wirtschaftlichen und sozialen Umstrukturierung, der Modernisierung, wenn Sie so wollen. Es gibt Dorfbewohner, die die alte landwirtschaftliche Tradition bewahren und einen sanften, ökologischen Tourismus befürworten, während andere einem Tourismus in großem Stil das Wort reden. Sie wollen einen massiven Ausbau der Industrie und des Tourismus durchsetzen. In Montmirail ist ein reicher Investor auf den Plan getreten."
„Ich dachte, im Dorf dürfen nur Einheimische mitreden?"
„Ja, da haben Sie recht, so will es die Gemeindeverfassung, allerdings ist dieser Investor ein Einheimischer. Alle im Dorf kennen ihn – Viktor Merdes. Ein Mann,

der keine Skrupel kennt, wenn es um die Durchsetzung seiner Interessen geht."
„Ich habe von ihm gehört, er will die alte Uhrenfabrik Ihres Bruders kaufen?"
„Genau. Doch mein Bruder zieht nicht mit, noch nicht. Ich weiß nicht, wie lange er sich halten kann."
„Ja, davon hat mir Iris berichtet. Bevor ich es vergesse – haben Sie den finsteren Typen mit der Wollmütze schon einmal gesehen?"
„Warum fragen Sie?"
„Ich habe das Gefühl, dass er nicht mit Ihnen zusammentreffen wollte. Als ob er etwas zu verbergen gehabt hätte. Er hat mit mir geredet und als sie auftauchten, ist er verschwunden."
„Hm, das stimmt. Merkwürdig! Kann sein, dass ich ihn schon einmal gesehen habe. Aber ich weiß nicht wo. Er stammt von hier, glaube ich."
„Mist", entfuhr es mir.
„Bin ich Ihnen zu nahe getreten?" sagte Jakob Poliglott.
„Aber nein, entschuldigen Sie bitte! Ich hätte mir das Autokennzeichen aufschreiben sollen", versuchte ich meinen Wutanfall zu erklären. „Mit dem Kerl stimmt etwas nicht. Er wollte partout nicht, dass ich die Polizei hole, warum wohl?"
„Hier im Jura gibt es finstere Typen. Grenzland, wissen Sie. Früher gab es hier viele Schmuggler, das war ein einträglicheres Geschäft als sich auf dem Feld herumzuplagen." Jakob schaute auf seine Armbanduhr. „Ich mache Ihnen einen Vorschlag. Ich lade Sie bei Ihrer Freundin ab und fahre Ihren Wagen zur Werkstatt. Ungefähr zweihundert Meter weiter, in

Richtung Bellelay, gibt es eine kleine Tankstelle. Ich kenne den Besitzer, er ist Mechaniker. Vielleicht sieht er sich Ihren Wagen einmal an."

„Oh, das ist sehr freundlich. Der Wagen gehört nicht mir. Mein Freund Luis wird sehr besorgt sein, wenn er hört, dass ich eine Panne hatte. Es wäre wunderbar, wenn Ihr Bekannter das Auto reparieren könnte."

40

Die Bise, der kalte Nordwind, trieb Wolkenfetzen über den zunehmenden Mond, im gelben Licht der Straßenlaterne tanzten ein paar Schneeflocken; eine elektrische Kerze, ein Überbleibsel der Weihnachtsdekoration, warf im Schaufenster des Volg-Ladens ein spärliches Licht auf ein Aktionsplakat für Waschmittel.

Durchgefroren und müde klopfte ich an Iris` Küchenfenster. Bitte, mach auf, mach auf, mach auf, ich bin`s Vera, flehte ich und steckte meine Fäuste tiefer in die Jackentasche. Ich hätte Handschuhe mitnehmen sollen, Handschuhe, Mütze und Schal! Ostern stand vor der Tür, doch der meteorologische Frühlingsanfang war vor ein paar Tagen unbemerkt vorübergegangen. Am Fenster bewegte sich etwas, ich sah einen Schatten, dann hörte ich, wie sich ein Schlüssel im Schloss drehte. „Mein Gott, Vera, da bist du ja endlich!"

Iris umarmte mich flüchtig und schob mich in die Küche. Sorgfältig zog sie die Tür zu und drehte den Schlüssel zweimal um. „Das habe ich mir angewöhnt", sagte sie. „Seit dem Einbruch lasse ich mein Haus

nicht mehr offen. Und den Stall auch nicht“, fügte sie hinzu.
Ich lief zum Herd, stellte mich mit dem Rücken davor.
„Dir ist kalt? Ja, wärme dich nur auf!“, sagte Iris. „Ich habe auf dich gewartet – bist du aufgehalten worden?“
Auf dem Küchentisch stand eine große Kanne mit heißem Tee. Der Tisch war für zwei Personen gedeckt. Brot, Käse, Butter und Schinken waren noch unberührt. Ich drehte mich um und hielt meine Hände über die Herdplatte. Meine Fingerspitzen begannen zu kribbeln, das angenehme Gefühl dehnte sich langsam über meinen ganzen Körper aus. Ich atmete auf und nickte.
„Ich hatte eine Panne im Tunnel-- es ist gerade noch mal gut gegangen! Luis hat mir seinen X 5 geliehen. Das Ganze ist mir total peinlich.“
„Was sagst du da – Tunnel? Du bist doch nicht durch die Gorge du Pichoux gefahren? Bei diesem Wetter und auch noch nachts? Sag, dass das nicht wahr ist! Sie haben im Radio davor gewarnt, es bestand Glatteisgefahr, der Tunnel ist einspurig. Und außerdem wollten sie den Tunnel für den Verkehr sperren, wegen der Schlaglöcher.“
„Ja, das habe ich gemerkt! Das Schild, es war rot durchgestrichen – jetzt weiß ich warum! Ich hätte nicht auf Luis hören sollen. Selber schuld! Er wollte mir etwas Schönes zeigen. Schwamm drüber. Doch ich hatte Glück im Unglück. Stell dir vor – Jakob Poliglott mir geholfen.“

Iris schenkte mir Tee ein und schnitt mir ein Stück Brot ab. „Setz dich und zieh endlich deine Jacke aus! Und erzähle mir alles noch einmal von vorne."
Gehorsam setzte ich mich auf die Küchenbank und nippte an meinem Tee. Ich legte meine Hände um die Tasse und spürte, wie meine Finger wieder beweglicher wurden. „Aber vorher sag mir, wie es Nine geht!"
„Sie hat sich schon nach dir erkundigt", lachte Iris. „Es ist alles in Ordnung, es geht ihr gut. Gestern stand sie zum ersten Mal draußen auf dem Paddock mit den anderen Stuten. Sie haben sich gut verstanden und sich gegenseitig das Fell gegrault."

41

„Morgen sehen wir weiter", sagte Iris, als ich mit meinem Bericht fertig war. „Dein Zimmer bei Janine ist gerichtet. Sie hat mir den Schlüssel gegeben, du sollst zweimal umdrehen, wenn du einziehst. Sie ist heute Abend nicht zu Hause. Freitags abends spielt sie mit ihren Freundinnen Tennis im Nachbarort, dort haben sie eine aufblasbare Halle, es kann länger dauern – die Freiberger Mädels sind ganz schön ausdauernd."
Obwohl mich Iris beruhigt hatte, ging ich noch einmal zu Nine in den Stall. Ohne sie gesehen und begrüßt zu haben, hätte ich nicht ruhig einschlafen können. Sie lag im Stroh, langgestreckt, den Kopf flach auf dem Boden und atmete ruhig. Ab und zu zuckte ihr Fell und ein Ruck ging durch ihren ganzen Körper. Sie träumt, dachte ich und beugte mich zu ihr hinunter. Ich sog ihren süßen Duft ein und spürte ihre Wärme. Wie gut Pferde riechen, dachte ich, wie sehr ich diesen Duft vermisst habe. Sie riecht ganz anders als Fango. Meine Nine! Von dem schlafenden Pferd ging etwas Rührendes und gleichzeitig Tröstliches aus, das mich meine Aufregung und Anspannung der letzten

Stunden vergessen ließ. Gewohnheitsmäßig schaute ich in ihre Krippe, sie war leer, bis auf ein paar schwarze Körner. Iris gab ihr manchmal eingeweichte Leinsamen zum Abendfutter, wegen der Verdauung. Die Körner lagen wohl schon länger da, sie waren knochentrocken. Ich nahm eines davon in die Hand und roch daran. Dann knabberte ich vorsichtig darauf herum. Es schmeckte ein wenig bitter, angewidert spuckte ich das Zeug aus. Zu bitter für Leinsamen, doch was sollte es sonst sein? Iris kannte sich aus in der Kräutermedizin, vielleicht handelte es sich um ein altbewährtes Mittelchen aus Claires Kräuterbuch? Ich beugte mich noch einmal zu ihr hinunter und strich ihr sanft über die Nüstern, dann richtete mich auf. Bis morgen meine Gute, flüsterte ich ihr zu. Vorsichtig schob ich die Boxentür zu.

Bei Janine brannte Licht in der Eingangshalle. Der Parkplatz war leer. Madame und Monsieur Velours waren beide ausgegangen. Ich schloss die Haustür auf, im Haus war es still, fast ein bisschen unheimlich. Sie haben großes Vertrauen zu mir, dachte ich. Sie kennen mich kaum und lassen mich einfach so in ihr Haus! Sorgfältig drehte ich den Schlüssel zweimal um. Dann ging ich durch den Flur zu meinem Zimmer. Vor meinem Fenster stand die alte Linde wie ein Schattenriss auf dem weißen Untergrund der schneebedeckten Wiese. Ein paar Sterne funkelten, der zunehmende Mond versteckte sich hinter dicken Wolken.
Es sah alles so friedlich aus, dachte ich und gähnte. Die Müdigkeit steckte in jeder Faser meines Körpers.

Doch bevor ich die Hühnerleiter hinaufstieg und mich in mein Bett legte, musste ich Luis anrufen. Das war ich ihm schuldig. Ich hatte schon auf seine Nummer geklickt, da hielt ich inne. Hier bei Janine gab es W-Lan, das Password hatte ich mir bei meinem letzten Besuch gespeichert. Bevor ich Luis anrief, würde ich mir noch einmal seinen Sonnenhof anschauen, die Bilder würden mich ein bisschen aufmuntern.

Ich bekam über 100 Ergebnisse. Wo lag der Sonnenhof überhaupt? Doch bestimmt in Baden-Württemberg, irgendwo in der Heidelberger Gegend? Es gab einige Höfe unter diesem Namen im Netz, von denen nur zwei Reiterhöfe, bzw. Ponyhöfe für Familienferien waren. Nein, das war nicht der Sonnenhof, den ich suchte. Mist, ich hätte mich genauer nach der Lage des Hofes erkundigen sollen! In den letzten Tagen war ich mit so vielen Dingen beschäftigt gewesen, dass ich vergessen hatte, Luis nach dem Standort zu fragen. Mal sehen, was geschieht, wenn ich seinen Namen dazu schreibe, Luis ist doch der Besitzer. Diesmal war das Ergebnis gleich Null. Das Recherchieren lasse ich lieber, bevor ich mir meine Laune vollkommen vermiese, dachte ich. Ich frage ihn besser selber.

Schon nach dem ersten Klingelton nahm er ab. „Hallo, Luis, ich bin`s Vera!“, sagte ich, begierig darauf, seine Stimme zu hören.

„Das sehe ich.“ Die Stimme klang ungehalten.

„Luis?“ Ich glaubte mich verwählt zu haben, das war nicht Luis – so abweisend und kalt hatte ich ihn noch nie gehört.

„Luis?“

„Ja, natürlich, wer sonst?", sagte er unwirsch. Seine Stimme klang so nah, als ob er vom Nachbarhaus aus telefonierte. Doch es gab kein Nachbarhaus. Janines Pension lag in einem großen Garten und das nächste Gebäude, die Metzgerei, war gut 100 Meter entfernt.
Er hat getrunken, durchfuhr es mich, er hat Halluzinationen.
„Was willst Du?", herrschte er mich an. „Bist du endlich da, wo du hinwolltest?" Es klang so, als ob er sich gerade noch davon abhalten konnte, *Fahr zur Hölle* zu sagen.
Ich bemühte mich ruhig zu bleiben und meine Enttäuschung so gut es ging zu verbergen.
„Ich war bei Iris und jetzt bin ich hier in meinem Gastzimmer."
„Lebt dein Pferd noch?"
„Ja, Gottseidank!"
„Dann wird es Zeit; entscheide dich! Entweder du trennst dich von Iris und stellst dein Pferd woanders hin, oder wir sind geschiedene Leute."
„Aber Luis, was redest du da? Nine geht es gut, warum soll ich sie Iris wegnehmen?"
„Mach was du willst. Ich sage nur eins, entscheide dich! Und denk an deine Stute. Kann sein, dass sie Flügel bekommt."
„Luis, du weißt doch, wie ich zu dir stehe! Der Sonnenhof, kannst du mir bitte sagen …."
Dann hörte ich nur noch das Besetztzeichen. Er hatte aufgelegt. Mein Herz begann zu klopfen. Irgendwo klapperte ein loser Fensterladen. Der Wind wehte ums Haus, zog und zerrte an allem, was nicht niet- und nagelfest war; an den Ziegeln auf dem Dach, an

den Geräten im Schuppen, an den Bretterzäunen im Garten. Er ist betrunken, dachte ich, so hatte ich Luis noch nie erlebt. Was hatte Nine denn mit meiner Entscheidung zu tun? Von Nine war in diesem Zusammenhang noch nie die Rede gewesen. Und warum sollte ich mich von Iris trennen? Iris stand doch hinter mir! Was war los mit ihm, ich hatte ihm doch gesagt, dass ich mit ihm zusammenarbeiten wollte? Ob er das alles vergessen hatte? Ich war vollkommen verzweifelt. Er hatte mich überhaupt nicht zu Wort kommen lassen, er hatte mir nicht erklärt, wo der Sonnenhof lag, nichts wissen wollen von seinem großen Reisewagen, seinem Augapfel, den er fast noch mehr liebte als Fango. Ich konnte mir auf alles keinen Reim machen. Ich setzte mich auf das Sofa, legte meine Hände auf die Augen und schluchzte auf. Ich zitterte am ganzen Körper und meine Hände waren eiskalt. Da – ein Klingelton – natürlich, mein Handy. Ich nahm ab. Es war Luis. „Entschuldige bitte, meine Liebe", sagte er. „Ich war so grantig zu dir. Verzeih mir. Du hast mich aus der ersten Tiefschlafphase geweckt. Ich war wie benommen und habe nur dummes Zeug gesagt." Da war wieder Luis, wie ich ihn kannte, seine wunderbare Stimme, sein Einfühlungsvermögen. „Lass uns morgen noch einmal telefonieren, ja? Dann antworte ich auf alle deine Fragen. Ich freue mich auf unser großes Projekt, Vera!"
„Ich freu mich auch", sagte ich, „bis morgen dann!"
Ein tiefer Atemzug, noch einer, dann ließ das Zittern nach. Langsam kehrten meine Lebensgeister zurück. Ob ich noch einmal Iris anrufen sollte? Nein, dachte ich, ich lass sie lieber in Ruhe. Ich schaute auf meine

neue Armbanduhr, die mir Gerson zum 30. Geburtstag geschenkt hatte. Er hatte ein Faible für Schweizer Uhren. Die erste, die er mir geschenkt hatte, war eine Swatch, sie war der Mistgabelattacke auf dem Leierhof zum Opfer gefallen. Die neue war eine Viktorinox, teurer als die Swatch und garantiert hieb- und stichfest, wie er mir versichert hatte. Ich schüttelte mich, weil ich unwillkürlich an diesen Viktor denken musste. Viktor Merdes hielt das ganze Dorf in Atem, wie Jakob Poliglott gesagt hatte. Warum unternahmen sie nichts gegen diesen Mann? Wie spät war es jetzt eigentlich in Amerika? Auf meiner Uhr war es halb elf. Hastig zählte ich an meinen Fingern zurück – der Zeitunterschied betrug etwa zehn Stunden, da saß er bestimmt mit seinem Sturmwind im *Diner* beim Lunch, wenn sie nicht gerade einen gruseligen Mordschauplatz aus dem Bolaňo aufgestöbert hatten und Fotos von verwesten Frauenleichen schossen. Egal! Es ist mir egal, wo du gerade bist und was du gerade tust, ich muss dich unbedingt sprechen. Schnell klickte ich durch die Nummern im Adressbuch und drückte auf Anrufen. Er ging sofort an den Apparat, so als ob er die ganze Zeit auf meinen Anruf gewartet hätte.
„Hier ist Vera", sagte ich leise. „Das höre ich!" Wo trieb sich Gerson eigentlich herum? Doch nicht in Amerika? Seine Stimme klang jedenfalls nicht so – ich vermisste das Rauschen des Atlantiks, das ich immer spürte, wenn ich mit ihm nach Übersee telefonierte.
„Gut, dass du dich endlich meldest. Ich bin wieder in Heidelberg. Ich glaube, du brauchst mich, Rotkäppchen!"

Rotkäppchen? Wer sollte das sein? „Meinst du mich? Ich heiße Vera!"
Ob Gerson auch betrunken war? Nein, das kam bei ihm nicht vor. Er hatte seine Drohung tatsächlich wahrgemacht und war zurückgeflogen. Dann war es noch der Jetlag – die Folgen konnten sich auswirken wie Drogenkonsum und Gerson vertrug in dieser Hinsicht nicht besonders viel.
Er lachte. „Rotkäppchen? Das bist du. Wir müssen nur noch herausbekommen, wer der Wolf ist."
„Gerson, hör mit den Witzen auf! Ich muss dir etwas erzählen."
„Ach so, du bist selbst darauf gekommen? Glückwunsch! Dann komme endlich nach Hause. Dieser Luis ist ein Betrüger, das pfeifen die Spatzen vom Dach. Du bist in Gefahr, Rotkäppchen und dein Pferd auch."
„Bullshit! Du bist eifersüchtig, das ist alles!" Mein Kopf fühlte sich an, wie ein Glimmstängel. Oder wie eine Zündschnur. Ein Funke fehlte und dann würde er platzen. Am liebsten hätte ich mit dem Fuß meine Reisetasche weggekickt, doch ich konnte mich im letzten Moment davon abhalten.
„Du kommst spätestens übermorgen zurück, oder ich trenne mich von dir."
„Wie bitte, du stellst mir ein Ultimatum? Darauf lasse ich mich nicht ein. Ich hasse Männer, die eifersüchtig sind!"
Damit war unser Gespräch zu Ende. Mist, Mist, Mist! In meiner Wut hatte ich aufgelegt. Unabsichtlich. Ich war irgendwie auf die rote Taste gekommen und jetzt war Funkstille. Warum mussten alle Gespräche mit

Gerson auf diese Weise enden? Erst brachte er mich in Rage und dann nichts mehr! Warum hörte er mir nie zu, und woher nahm er diese Selbstgerechtigkeit? Und wie kam er auf die Idee, mich Rotkäppchen zu nennen? Er war nicht ganz klar im Kopf – diese Sandy – ob sie ihm einen Cocktail verpasst hatte? Na und – ist das eine Entschuldigung? Nicht mit mir! Ich würde erst dann nach Hause fahren, wenn ich mein Vorhaben ausgeführt hatte. Ich musste klar sehen. Keine Minute früher. Da kannst du lange warten, Gerson. Und wenn sich jemand trennt, dann bin ich es. Und zwar von dir, setzte ich hinzu. Ich atmete tief durch. Wie gerne hätte ich mir einen Whiskey eingeschenkt. Luis liebte Whiskey, er war Whiskeykenner, er konnte blind zwischen irischem und schottischem Whiskey unterscheiden und sogar noch die einzelnen Marken herausschmecken. Eine leichte Unruhe ergriff mich und ich lief in meinem Zimmer hin und her. Ob ich noch ein paar Schritte ums Haus herum gehen sollte? Ich hatte keine Ahnung, wie spät es war, möglicherweise schon Mitternacht? Nein, ich würde nicht mehr hinausgehen, denn auf einmal wurde mir das Atmen schwer und ich begann zu schwitzen. Ich trat von einem Fuß auf den anderen. Dann mache ich eben ein paar Yogaübungen. Arme rauf und runter, hin- und her, das tat gut und war nicht schwer. Es nutzte aber nichts, ich wurde immer zappeliger.
Ich griff noch einmal nach dem Handy und drückte Luis Nummer. Vielleicht wollte er jetzt mit mir sprechen und traute sich nicht, noch einmal bei mir anzurufen. Ich musste ihm sagen, dass ich ihm nicht böse war. Davon hing meine Zukunft ab, wir mussten uns

doch verstehen! Doch alles, was ich hörte war das Besetzzeichen. Ich warf das Handy aufs Sofa. Dann eben nicht, dachte ich. Vielleicht war das blöde Handy kaputt? Jedenfalls liegt es nicht an mir.
Wie ich es schaffte, über die Hühnerleiter hinauf in mein Bett zu kommen, wusste ich nicht. Vielleicht bin ich geflogen, dachte ich, aber dazu war ich viel zu schwer, ich wurde von Sekunde zu Sekunde schwer, ich hatte schätzungsweise schon 150 Kilo; auf einmal lag ich in meinem Bett, quer oder mit den Füssen auf dem Kopfkissen, das war mir egal. Sie glotzten mich an, machten sich lustig über mich. Ihre langgezogenen Gesichter, die nur aus Augen bestanden, oder aus Nasen über weit aufgerissenen Mündern, über schwülstigen Lippen, die zum Kuss gespitzt waren. Amöbenhaft, ohne Form, sie drohten mich zu umnebeln, zu fesseln. Und dann die Pferdeköpfe, die vielen Pferdeköpfe auf Menschenkörpern, wie sie an einem weißgedeckten Tisch saßen, zu zweit und sich zuprosteten. Ich lag da mit offenen Augen und hatte das Gefühl zu tauchen, mitten in einen Schwarm Kabeljau hinein. Vielleicht auch zu fliegen, ja – ich flog! Schwebte unters Dach, hin zu den unverschämten Fratzen auf den Dachbalken und den verrückten Masken. Ich musste sie herunterreißen, musste wissen, wer dahinter steckte. Doch dazu kam es nicht. Plötzlich drehte sich der Raum um mich herum und ich befand mich in einem Farbenmeer. Das Rot des Teppichs ergoss sich in das Blau des Plakats an der Wand und mischte sich mit der grünen Bettdecke zu einem Durcheinander, das einer Welle glich. Also doch tauchen! Ich setzte mich auf die Welle und ließ

mich treiben, ich tauchte mit offenen Augen in das Farbenmeer ein. Ich suchte etwas, ein Seepferdchen, deshalb war ich doch hier? Es war meine Aufgabe, das Seepferdchen zu finden. Ich musste bis auf den Grund des Meeres hinab, dort war ein Schatz für mich versteckt. Auf einmal wurde es mir fürchterlich übel. Alles drehte sich, ich zitterte vor Kälte und fühlte die Angst gelb und zäh in meiner Brust. Mein Atem ging rasselnd und langsam. Das war kein Traum, aber was war es dann? Meine Lider wurden schwerer und immer schwerer, irgendwann schloss ich meine Augen und schlief ein. Nachts wachte ich auf. Durchs Dachfenster blinkte ein Stern, *bright star*, ging es mir durch den Kopf, doch er hatte überhaupt nichts Zauberhaftes. Hell, standfest und kalt war der Stern über mir, mein genaues Gegenteil. Mein Haar fühlte sich verklebt an und meine Stirn war feucht. Ich musste sehr unruhig geschlafen haben, wahrscheinlich hatte ich einen Albtraum gehabt, doch ich konnte mich an keine Einzelheiten erinnern. Geblieben war nur ein dumpfes, ungutes Gefühl, etwas, das nach einem rauschähnlichen Zustand von einem Besitz ergriff, und das man gerne wieder loswerden möchte. Etwas, das mich lähmte, meine Arme und Beine fühlten sich immer noch tonnenschwer an und kribbelten wie eingeschlafen und ein fiebriger Puls klopfte hinter meinen Schläfen. Auf einmal durchfuhr mich ein jäher Schreck. Ich sah Nine vor mir im Stroh liegen, ganz flach, die Augen geschlossen, den Kopf auf die Seite gelegt. War sie tot? Nein, ich hatte sie doch atmen hören, sie war nicht tot. Noch nicht tot? Was hatte Iris gesagt? Sie schließt jeden Abend den Stall ab. Aber wie war ich dann gestern in den Stall gekommen? Die Tür war offen gestanden wie immer. Ob Iris vergessen hatte abzuschließen? Mir wurde auf einmal heiß. Ich musste mir die Schweißperlen von der Stirn wischen und wühlte mich aus den Kissen. Meine Kehle brannte wie nach einem schlimmen Kater. Durch das Dachfenster schien der Stern, aber sonst war es stockdunkel. Mit weichen Knien tastete ich mich vorsichtig die Hühnerleiter hinunter, nahm ein Glas aus dem Schrank und hielt es unter den Wasserhahn. Ich trank hastig, mit großen Schlucken, das Wasser tat mir gut, langsam kam ich wieder zu mir. Es war merkwürdig, ich hatte keinen Tropfen Alkohol getrunken und fühlte mich wie am grauen Morgen nach einer Durchmacherparty. Ob Iris mir etwas in den Tee gemischt hatte? Ach was, sagte ich mir, meine Fantasie hielt mich wieder einmal zum Narren; ich hatte schlecht geträumt, das war alles. Nine lag gestern Nacht seelenruhig in ihrer Box, daran konnte ich mich gut erinnern, das war das beste Zeichen, dass alles in Ordnung war. Mit jedem Schluck wurde ich ruhiger. Es war fünf Uhr am Morgen, ich konnte noch drei volle Stunden schlafen.

42

Das Karussell drehte sich nur für mich. Orangenmarmelade, Holundergelée, Johnannisbeerkonfiture, Walderdbeeren, Waldhimbeeren, Heidelbeeren, Quittengelée, Janine hatte alles selbst eingekocht. Aber das machte die Auswahl nicht leichter. Ich würde einfach abwarten, bis die Scheibe zum Stehen kam und dann von dem Glas probieren, das vor mir anhielt. Die Idee war gut, doch es wurde nichts daraus. Vor mir hielten zwei Gläser, Orangen- und Heidelbeermarmelade. Also war doch eine Entscheidung fällig; man bekommt eben nichts geschenkt im Leben, dachte ich, dann nehme ich eben Orange.

„Den Kaffee schwarz?", fragte Janine. Sie stellte die Tasse so hart vor mich hin, dass die Flüssigkeit überschwappte und sich ein brauner Fleck auf dem blauweiß karierten Tischtuch ausbreitete; Janine unterdrückte einen Fluch, drehte sich ohne ein Wort um und verschwand in der Küche.

Sie hat nicht gut geschlafen, dachte ich. Tennisspielen im Kalten und dazu noch nachts ist anstrengend, danach ist man aufgekratzt und liegt noch lange wach.

Aber wo war Pierot? Als ich zum Frühstück herunter kam, hatte er in der Eingangshalle die Pflanzen gegossen. Doch er hatte mich keines Blickes gewürdigt und war seiner Tätigkeit nachgegangen, als ob ich Luft für ihn wäre.
Versonnen kaute ich an meinem Butterbrot; eine zweite Tasse Kaffee würde ich heute bestimmt nicht bekommen. Gerade als ich aufstehen wollte, um noch einmal aufs Zimmer zu gehen, erschien Pierot. Er blieb in der Tür stehen und redete mich auf Französisch an: „Schließen Sie ab, wenn Sie das Haus verlassen. Meine Frau und ich haben uns heute den ganzen Tag frei genommen."
Warum war Pierot auf einmal so förmlich?
„Oui, volontier, Monsieur", antwortete ich und achtete auf eine korrekte Aussprache. Wir hatten uns doch die ganze Zeit geduzt? Ich war mir schon beinah wie ein Familienmitglied vorgekommen, so freundlich hatten mich die beiden aufgenommen. An diesem Morgen ging alles schief, ich hatte das Gefühl, als ob mein inneres Koordinatensystem, das mich bisher so gut geführt hatte, brüchig wurde. Aber warum? Das Telefongespräch mit Luis hatte mich vollkommen verwirrt. Ich wusste nicht einmal mehr, was wir miteinander geredet hatten.
Mein Alptraum fiel mir wieder ein. Ich hatte mir angewöhnt, meine Träume ernst zu nehmen, vor allem dann, wenn Nine in ihnen vorkam. Und dieser Traum war ziemlich eindeutig. Ich musste zu ihr, so schnell wie möglich.
Es war ein klarer, eiskalter Morgen. Die Sonne schien gleißend hell; ich hatte meine Sonnenbrille auf dem

Frühstückstisch liegen lassen und hielt mir die Hand wie einen Schild vor die Augen, um nicht geblendet zu werden. Die Häuser warfen rabenschwarze meterlange Schatten auf den Weg. Im Sonnenlicht war es mir zu hell und im Schatten zu dunkel, schnell lief ich an dem grüßenden, wippenden Schwein im Schaufenster der Metzgerei vorbei den Hang hinauf. Alle Vorfreude auf Nine war aus meinem Herzen gewichen. Ich fühlte mich bang und klamm, innerlich verklebt und das Atmen fiel mir schwer. Als ich beim Reiterhof ankam, fand ich das Gartentürchen verschlossen. Ich ging um das Haus herum, doch alle Türen waren zu. Ob Iris nicht zu Hause war? Gerade als ich versuchen wollte, über den niederen Lattenzaun zu klettern, hörte ich, wie die Küchentür aufgeschoben wurde.

„Was machst du da?", hörte ich eine fremde, unfreundliche Stimme, doch es war Iris.

„Das Gartentürchen geht nicht auf", sagte ich unbeholfen. „Guten Morgen, Iris."

„Das hat seinen guten Grund. Ich habe dir doch gesagt, dass ich alle Türen abschließen muss."

„Entschuldige bitte", sagte ich kleinlaut. Iris also auch, dachte ich. Jetzt verstand ich wirklich nichts mehr.

„Ich wollte nach Nine sehen, ich hatte einen schlechten Traum, ich mache mir Sorgen ums sie."

„Ach wirklich? Ich dachte, dein Pferd wäre dir vollkommen egal."

Hatte ich richtig gehört? Was sagte Iris da? Ein zäher Kloß bildete sich in meinem Hals und mir wurde schwindelig.

„Mein Pferd ist mir das Liebste auf der Welt", stammelte ich. „Ich will wissen, wie es Nine geht."
Iris baute sich vor mir auf und starrte mir wortlos ins Gesicht. Endlich sagte sie:
„Vera, es wird Zeit, dass du dein doppeltes Spiel beendest. Wenn du glaubst, du kannst uns alle an der Nase herumführen mit deinem Getue, dann irrst du dich."
Ich hatte Puddingknie, ich konnte mich kaum noch aufrecht halten. Ich ließ mich auf das Gartenmäuerchen fallen und versuchte, wieder zu mir zu finden. Was hatte Iris da gesagt? Doppeltes Spiel? Hatte ich sie richtig verstanden?
„Ich? Ich soll euch täuschen? Aber warum denn?"
„Du verkaufst uns alle für dumm. Du spannst uns für deine Interessen ein, tust so, als ob du ein kleines, nettes Mädchen wärst, dem alle gerne helfen und in Wirklichkeit ziehst du knallhart deine dreckigen Dinger durch."
Ich schüttelte mich. Das hier war der falsche Film. Den wollte ich nicht sehen, ich hatte mich im Kinoeingang getäuscht. Ich musste sofort aufstehen und hinausgehen. Mühsam richtete ich mich auf.
„Iris, jetzt mal langsam", sagte ich. „Was genau ziehe ich durch? Erklär es mir bitte."
Iris blitzte mich wütend an. Sie glaubte mir kein Wort, das spürte ich und es gelang ihr nur schwer, ihren Groll zu unterdrücken.
„Warum erzählst du nicht endlich von diesem Luis und was du mit ihm ausheckst?", presste sie heraus.

„Aber Iris, ich habe es dir doch gesagt. Dass er mir angeboten hat, einen Reiterhof zu führen und dass Gerson ..."
Sie fiel mir ins Wort: „Papperlapapp! Das ist doch Schnee von gestern!"
„Wie bitte?"
„Das hast du mir vor ein paar Tagen schon erzählt. Inzwischen seid ihr zwei doch schon viel weiter! Das ganze Dorf ist in Rage! Wie konntest du uns so etwas antun!"
„Ich verstehe überhaupt nichts mehr!" Tränen liefen mir die Wangen hinunter. Ich setzte mich wieder auf mein Mäuerchen. Hatte sich denn die ganze Welt gegen mich verschworen? Über mir drehte krächzend ein Rabe seine Kreise. Ein zweiter kam dazu, ein dritter. Das Geschrei wurde immer lauter. Unglücksraben. Ich begann zu zittern.
„Vera?" Sie berührte mich an der Schulter. „Vera?"
Ich schaute zu ihr hinauf, unter meinen Tränen verschwammen ihre Gesichtszüge. Was wollte sie von mir, ich wusste nicht mehr, was ich tun sollte.
„Komm mit ins Haus", sagte sie. „Wir müssen miteinander reden."
Iris deutete auf die Sitzbank hinter dem Küchentisch und ich setzte mich wortlos. Das Feuer im Herd knisterte, draußen zirpten die Spatzen und balgten sich flügelschlagend um die Körner im Vogelhäuschen.
Statt sich zu mir zu setzen, blieb Iris stehen und sagte: „Du hast mich da ganz schön in etwas hineingeritten! Alle meine Freunde haben sich von mir abgewandt. Sogar Monsieur Poliglott hat mir die Freundschaft gekündigt und mir eine saftige Rechnung für

die Besamung deiner Nine präsentiert. Er will das Fohlen nicht einmal sehen, selbst wenn es gesund auf die Welt kommen sollte. Am liebsten wäre es ihm, wenn du deine Stute gleich wieder mit nach Heidelberg nimmst. Und dann Claire! So wütend wie gestern habe ich sie noch nie gesehen! Sie hat die Hände über dem Kopf zusammengeschlagen: Warum tut sie mir das an, hat sie gerufen."

Iris ließ sich auf den Sessel fallen und griff nach einer Mineralwasserflasche. Sie goss sich ein Glas Wasser ein, ohne mir etwas anzubieten. Aber ich war nicht durstig. Irgendetwas war geschehen, dessen Ursache mir schleierhaft war, und alle schienen mich für die Übeltäterin zu halten.

„Iris, bitte, sag mir endlich, wovon du sprichst."

„Das Plakat! Tu nicht so! Weißt du etwa nichts darüber?"

„Was für ein Plakat?" Mir mussten die Fragezeichen förmlich in den Augen stehen – ich begriff immer weniger.

„Ja, hast du denn nicht das Plakat gesehen?"

Iris holte tief Luft, sah mich an, als wolle sie meine geheimsten Gedanken lesen, dann sagte sie: „So wie du gerade aussiehst, fällt es mir wirklich schwer zu glauben, dass du dich verstellst. Also pass auf. Ich rede von der großen Stellwand, die gestern Abend vor Claires Bauernhaus angebracht wurde. Mit dem Aufstellen hast du wohl tatsächlich nichts zu tun. Ich kann bezeugen, dass du ein Alibi hattest."

„Natürlich! Wir haben doch den Abend zusammen verbracht und danach war ich in meiner Pension. Was hat es mit dieser Stellwand auf sich?"

„Ein riesen Projekt. Da, wo das Bauernmuseum steht soll ein Luxushotel entstehen und ein Museum. Genau nebendran ein Reiterhof, der alles schlägt, was wir bisher in der Region gesehen haben."
„Die Idee des Großinvestors, ihr habt mir davon berichtet. Ist er nicht Claires Großneffe?"
„Richtig, doch jetzt kommt es: Sein Name steht nicht auf dem Plakat, aber dafür deiner!"
„Wie bitte?"
„Dein Name: *Vera Roth* steht da. Du bist die Bauherrin."
„Aber Iris, das ist doch absurd! Was soll das Ganze, das ist doch ein übler Scherz?"
„Nein, ich mache keine Witze. Soll ich dir das Plakat zeigen?"
Ich konnte es immer noch nicht glauben und deshalb war es das Beste, wenn ich es mir selbst ansah.
Und wirklich, vor Claires Haus war am Gartenzaun ein großes Plakat auf einer Stellwand angebracht. *Das erste Genießer und Kuschelhotel im Kanton. 4-Sterne-Hotel, Reiterhof, Museum.* Das war die Überschrift. Und darunter prangten drei Fotos, die mir bekannt vorkamen. Ein Mann und eine Frau in knapper Unterwäsche mit Pferdemasken auf dem Kopf in diversen anzüglichen Stellungen. Kuscheltraum zu zweit. Der Prospekt in Luis Auto! Wie um Himmels Willen kamen dieses Fotos auf das Plakat? Aber das war noch nicht alles. Was darunter stand, schlug dem Fass den Boden aus. Das Kleingedruckte ersparte ich mir. Es reichte, dass ich meinen Namen in Großbuchstaben unter der Ankündigung fand und, als ob das

immer noch nicht reichte, auch noch meine Telefonnummer.
Ich war fassungslos. „Was soll der Quatsch?“, fragte ich wütend. „Ich habe mit diesem Plakat nichts zu tun, das musst du mir glauben, Iris.“
In diesem Augenblick ging die Tür auf und Claire kam heraus. Iris machte ihr ein Zeichen, ging einen Schritt auf sie zu, als wolle sie sie daran hindern, auf mich loszugehen.
„Guten Morgen, Claire“, sagte ich so ruhig und freundlich wie möglich, „Es tut mir leid, dass ich so eine Aufregung verursacht habe.“
Claire strich sich die Haare aus der Stirn, sie sah übernächtigt aus. „Du hast von allem keine Ahnung?“, sagte sie und schaute mich eine Weile nachdenklich an. Dann gab sie mir die Hand. „Ich vertraue dir.“
Iris‘ Gesichtszüge entspannten sich. Sie hatte unser kurzes Gespräch aufmerksam verfolgt, jetzt drehte sie sich zu mir: „Wir wissen nicht, wer sich diesen üblen Scherz erlaubt hat! Wer im Dorf kennt deinen Namen?“
„Da steckt bestimmt Viktor dahinter“, sagte Claire kleinlaut. „Viktor Merdes. Er war gestern Abend bei mir und hat mir die Hölle heiß gemacht.“
Es war bestimmt möglich, dass dieser Kerl die Stellwand angebracht hatte, doch was hatte er mit mir zu tun? Ich kannte den Mann nicht, wie um alles in der Welt kam der Kerl auf meinen Namen und meine Telefonnummer?
Claire zuckte ratlos die Achseln. „Janine hat mich heute Morgen angerufen, sie war unglaublich zornig, am liebsten hätte sie dich samt Gepäck vor die Tür ge-

setzt Ich schlage vor, ihr beide geht erst einmal hinunter zu Janine und Pierot."

Iris nickte. „Vielleicht kann sie dir weiterhelfen. Ich kann nicht mitkommen, ich werde im Stall gebraucht. Ich mache dir einen Vorschlag, Vera. Ich rufe Janine an; wenn du unten angekommen bist, habe ich ihr alles erklärt und ihr fürchterlicher Zorn kann abziehen."

Iris verabschiedete sich mit einen festen Umarmung. „Ich bin so froh, dass wir uns wieder verstehen!", sagte sie. „Ich gehe zu Nine und richte ihr einen Gruß von dir aus", setzte sie hinzu.

43

Janine empfing mich an der Haustür. Sie hakte mich unter und führte mich ins Frühstückszimmer. „Iris hat mich informiert; ich muss mich entschuldigen für mein unfreundliches Benehmen heute Morgen.“ Ich schüttelte stumm den Kopf und setzte mich an den Tisch. Der schwarze Kaffee belebte meine Sinne.
„Du willst bestimmt eine zweite Tasse?“, fragte Janine und noch bevor ich antworten konnte stand Pierot hinter mir. „Mit einer wunderbaren Créma“, lächelte er, „extra für dich.“
Die beiden setzten sich zu mir.
„Seit deinem letzten Besuch ist die Ruhe aus unserem Dorf gewichen.“, sagte Janine. „Du hast es an meinem unwirschen Verhalten zu spüren bekommen. Wir wissen einfach nicht mehr, woran wir sind und wem wir noch trauen können.“
„Hätte ich mein Pferd nicht hierher gebracht, dann wäre es vielleicht anders gekommen“, sagte ich leise. Janine stieß mich an der Schulter an. „Ach was, das ist Unsinn, mach dir nicht solche dummen Gedanken. Mit dir hat es nichts zu tun. Es tut mir nur leid, dass du in

etwas hineingezogen wirst, das seine Ursachen in der Vergangenheit hat.“ Ich zuckte die Achseln und nahm einen Schluck Kaffee.
„Nimmst du heute ein Stück Zucker?“, fragte Janine.
„Zwei bitte.“ Ich rührte in meinem Kaffee, dann sagte ich: „Was meinst du damit? “
„Nun ja, wenn es um Vergangenheit geht, dann erzählt doch jeder Geschichten. Bon, wenn du willst, dann erzähle ich meine.“
Ich nickte und Janine begann.
„Der Investor, dieser Viktor – Claire sagt, er sei ihr Neffe, doch in Wirklichkeit ist sie gar nicht mit ihm verwandt. In seiner Kindheit war er oft bei ihr, wenn seine Mutter auf dem Feld war. Er war ein adoptiertes Kind, weißt du, ein Findelkind, wie man sagt. Er war immer ein bisschen anders als wir Dorfkinder. Keine Ahnung, warum, aber er wollte immer der Beste sein, schon als ganz kleines Kind. Und er konnte nicht verlieren, nicht einmal beim *Mensch Ärgere Dich nicht.* Nur wenn er der Erste war und ihn alle anhimmelten, war er zufrieden. So etwas wird man nicht los. Sie haben sich alle erdenkliche Mühe mit ihm gegeben, seine Mutter und besonders Claire.“ Janine hielt inne, fuhr sich mit der Hand übers Gesicht und sah mich aufmerksam an. „Weißt du, dass du mich an sie erinnerst?“
„An wen, an seine Mutter?“
„Ja, die Ähnlichkeit ist unglaublich. Du siehst aus, wie Viktors Mutter, ich meine natürlich seine Adoptivmutter, sie hatte die gleichen braunen Kulleraugen, sie hatte deine braunen, halblangen Haare, deine frische Gesichtsfarbe und dein Lächeln.“

„Lebt sie noch hier im Dorf?"
„Nein", sagte Janine, „Sie ist an einer Krebskrankheit gestorben, als Viktor noch ein kleines Kind war."
Ich sagte nichts dazu und nippte an meinem Kaffee.
„Viktor wird immer aggressiver und setzt Monsieur Poliglott unter Druck. Die arme Claire ist gesundheitlich angeschlagen, vor einer Woche hatte sie einen Kreislaufkollaps, ihr Herz macht nicht mehr mit."
„Dieser Viktor – wenn er hier aufgewachsen ist, dann müsstest du ihn doch kennen?", fragte ich.
„Ich habe mir geschworen, nicht mehr an ihn zu denken, aber ich schaffe es nicht. Hier gibt es zu viel, was mich an ihn erinnert, jeden Tag." Janines Hals hatte sich mit roten Flecken überzogen. Sie gab sich Mühe ruhig zu bleiben, doch ich merkte deutlich, wie es in ihr rumorte.
Ich gab dem Karussell einen neuen Schub. Es drehte sich eine Runde, dann blieb es stehen. Diesmal waren es Waldhimbeeren. Janine schaute mir versonnen zu, wie ich mir mein Weißbrot mit der roten Marmelade bestrich. „*Framboise de bois*, ob das ein Zufall ist?" Dann ballte sie die Faust: „Wir sind zusammen in die Dorfschule gegangen, Viktor und ich." Janine atmete tief auf und schaute durch das Marmeladenglas hindurch. „Als Kinder wurden wir in den Wald geschickt zum Beeren sammeln. Jedes Kind hatte ein kleines Eimerchen und einen Korb, wenn das Eimerchen voll war, schütteten wir den Inhalt in den Korb, wenn der Korb voll war, gingen wir nach Hause. Ich ging gerne in die Himbeeren; die reifen Früchte dufteten, die Bienen summten, und die Sonnenstrahlen fielen schräg auf das Moos. Ich liebte die Stille im Wald.

Manche Mädchen gingen zu zweit, sie quatschten und kicherten den ganzen Nachmittag, ich war lieber allein und sammelte mein Eimerchen voll. Ich liebte das Sammeln, weißt du. Ich hockte zwischen den Himbeerbüschen, als er auf mich zukam, sich zu mir setzte, den Arm um mich schlang und: „Küss mich“, sagte. Ich wehrte mich, versuchte zu schreien, doch er hielt mir den Mund zu. Ich spürte seinen Atem auf meiner Haut. „Küss mich“, sagte er mit einem verzerrten Lachen. Ich versuchte, mich aus seinem Griff zu befreien. Doch je mehr ich mich wehrte, desto stärker drückte er zu. Nach einer Weile sagte er. „Gut, wenn du nicht willst, es geht auch anders. Gib mir deine Beeren.“ Mein Eimerchen war randvoll, ich hatte es gerade ausschütten wollen. Er hielt mir einen großen verzinkten Milcheimer hin. „Dahinein, los, beeil dich.“ Mir blieb nichts anderes übrig, als alle meine Beeren hineinzuschütten. Er stand auf. „Bis morgen!“, grinste er. „Wenn du nicht kommst, verrat ich deiner Mutter, dass du mich küssen wolltest!“

Janine hörte auf zu sprechen und starrte zum Fenster hinaus. „„Und die anderen Kinder?“, fragte ich, nachdem ich den Frosch im Hals mit Kaffee hinuntergespült hatte. Ihre Augen hatten jeden Ausdruck verloren, waren glanzlos und kalt.

„Janine?“

Sie zuckte zusammen. „Was? Entschuldige bitte, ich habe wieder mal mit offenen Augen getaucht.“

„Hast du etwas gesehen?“, fragte ich.

„Mit den anderen Mädchen hat er es genauso getrieben. Alice hat es mir erzählt. Entweder, sie haben seinem Drängen nachgegeben und ihn geküsst, oder sie

haben Himbeeren und Heidelbeeren für ihn gesammelt."
Ich schnappte nach Luft. „Was für eine Schweinerei! Oh Janine, wie schrecklich! Und Eure Eltern?"
„Meine Mutter hat sich gewundert, warum ich immer weniger Beeren mit nach Hause brachte. Und die Mütter der anderen Kinder auch. Aber wir haben geschwiegen wie ein Grab, wir haben uns so schmutzig gefühlt; ich schämte mich zu Tode und wäre lieber gestorben, als dass ich meiner Mutter etwas erzählt hätte. Den anderen Mädchen ging es genauso. Wir haben gesagt, es gäbe nicht so viele Beeren in diesem Sommer, oder es wären schon andere Leute da gewesen, die sie weggesammelt hätten."
„Und dieser Viktor, was hat er mit seiner Beute gemacht?"
„Er war immer schon geschäftstüchtig – er hat sie in Saignelegier auf dem Markt für teures Geld an Feriengäste verkauft." Janine schwieg und starrte vor sich hin.
„Ich kann auch noch etwas beitragen", sagte Pierot grollend.
„Noch mehr?"
„Oh ja, da gibt es einiges." Er schob seinen Stuhl zurück und begann zu erzählen. „Damals bekamen die Kinder nur ein ganz kleines Taschengeld; sie nutzten jede Gelegenheit um sich etwas zu verdienen, durch Holzhacken oder Beerenpflücken zum Beispiel."
„Und dieser Kerl hat den Kindern das sauer verdiente Geld abgenommen?"
„Oh nein, so unvorsichtig war er nicht. Er war ein richtiger Filou. Ein Schlitzohr. Er hätte eine Sparkas-

se, hat er gesagt. Und alles Geld auf dieser Sparkasse würde sich innerhalb eines Jahres verdoppeln. Wenn du mir heute zehn Franken gibst, bekommst du nächstes Jahr 20 Franken raus, das hat er ihnen weiß gemacht. Sie haben ihm geglaubt, gearbeitet, gespart, ihm das Geld gegeben und im nächsten Jahr war das Geld weg. Keines der Kinder hat gewagt, ihn zu verraten, sie hatten Angst, eine Tracht Prügel von ihrem Vater zu bekommen."

„Der Kerl hat früh angefangen zu üben."

„Ja, er ist immer weiter gegangen. Ich habe ihn später in Zürich wiedergetroffen, wo er angeblich studiert hat. Damals fuhr er einen MG-Spider und zeigte sich immer in Begleitung schöner Frauen."

„Schöne Frauen?" Janine runzelte die Stirn. „Blond, Lacklederstiefel, Minirock, Pelzmantel, Sonnenbrillen, roter Kirschmund, verstehst du?"

Pierot nickte zustimmend. „Man sagt, er habe sie an Freunde ausgeliehen, gegen Geld. Nebenbei hat er an der Börse spekuliert, Pferde auf der Rennbahn laufen lassen und sich im Kunsthandel betätigt."

„Wie er später einen Job bei der Schweizer Bank bekommen hat, ist mir ein Rätsel. Er hat faule Kredite an Kunden vermittelt und muss ein Vermögen auf die Seite geschafft haben."

„Meine Güte, Pierot, es reicht! Ich kann mir vorstellen, warum ihr diesem Viktor nicht traut."

„Damals ist er aufgeflogen, er konnte aber sein ganzes Geld in Sicherheit bringen und hat sich ins Ausland abgesetzt. Wir haben seine Spur verloren! Niemand im Dorf hat ihm eine Träne nachgeweint."

In der Küche summte das Telefon. Janine ging hinaus und kam mit dem Hörer in der Hand zurück. Sie sah wie versteinert aus. „Iris", flüsterte sie mir zu.
„Vera, bitte komme schnell. Nine – ich weiß nicht, was ihr fehlt. Sie atmet schwer und steht nicht auf. Ich fürchte ..."
Ich ließ sie nicht ausreden. „Ich komme sofort", sagte ich im Aufstehen. Dann rannte ich los. In der Eile hatte ich vergessen meine Jacke anzuziehen. Ich flitzte die Hauptstraße entlang, an der Metzgerei vorbei, den steilen Kirchberg hinauf, doch schon am Schulhaus musste ich stehen bleiben und Luft holen. Das letzte Stück nahm ich im Schritt.
Iris kam mir entgegen. „Warst du gestern noch bei ihr?", fragte sie aufgeregt.
„Aber ja, das kannst du dir doch denken."
„Wie bist du in den Stall gekommen?"
„Die Tür war offen, wie immer. Und Nine lag schlafend in der Box."
„Die Tür war offen? Unmöglich! Nach dem Füttern habe ich sie abgeschlossen. Warum hast du mir nichts gesagt? Es kommt selten vor, dass sich Nine niederlegt."
„Sie hat ganz friedlich ausgesehen", sagte ich schuldbewusst. Iris schob die Boxentür zurück. Vor mir lag ein Bild des Jammers. Hätte ich nicht sicher gewusst, dass das Pferd, das da im Stroh lag, meine Nine war, hätte ich sie nicht erkannt. Ich kniete mich nieder und rief ihren Namen. Ihr Fell war verklebt, sie schwitzte stark und drehte ihren Kopf zum Bauch um. Sie röchelte leise, als sie mich erkannte, sie schien starke Schmerzen auszustehen. „Es wird von Minute zu Mi-

nute schlimmer", sagte Iris. „Ich habe die Tierärztin angerufen, sie hat mir versprochen, gleich zu kommen."
„Was ist los mit ihr?"
„Die Symptome sprechen für eine Vergiftung – doch womit? Ich schaue mir das Futter immer genau an. Das Stroh und das Heu waren vollkommen in Ordnung."
„Ob jemand Fremdes im Stall war?"
„Das ist gut möglich – irgendjemand muss ja die Stalltür aufgemacht haben. Das Schloss war nicht beschädigt – merkwürdig."
Nine röchelte und verdrehte ihre Augen. Ich sah das Weiße darin schimmern. Ich streichelte ihren Hals und redete beruhigend auf sie ein.
Wir hörten Schritte auf der Stallgasse. „Dr. Robine", sagte Iris. Eine zierliche, schlanke Frau, mit blonden langen Haaren, die sie zu einem Pferdeschwanz zusammengebunden hatte, stand vor uns. Sie war ungefähr in unserem Alter und wirkte erfahren und kompetent. Sie hielt sich nicht mit einer umständlichen Begrüßung auf, nickte mir nur kurz zu, dann begann sie Nine zu untersuchen. „Sie braucht eine kreislaufstabilisierende Infusion", sagte sie. „Es sieht nach einer schweren Vergiftung aus. Das Fohlen ist gefährdet. Es kann zu einem Abort kommen, es wäre nicht lebensfähig."
Mir traten die Tränen in die Augen. „Was können wir tun?" fragte ich verzweifelt. „Herausfinden, womit sie vergiftet worden ist, dann können wir vielleicht ein Gegengift spritzen."

Ich sah Iris hilflos an, doch sie zuckte nur wortlos mit den Schultern. „Beeilen Sie sich, ich kann sonst für nichts garantieren“, fügte Dr. Robine hinzu.
Nine ließ sich die Infusion bereitwillig anlegen. Die Ärztin gab mir die Hand. „Rufen Sie mich an, wenn sich der Zustand verschlechtert, ich bin jederzeit für Sie da.“
„Bleibe du bei ihr“, sagte Iris, als die Ärztin gegangen war. „Ich gehe in die Küche und hole uns einen Kaffee.“
Ich setzte mich zu Nine ins Stroh. Sie atmete schwer und unregelmäßig und ich spürte, dass sie meine Nähe beruhigte. Iris kam mit zwei dampfenden Bechern zurück. Das Getränk brachte meine Lebensgeister und meinen klaren Verstand zurück. „Ich habe dir noch gar nicht von gestern Nacht berichtet“, sagte ich. Iris schaute mich neugierig an und ich erzählte von meinem rauschartigen Zustand im Dachstübchen. „Ich habe keine Ahnung, warum ich plötzlich diese grellen Farben sah und warum ich mein Zeitgefühl vollkommen verloren hatte.“
Iris starrte vor sich hin, als ob sie einem dunklen Gedanken auf der Spur wäre, den sie nur schwer fassen konnte. „Das klingt, als ob du einen Trip eingeworfen hättest!“
Was meinte sie damit? Normalerweise trank ich kaum Alkohol, die paar Gläser Rotwein mit Luis zählten nicht. Alkohol und Reiten vertrug sich nicht, mit einem Kater brauchte man gar nicht erst aufs Pferd zu steigen.
Ich dachte flüchtig an mein gestriges Bedürfnis, einen Whiskey zu kippen, doch das behielt ich lieber für

mich. „Iris! Außer deinem Tee, der übrigens hervorragend geschmeckt hat, habe ich nur Wasser getrunken."

„Nein, Alkohol meine ich nicht. LSD – sagt dir das was? Eine Droge, die früher die Hippies geschluckt haben."

„Bist du jetzt vollkommen durchgeknallt?"

„Nein! Hör mir zu: LSD wird aus einem Pilz gewonnen, der Mutterkorn heißt. Mutterkorn wächst auf Roggenhalmen und sieht aus wie ein Getreidekorn, ist aber ein Schimmelpilz, der hochtoxisch ist. Früher wurde Mutterkorn auch als Abtreibungsmittel eingesetzt, daher der Name."

Allmählich dämmerte es mir. Mutterkorn, was für ein seltsames Wort, hatte ich es nicht vor kurzem irgendwo gehört?

„Du meinst, jemand hat Nine mit diesem – diesem Mutterkorn vergiftet?"

„Und noch was: Deine Zustände gestern Nacht – das war so ein LSD-Rausch!"

„Moment mal – jetzt wird mir alles klar! Natürlich – ich bin selbst schuld!"

„Wieso?", sagte Iris verdutzt.

„In Nines Futterkrippe lagen ein paar schwarze Körnchen, die ich nicht identifizieren konnte!"

„Ja – und?", fragte Iris lauernd.

„Sie sahen aus wie Leinsamen, an einem davon habe ich rumgeknabbert", sagte ich leise.

„Ach du meine Güte, auch das noch! Hast du Glück gehabt, du könntest tot sein!"

„Kannst du mir sagen, wie diese Körner in Nines Krippe kommen?"

„Bestimmt nicht, weil ich sie hineingelegt habe!“, sagte Iris gereizt.
„Nein, natürlich nicht! Das fehlt gerade noch, dass du eingeschnappt bist. So habe ich es nicht gemeint, ich mache dir keinen Vorwurf. Was ich meine ist: Meine Unbedarftheit hat auch ihr Gutes: Jetzt wissen wir endlich, was mit Nine los ist! Sie hat eine Mutterkornvergiftung! Wir müssen zu Claire ins Bauernhaus.“, setzte ich hinzu. „Ich muss in das Buch schauen.“
„Schnell, bevor es zu spät ist“, sagte Iris und zog mich aus Nines Box.

44

Claire öffnete uns die Tür. „Iris! Und Vera! So aufgeregt? Kommt erst einmal herein und trinkt einen Tee."
„Danke Claire, zum Teetrinken ist jetzt keine Zeit. Das Kräuterbuch – darf ich in das Kräuterbuch schauen?"
Das Buch lag auf der Kommode im Zimmer hinter dem Wohnraum, wo die Uhrmacherwerkzeuge auf dem Fensterbrett ausgestellt waren. Claire gab es mir. „Ich weiß zwar nicht, was du suchst", sagte sie und deutete auf den Stuhl. Ich setzte mich und blätterte hastig die Seiten um.
„Ich suche ein Rezept, oder besser, ein Gegengift, Nine hat Bauchkrämpfe, sie ist vergiftet worden mit Mutterkorn."
Claire wurde blass. Das Licht im Zimmer war trübe und die Buchstaben tanzten vor meinen Augen. Iris stand hinter mir und blickte mir angestrengt über die Schulter. Ich hielt inne und schaute mich nach Claire um. „So komme ich nicht weiter. Ich brauche ein Vergrößerungsglas oder so etwas Ähnliches."
Claire zuckte mit den Achseln.

„Tut mir leid – ich könnte dir höchstens meine Brille leihen."
„Vielleicht kannst du die Schrift lesen, Iris?"
Iris zog sich einen Stuhl heran und beugte sich über das Buch. „Nein, unmöglich. Es ist eine alte Handschrift, die ich nicht entziffern kann und noch dazu so klein!"
Verzweifelt nahm ich ihr das Buch aus der Hand und blätterte weiter.
„Ich muss die Seite finden! Ich bin mir sicher, dass es irgendwo in dem Buch ein Mittel gegen Abort gibt."
Woher ich diese Sicherheit nahm, wusste ich nicht, ich wusste nur, dass ich alles tun musste, um die Seite zu finden und die Schrift zu entziffern.
„Vielleicht kann Pierot die Schrift lesen?", sagte Iris und tippte eine Nummer in ihr Handy. Gespannt hielt sie den Apparat ans Ohr. „Er hat sein Telefon abgestellt, das hätte ich mir denken können. Wahrscheinlich kommt wieder Skispringen im Fernsehen, da hört und sieht er nichts anderes."
„Dann laufe ich schnell zu ihm hinunter, wir wissen ja, dass er zu Hause ist."
Die Haustür war offen. Pierots Straßenschuhe standen in der Eingangshalle neben dem großen Eichenschrank. „Pierot?"
Keine Antwort. Ich öffnete die Tür zum Esszimmer. Mein Blick fiel auf den alten Tisch am Fenster. Es war ein alter Sekretär auf dessen Schreibplatte eine vergilbte Handschrift lag, es war ein Geburtsregister aus Montmirail aus dem 18. Jahrhundert, als der Kanton noch nicht Jura, sondern Mont Terrible hieß. Der Schreckliche Berg, was für ein Name!

Da lag das Lorgnon. Vorsichtig klappte ich es auseinander und klemmte es mir auf die Nase. Das Metallgestell fühlte sich kalt und kantig an, die Gläser waren verschmutzt, ich versuchte sie näher an meine Augen zu rücken, kniff das eine, dann wieder das andere zu, und auf einmal konnte ich die Schrift lesen! Klar und deutlich war jeder einzelne Buchstabe zu erkennen! Wo war nur Pierot? Ich konnte ihn unmöglich im ganzen Haus suchen oder auf ihn warten. Ich durfte keine Zeit verlieren. Pierot, verzeih mir, ich bringe dir das Leseglas sofort zurück, wenn ich es nicht mehr brauche.

Ich stürzte aus der Haustür und griff im Vorbeigehen nach meiner Jacke, die an der Garderobe hing. Im Schaufenster des Metzgers zog das lustige Schweinchen den Hut vor mir, doch ich nahm mir nicht die Zeit, seinen Gruß zu erwidern. Am Schulhof versperrten ein paar Autos mit laufenden Motoren die Straße, die jungen Mütter stiegen aus, begrüßten sich und nahmen ihre Kinder in Empfang, drei Mädchen mit ihren großen Schultaschen auf den Rücken liefen Hand in Hand in Richtung Kirche, ein paar Jungen sausten auf ihren Bikes die Straße hinunter. Im Zickzack lief ich durch die Menge. Beim Überqueren der Straße schaute ich schnell zum Reiterhof hinüber. Der große Reisewagen stand vor dem Gartenzaun, der Automechaniker hatte ihn also zurückgebracht. Ich war erleichtert, in der Aufregung hatte ich den Wagen ganz vergessen.

An der steinernen Treppe vor Claires Haustür blieb ich stehen um mich zu sammeln. Ich atmete erleichtert auf, die Stellwand war nicht mehr da war. In die-

sem Moment ging die Haustür auf und Claire winkte mich herein. „Hat Pierot dir helfen können?", fragte sie.
„Er war nicht zu Hause." Ich zeigte ihr den Zwicker.
„Ich habe ihn einfach mitgenommen.
„Damit müsste es gehen", sagte die alte Frau. „Ich kenne das Ding. Meine Großmutter, die halbblind war, hat damit ihre Kochrezepte entziffert."
«Du kannst doch Altfranzösisch, Claire?»
Wortlos klemmte sie sich die Brille auf die Nase.
«Auf der ersten Seite steht ein Inhaltsverzeichnis. *„Medicaments interieurs, purgations*", las sie vor. Sie überlegte einen Moment, dann übersetzte sie : „Inwendige Medizin und innere Reinigung. "
„Das klingt gut", sagte sie, „obwohl es nicht genau das ist, was wir brauchen."
„Gibst du mir mal den Zwicker?", sagte ich. Mit angehaltenem Atem buchstabierte ich weiter: *„Poison et contre poison*", Gift und Gegen-Gift, übersetzte Claire.
„Nur weiter, genau das suche ich!" Claire umklammerte ihren linken Daumen mit ihren Fingern, als müsse sie sich an etwas festhalten; sie stand dicht neben mir. *„Attends,* jetzt muss es kommen, wir haben das richtige Kapitel, ich erinnere mich, meine Großmutter hat auch manchmal ..." Sie verstummte. Schnell blätterte ich weiter. Es gibt ein Medikament, jubilierte ich, auf der nächsten Seite muss es stehen. Claire gab ihren eingeklemmten Daumen frei und entspannte sich. Sie trat einen Schritt zurück und stützte sich auf eine Stuhllehne. „Hast du es?", fragte sie.

„Claire, schau dir das an!“ Die Alte richtete sich auf und kam zu mir. Es gab dieses Blatt nicht mehr. Jemand hatte die Seite herausgerissen. „Oh nein – *quel horreur*“, rutschte es ihr auf Französisch heraus.
Ich war fassungslos und brauchte eine Weile, bis ich mich wieder gefangen hatte. „Wer kann das gewesen sein? Waren Touristen im Haus?“
„Wenn wir Fremde durch das Haus führen, lassen wir sie niemals allein!“, sagte Claire, die aschfahl geworden war. Im Zimmer war es ruhig, nicht einmal die Wanduhr tickte. Claire legte ihren Finger an die Nase und schwieg – am liebsten hätte ich sie geschüttelt, nur damit sie endlich etwas sagte.
„Natürlich! Fast hätte ich es vergessen – es gibt noch eine Kopie – Pierot hat sie damals für Monsieur Poliglott anfertigen lassen.“
„Dann muss ich sofort zu ihm.“ Claire nickte, sie legte mir die Hand auf die Schulter. „Halte mich auf dem Laufenden, ich bin für dich da, wenn du Hilfe brauchst.“.
Iris wartete schon auf mich. „Nines Zustand hat sich ein wenig gebessert“, sagte sie. „Die Infusion wirkt, doch ich weiß nicht, wie lange.“ Hastig informierte ich sie über die neuesten Ereignisse. „Ich erkläre dir den Weg zu Monsieur Poliglott. Es gibt eine Abkürzung, die das Navi nicht kennt. Eine kurze Strecke durch den Wald, höchstens 15 Minuten.“
Ich konnte mir den Weg leicht merken.
„Danke, Iris, drück mir die Daumen, dass Monsieur Poliglott die Kopie findet.“
Sie gab mir den Autoschlüssel des X5. „Es war der Tank, hat der Mechaniker gesagt. Ein Leck oder so

was Ähnliches. Jetzt ist alles wieder in Ordnung. Zu Hause sollst du ihn vorsichtshalber noch einmal in die Werkstatt bringen."
„Ein Leck im Tank?", sagte ich ungläubig. Luis hatte den Wagen doch noch in der Inspektion gehabt? Mir blieb keine Zeit darüber nachzudenken.
Röhrend wie ein Tiger sprang der Motor an. Ich legte den Gang ein und gab vorsichtig Gas, aber was war das? Die Maschine zog nicht. Der Reisewagen bewegte sich vorwärts, doch ich hatte das Gefühl, als ob er nicht auf Reifen, sondern auf den blanken Felgen dahinschlingerte. Schnell zog ich den Zündschlüssel heraus, stieg aus und lief um den Wagen herum. Ein Blick auf die Vorderreifen genügte: Jemand hatte die Reifen durchstochen. Sie waren platt, alle beide. Verzweiflung packte mich, was sollte ich tun, ich musste zu Monsieur Poliglott! Und zwar schnell! Vor Wut trat ich mit der Fußspitze an das schlappe Gummi. „Aua!" Meine Zeh schmerzte, der Reifen war härter, als ich gedacht hatte.
Iris kam aus der Küchentür gelaufen. „Was für eine Gemeinheit! Ich rufe Monsieur Poliglott an, er soll uns die Kopie vorbeibringen. Komm schnell mit ins Haus, hier draußen ist es zu kalt zum Telefonieren."
Ich setzte mich auf die Küchenbank und wärmte meine eiskalten Hände über dem Feuer. Ich verstand nicht viel von dem, was Iris auf Französisch sagte, doch eines wurde mir schnell klar: Monsieur Poliglott war nicht zu Hause. Iris legte das Telefon auf den Küchentisch. „Es ist wie verhext – Monsieur Poliglott hat sich seit heute Morgen nicht mehr bei seiner Frau gemeldet. Sein Handy ist abgestellt. Er wollte sich mit

einem Geschäftsfreund treffen, es ging um seinen Reiterhof auf dem Montsoleil, glaube ich."
„Und wer ist dieser Geschäftsfreund?", fragte ich alarmiert.
„Das ist es ja, sie weiß es nicht. Poliglott hat keinen Namen genannt. Aber jetzt halt dich fest: Poliglott wurde von einem Mann abgeholt. Seine Frau hat ihn so beschrieben: Ungepflegter Typ um die 30, schwarze ausgebeulte Jeans, kurzgeschorene schwarze Haare. Glimmstengel im Mundwinkel. Er fuhr einen alten Renault. Madame Poliglott war ziemlich durch den Wind. Sie hat die Polizei verständigt."
„Den Typen hab ich auch schon mal gesehen. Irgendetwas stimmt da nicht, dass merke sogar ich."
„Vera, jetzt ist keine Zeit für Selbstkritik! Wir müssen handeln."
„Ja, du hast recht! Weißt du, wo Poliglott die Abschrift des Hexenbuches versteckt haben könnte?"
„Sie liegt bei Pierot und Janine. Madame Poliglott hat mir gesagt, dass ich in der Schublade des alten Schreibtisches im Esszimmer nachsehen soll, da wo der Zwicker und das Geburtsregister liegt."
In diesem Augenblick klopfte es dreimal an der Tür. „*Le poulet gris*", hörte ich jemand sagten, aber für mich ergab das keinen Sinn.
„*Est sourd aveugle*", antwortete Iris. Doch das machte auch nichts klarer.
„Das ist Janine", sagte Iris. „*Das graue Huhn ist taub und blind*, unser Code, wir haben das Zeichen verabredet." Janine stand in der Tür, aufgeregt und außer Atem. Sie wedelte mit einem Umschlag. „Hier, das ist für dich, Vera, die Kopien!"

„Woher weißt du denn, dass wir hinter ihnen her sind?“, sagte ich überrascht.
„Madame Poliglott, sie hat mich angerufen. Weil das Lorgnon auf dem Geburtsregister fehlte, habe ich mir den Rest zusammengereimt.“
Sie gab mir den Umschlag, doch bevor ich ihn öffnen konnte, unterbrach sie mich: „Hast du dir dein Auto angesehen?“
„Ja, habe ich.“ Mein Zeh fühlte sich an, wie von tausend Nadeln zerstochen, so als hätte sich meine geballte Wut auf diesen Punkt zurückgezogen.
„So eine Gemeinheit! Ein Kerl hat sich daran zu schaffen gemacht, ich habe ihn gesehen!“, sagte Janine.
„Wer war es?“, fragte Iris; sie bemühte sich, so ruhig wie möglich zu bleiben.
„Ein Typ – ungefähr 30, Parka, schwarze Wollmütze, ein ungepflegter Kerl. Ich bin die Straße herunter gekommen, er hat mich kommen sehen und hat sich aus dem Staub gemacht.“
„Kennst du ihn?“, fragte ich.
„Nein.“
„Aber ich! Ich kenne ihn! Meine Panne im Tunnel – ich könnte schwören, dass das der Typ war, der hinter mir in den Tunnel fuhr. Er hatte eine schwarze Wollmütze auf und hat genauso ausgesehen, wie du ihn beschreibst“, sagte ich.

45

Einen Augenblick lang herrschte Schweigen. Wir starrten blicklos vor uns hin, jede in ihre eigenen Gedanken versunken.
Janine war die erste, die die Stille unterbrach. „Was sollen wir jetzt tun?“, fragte sie.
„Ich muss das Gegengift finden, das ist das wichtigste für mich.“ Ich öffnete den Umschlag und setzte mich auf die Eckbank. „Janine, bitte bleib bei mir, vielleicht brauche ich deine Hilfe.“
„Und ich gehe in den Stall und schau nach Nine“, sagte Iris. „Es kann sein, dass sie noch eine Spritze braucht. Janine, ist dein Handy angestellt?“
Janine nickte.
„So leid es mir tut, für Monsieur Poliglott können wir im Augenblick nichts tun. Wir müssen abwarten, was die Polizei herausfindet“, setzte Iris hinzu, dann war sie aus der Tür.
Mit feuchten Fingern blätterte ich die Seiten durch. Ob die Kopie vollständig war? Was, wenn das fragliche Blatt schon lange vor dem Abschreiben herausgerissen worden wäre? Ich schlug das Kapitel Gifte und

Gegengifte auf. Mithilfe des Zwickers konnte ich jedes einzelne Wort lesen, und trotzdem fand ich nicht, was ich suchte. Mein Schulfranzösisch reichte nicht aus, mein Wortschatz war zu beschränkt. – was half es mir, wenn ich die Wörter buchstabieren konnte, ihren Sinn jedoch nicht verstand? Was hieß Mutterkorn auf Französisch? *Seigle*? Nein, das hieß Roggen. Wieso gab es in dem Kapitel Gifte und Gegengifte einen Abschnitt über Roggen? Waren die Kopien etwa durcheinander gekommen? Ah, das Wort war noch gar nicht zu Ende, es bestand aus zwei Teilen: *Seigle Cornu*, las ich, es wurde immer verrückter: Gehörnter Roggen? Verzweifelt versuchte ich mir ein Bild zu machen, ich zermarterte mein Gehirn, legte meine Stirn in Falten. Ich kam mir vor, wie bei der Lektüre des dicken Bolaňos, als ob ich mit dem Kopf an eine Wand stieße, als ob meine Gedanken in zähen Beton steckten, der langsam erstarrte. Schweif nicht ab, Vera, sagte ich mir, hier geht es um Tod oder Leben, du musst verstehen, was dieser Text bedeutet. Das hier ist kein Spiel. Ich blätterte eine Seite zurück, dann wieder vor, ich verbiss mich so sehr in meine Aufgabe, dass mir Schweißperlen auf der Stirn standen. Janine, die am Herd heißes Wasser in die Teekanne goss, sah mich an. „Was hast du Vera? Findest du es nicht?“

„*Seigle* – das heißt doch …?“

„Roggen“, ergänzte sie.

„Genau! Aber das ist doch ein Brotgetreide und kein Gift, oder?“

„Natürlich! Wie kommst du auf diese Idee?“

„Schau, was hier als erstes unter der Überschrift Gifte und Gegengifte steht, das verstehe ich nicht."
„*Mais non*! Das ist nicht Roggen!
„Ja, was denn sonst?"
„*Seigle Cornu*, das ist unser Ausdruck für Mutterkorn – du hast es gefunden!"
„Mutterkorn? Gut! Jetzt haben wir endlich die Beschreibung des Giftes!", sagte ich kein bisschen erleichtert. „Aber ich brauche das Gegengift!"
„Lies doch mal vor, wie dieses Korn aussieht?", sagte Janine. Sie stellte die Teekanne auf den Schreibtisch und schaute mir über die Schulter.
„Hier steht es." Ich zeigte ihr die Stelle. „Übersetze es mir bitte."
„Dunkel, violett – ein hornförmiges Mutterkorn, das auf dem Roggen wächst. Kann ziemlich groß werden, größer als die Roggenkörner."
„Genau so ein Korn habe ich in Nines Krippe gefunden." Ich wartete darauf, dass Janine weiterlas, doch sie blieb still „Was ist, steht nicht noch mehr da? Etwas über die Symptome zum Beispiel?"
„Doch, warte! Es sind vor allem lateinische Ausdrücke, die ich nicht verstehe." Janine griff in ihre Jackentasche und kramte ihr Handy hervor. „Wikipedia, endlich kann ich einmal mein Smartphone benutzen", sagte sie. Es dauerte nicht lange und sie hatte gefunden, was wir suchten:
„Mutterkorn: Zeichen der Vergiftung: Vomitus, Leibschmerzen, quälender Singultus, starker Durst, Brennen im Epigastrium, starker Durchfall, Gliederschmerzen, Herzrasen, Unterleibskrämpfe, Temperaturerhöhung, Zittern, Frösteln, Kontrakturen, Kon-

vulsionen, Temperatursenkung, Pulsschwäche, Bewusstseinsverlust, tiefes Koma und Exitus infolge Atem- und Herzlähmung ..."
Es war nicht zum aushalten, gerade wollte ich: Stopp, es reicht, rufen, als Iris zur Tür herein kam. Sie sah mitgenommen aus. „Ich habe ihr noch eine Decke aufgelegt, sie zittert und ist ganz kalt, sie ist sehr schwach und kann nicht aufstehen, sie hat starken Durst, ich habe ihr einen Eimer Wasser gebracht. Doktor Robine ist bei ihr und gibt ihr noch eine Spritze gegen die Krämpfe. Hast du etwas gefunden?"
Verzweifelt sah ich sie an: „Alle Symptome, die du aufgezählt hast, haben wir gerade nachgeschlagen. Auf der Wikipediaseite stehen noch ein paar andere, die eher auf Menschen zutreffen. Aber auch hier gibt es keine Informationen über Gegenmittel."
„Vielleicht gibt es gar kein Gegengift", sagte Iris langsam.
„Kein Gegengift?" In der Küche war es auf einmal ganz still. Nur das Knacken der im Feuer zerspringenden Holzscheite war zu hören. Draußen vor dem Fenster zwitscherten die Rotkehlchen im Vogelhaus und schimpften auf die dicke Ringeltaube, die sich zwischen sie drängte.
„Wenn es kein Gegengift gibt, dann muss es etwas anderes geben", sagte ich. „Nine darf nicht sterben. Sie trägt das Fohlen von Paletti."
Janine packte mich an der Schulter. „Claire! Geh zu Claire ins Bauernmuseum, schnell. Sie weiß alles Mögliche, vielleicht hat sie einen Rat!"
Ich zögerte, Janines Glauben an die Fähigkeiten der alten Frau in Ehren, aber ich fragte mich, ob sie mir

überhaupt helfen wollte. Hatte sie mich nicht bis vor kurzem für die hinterhältige Komplizin dieses Viktors gehalten?

„Im Museum gibt es eine Hausapotheke mit Tinkturen, Ölen, Kräutermischungen, Tees, die du nirgendwo sonst bekommst. Es sollen sogar Giftpflanzen dabei sein, die in schwachen Dosierungen als Heilmittel angewandt werden. Claire kennt die Mischungen, aber Unbefugte könnten ziemlich viel Unheil damit anrichten“, erklärte Janine.

„Sie kennt nicht nur alles Mögliche, sondern auch das Unmögliche“, ergänzte Iris. „Im Ernst, Vera, sie hat auch mir schon aus manch einer ausweglosen Situation geholfen.“

Unvermittelt stand Iris auf und ging zur Tür. „Hat es gerade geklopft?“

Jetzt hörte ich es auch: Dreimal, das verabredete Zeichen. Iris schloss die Tür auf, und da stand sie. Im langen wattierten Mantel, auf dem Kopf eine Pudelmütze, mit einem dicken Schal um den Hals. Sie sah aus wie ein kleiner, pummeliger Schneemann, in der Hand hielt sie eine Taschenlampe.

„Claire, du kommst wie gerufen!“ Iris zog die Alte in die Küche hinein.

„Ich hatte plötzlich das Gefühl, dass ihr mich braucht!“

Als ich die Alte so vor mir stehen sah, wichen meine Bedenken. Sie war auf unserer Seite, das spürte ich und sie würde alles tun, um uns zu helfen.

„Es geht um Nine“, sagte ich. „Du bist die Einzige, sagt Janine, die uns noch helfen kann.“

Claire, die ihren Mantel nicht abgelegt hatte, musterte mich stumm. Sie ist unsicher, dachte ich, irgendetwas Unausgesprochenes steht immer noch zwischen uns.
„Gibt es ein Gegengift zum *Seigle Cornu*?"
Claire zögerte einen Augenblick, dann sagte sie: „Ich kenne keines."
Das war es also. Es gab kein Gegengift und Claire hatte es gewusst. Sie kannte das Kräuterbuch besser, als sie hatte zugeben wollen.
Wir schauten uns betreten an.
„Das habe ich befürchtet", sagte ich leise. Iris legte mir tröstend den Arm um die Schulter. „Beruhige dich, Vera. Doktor Robine hat alles getan, was in ihrer Macht steht, um deiner Stute zu helfen. Wir müssen abwarten. Leider ist sie nicht überm Berg und es droht immer noch eine Fehlgeburt."
Ich wischte mir eine Träne aus dem Augenwinkel. „Das mit dem Fohlen war Gersons Idee." Es tat nichts zur Sache und interessierte keinen und trotzdem hatte ich es gesagt. „Das Fohlen war Gersons Idee", sagte ich noch einmal, etwas lauter, so dass es Claire hören konnte. Claire kannte doch Gerson überhaupt nicht? Was redete ich da? „Vielleicht kannst du uns trotzdem helfen, Claire." Es klang überhaupt nicht logisch, ich sagte es nur, um etwas zu sagen, weil ich das Schweigen nicht ertragen konnte. Und doch: Claire war meine letzte Hoffnung.
Sie schaute mir einen Moment lang fest ins Gesicht, so als wollte sie etwas aus meinen Zügen lesen.
„Eine Mutterkornvergiftung?" Claire fixierte einen Punkt zwischen ihren Füssen, und schaute durch ihn hindurch.

Lass ihr etwas einfallen, liebe Göttin, bitte, lass ihr etwas einfallen. Gib ihr die Macht, Nine zu helfen, bitte liebe Göttin!

„Vera? Wo bist du denn mit deinen Gedanken?"

Mir war, als erwache ich aus einer Art Trance. „Ich glaube, ich habe gebetet."

„Ich habe eine Idee, doch du musst bereit sein, mitzuhelfen."

„Ich tu alles, was du willst", sagte ich.

„Gut, ich brauche ein paar Haare aus Nines Fell."

Ich nickte und ging ohne weitere Fragen hinaus in den Stall. Ich musste nicht verstehen, was sie vorhatte, es reichte, wenn ich fühlte, dass es das Richtige war. Claire wusste, was sie tat, sie besaß das uralte Wissen der Dorffrauen und sie würde es zu Nines höchstem Wohle anwenden.

Als ich die quietschende Boxentür öffnete, traf mich Nines Blick. Der Schmerz verschleierte ihre Augen, doch ich spürte die Hoffnung, die sie in mich setzte. Du kommst um mir zu helfen, das weiß ich, schien sie zu sagen. Ihr Fell war am Hals ganz schwarz vom Schwitzen. Als ich mich zu ihr ins Stroh kniete, schnupperte sie an meiner Wange. Ein tiefer Seufzer entrang sich ihrer Brust, ein Seufzer der Erleichterung. Ich streichelte ihre Stirn und sprach beruhigend auf sie ein. Dann zupfte ich ein paar Haare aus dem Fell und umschloss sie mit meiner Faust. Bevor ich ging, füllte ich den Wassereimer noch einmal randvoll. Sie trank mit gierigen Schlucken. „Bis bald, es dauert nicht mehr lange, Claire wird dir helfen, wie weiß ich nicht, doch wir schaffen es, Nine." Wieder seufzte sie tief, dann legte sie sich flach auf die Seite

und ließ den Kopf ins Stroh fallen. Es war ein Bild des Jammers, von dem ich mich losreißen musste. Mit schwerem Herzen ging ich in die Küche zurück.
„Ich habe die Haare", sagte ich. „Nine hofft auf uns."
Iris schob mir ein Stück Alufolie zu, ich packte die Pferdehaare hinein und gab sie Claire. Sie schaute auf die Uhr. „Es ist Zeit. In einer Stunde geht der Mond auf. Wir haben Glück, die Nacht ist klar. Wenn das, was ich vorhabe, wirken soll, müssen wir den vollen Mond sehen. Zieh dir etwas Warmes an, Vera und komme mit mir. Iris du hältst bei Nine Wache; und du, Janine, bleibst am besten hier im Haus."

46

Die Kirchturmuhr schlug Zwölf. Claire führte mich die Straße hinauf zum Skilift; bis zur alten Fabrik leuchteten uns Straßenlaternen, dann hörte auch dieses spärliche Licht auf und es wurde stockfinster. Nicht einmal die Sterne glitzerten, der Himmel war wolkenverhangen. Kurz vor dem Skilift bog Claire auf die Skaterloipe ab. Rechts und links erhoben sich schwarze, undurchdringliche Tannenwände. Kein Luftzug bewegte die Zweige, nichts rührte sich, wir hörten nur das Knirschen unsere eigenen Schritte. Claire richtete den Lichtkegel ihrer Taschenlampe auf eine Spur im Schnee. Ob es hier Wölfe gab? Irgendwo in den Schweizer Alpen hatten sie Wölfe ausgesetzt, die ein paar Schafe gerissen hatten. Hier, auf dem Mont Terrible war alles möglich, warum nicht auch Wölfe? Die Fährte verlief schnurgerade, es sah aus, als habe das Tier eine Pfote hinter die andere gesetzt. „Ein Fuchs“, sagte Claire. „Die siehst du hier öfter.“ Wir stiegen weiter bergauf. Der Schnee knirschte unter unseren Stiefeln; im Schein der Taschenlampe sahen die Tannenzweige aus, als wären sie von einer

weißen Marshmallowschicht überzogen. Claire zeigte mit der Lampe auf eine schmale Schneise zwischen den Tannen.
„Siehst du den Weg da?“
Ich nickte.
„Er führt zu einer verfallenen Hütte“, sagte Claire. „Früher haben sich die Waldarbeiter dort aufgehalten. Wenn ich meinen Großneffen gesucht habe, weil er nicht zum Mittagessen kam oder einen Tag lang nicht aufgetaucht war, dann bin ich hierher gegangen. Er hat Beeren gesammelt um sie zu verkaufen, hier hat er sie aufbewahrt, damit sie ihm niemand wegnimmt.“
„Viktor? Meinst du Viktor? Janine hat mir von ihm erzählt. Er scheint den Kindern im Dorf ganz schön zugesetzt zu haben.“ Claire nickte nur und stapfte schweigend weiter.
Rotkäppchen und der Wolf. Ich Rotkäppchen und Claire die Großmutter. Und der Wolf? Würde er sich zeigen? Wir standen vor einer Lichtung. Es hatte aufgeklart, aus der Schwärze über uns blitzten die Sterne. Auf der dünnen Neuschneedecke bildeten sich Eiskristalle, winzige, im Sternenlicht funkelnde Pyramiden, eine Straße gesäumt von blitzenden Diamanten, die bis in den Wald hinein führte. Doch das Schauspiel dauerte nicht lange, dann legte sich ein Schatten wie ein graues Leintuch über den glitzernden Teppich. Moonshadow, wo ein Schatten war, musste es doch auch Licht geben – war der Mond etwa schon aufgegangen? Claire, die sich von dem Naturschauspiel nicht beeindrucken ließ, zeigte mit der Taschenlampe auf drei große Tannen. „Dort drüben

geht es weiter." Meine Knie schmerzten von dem ungewohnten Marschieren auf der unebenen, schneebedeckten Erde. Manchmal brach mein Fuß knöcheltief ein und ich stolperte. Obwohl mir Iris ihre gefütterten Lederhandschuhe geliehen hatte, froren meine Fingerspitzen. Zügig überquerten wir die Lichtung und stapften durch den Wald. Steif und bewegungslos streckten die Tannen ihre Zweige wie langfingrige Hände aus. Kein Ast knackte, kein Wind wehte, es herrschte vollkommene Stille, wir hörten nur unsere eigenen Schritte und unseren keuchenden Atem. Es ging immer noch bergauf. Ich blieb einen Augenblick stehen, legte meine Hand in meine stechende Seite und holte Luft. Wie lange waren wir schon gewandert? Eine Stunde? Zwei? Ich konnte es nicht sagen, mein Zeitgefühl hatte mich verlassen. „Wie weit ist es noch?", fragte ich.
„Noch eine halbe Stunde, dann sind wir da."
Meine Beine und Knie fühlten sich an, als ob wir schon nächtelang unterwegs gewesen wären, doch Claire ließ sich keine Schwäche anmerken. Sie ging vor mir her und ich folgte dicht hinter ihr. Die mächtigen Tannen standen jetzt in Gruppen zusammen, zwei, oder drei, schwarz, beharrlich und stumm wie Wächter. Die Zweige berührten den Waldboden und formten ein moosbedecktes, schneefreies Rund, eine natürliches Zelt, wie geschaffen zum Ausruhen. „Eine Minute nur!", bettelte ich.
„Wir müssen weiter", sagte Claire. „Hast du vergessen, warum wir hier sind?"
Auf einmal war es mir, als ob ich Nine wiehern hörte und ich spürte wieder Kraft in meinen Knien. Ich

würde Claire folgen, wohin sie mich führte. Nine wollte es so.

Still gingen wir nebeneinander her. Nach einer Weile blieb Claire stehen. Vor uns öffnete sich der dichte Wald zu einer Lichtung. Der Schnee glänzte weiß, ein paar Sterne funkelten. „Der Mond“, sagte Claire, „er versteckt sich hinter einer Wolke. Siehst du die mächtige Baumwurzel dort auf der Lichtung?“

Die Wurzel sah aus wie ein Scheiterhaufen. Baumstämme lehnten in einem Rund aneinander, ein langer Stamm ragte wie eine Lanze in den Himmel empor. „Der Mond muss genau über diesem Stamm stehen. Ein paar Minuten, dann ist es soweit.“

Claire ging zu dem Baumstumpf, zog ihre Handschuhe aus, öffnete das Stanniolpapier, roch an den Pferdehaaren und umschloss sie in ihrer Faust. Ihre rechte Hand legte sie auf die Rinde, als wolle sie Kontakt mit der Wurzel aufnehmen. Dann sagte sie: „Du brauchst nichts zu tun. Bleibe hier stehen, achte auf deine Atmung und konzentriere dich. Stelle dir dein Pferd vor, wie es mit seinem Fohlen über die Weide tollt.“ Ich wollte etwas antworten, doch sie hielt ihren Zeigefinger vor die Lippen: „Von jetzt an sprechen wir nichts mehr miteinander.“

In diesem Augenblick rissen die Wolken auf; es war, als hätte ein Jongleur den kugelrunden Mond auf das spitze Ende des Baumstammes gesetzt, um ihn dort mit magischer Kraft festzuhalten. Das war der Moment. Claire stand mit geschlossenen Augen aufrecht da und ich spürte den Energiestrom, der durch sie hindurch floss. Sie hielt ihre Hände wie eine Schale vor sich, dann machte sie mit der rechten Hand ein

Zeichen. Sie murmelte so etwas, wie eine Formel, und zeichnete etwas in die Luft, das wie ein chinesisches Schriftzeichen aussah. Vom Mondlicht durchflutet, eingehüllt in eine mächtige Lichtsäule, ging die Kraft des Universums durch sie hindurch und Claire leitete sie weiter. Je länger ich auf meinem Platz stand und das Ein- und Aus meines Atems als leisen Lufthauch an meinen Nasenlöchern spürte, desto deutlicher erstand Nines Bild vor meinem inneren Auge. Die Stute galoppierte kraftvoll und freudig über eine blumenübersäte Wiese und ein kleines, quirliges Fohlen sprang um sie herum. Es machte einen Luftsprung und Nine wieherte ihm fröhlich zu. Es war wirklich Nine, gesund und munter, meine Nine, die stolze Mutter eines Hengstfohlens. Wie gerne hätte ich dieses Bild festgehalten. Doch da hörte ich Claire, wie sie vor sich hin murmelte: „Es ist Zeit, dass wir uns verabschieden." Nines Bild verblasste immer mehr, bis es schließlich ganz verschwand. Claire straffte sich, rieb die Hände aneinander, streckte die Handfläche aus und blies sanft darüber hin. Sie umarmte mich. „Komm, wir gehen zurück ins Dorf", sagte sie.

Diesmal kamen wir schneller voran. Während wir marschierten, hatte ich das Gefühl, dass ich mich ein unsichtbares, lebendiges Band mit Nine verknüpfte. Mit jedem Schritt wich meine Müdigkeit und meine Beine wurden kräftiger. Mühelos konnte ich mit Claire Schritt halten. Kaum war mein Kopf wieder frei, musste ich an den Wolf denken. Es gab ihn, er hatte sich nur noch nicht gezeigt, weil wir nicht nach ihm gesucht hatten. Weil wir Nines Leben retten mussten, hatten wir uns nicht gefragt, wer eigentlich die Kör-

ner in ihre Krippe gelegt hätte? Kaufen konnte man die Körner bestimmt nicht, schon gar nicht in einer Apotheke. Und was war mit Claires Hausapotheke? Was, wenn sich jemand Unbefugtes heimlich bedient und Claire es nicht bemerkt hätte? Aber wer um alles in der Welt würde ihr so etwas antun? Ein Pferd vergiften? Wenn ich Rotkäppchen wäre und Claire die Großmutter, wer, zum Teufel, wäre dann der Wolf? Plötzlich durchfuhr mich eine Erinnerung, ein Traumbild: Die Großmutter, die die Hühner fütterte; mein Albtraum, den ich vor kurzem in Janines Gästezimmer geträumt hatte. Komm, biep, biep, biep, die Hühner waren gekommen und hatten nach den schwarzen Körnern gepickt, die die schwarzgekleidete Frau ausgestreut hatte.
„Vera! Du sagst ja gar nichts mehr?“ Claire packte mich am Oberarm und schüttelte mich. Es war, als ob ich abermals aus einem bösen Traum erwachte. „Ich habe mit offenen Augen getaucht. Danke, dass du mich wieder rauf geholt hast.“

Nach eineinhalb Stunden Fußmarsch klopften wir an Iris' Küchentür. In der Küche war es warm und gemütlich. Auf dem Herd dampfte der Teekessel und es duftete nach frischem Brot. Doch mich hielt es nicht bei den anderen. „Was ist mit Nine?“, fragte ich besorgt. „Am besten du gehst hinaus und schaust sie dir an“, sagte Iris lächelnd.
Es ist alles gut, dachte ich froh, es ist alles gut, so wie ich es gespürt habe. Als ich die Stalltür öffnete, merkte ich sofort, dass sich etwas verändert hatte. Vor ein paar Stunden war mir die Luft hier drinnen schwer

und stickig vorgekommen, doch nun stieg mir ein frischer Heugeruch in die Nase und ich atmete leichter. Die Pferde lagen im Stroh oder dösten stehend, alles war ruhig und friedlich; Vor Nines Box stand ein Feldbett mit einem dicken Daunenschlafsack und einer Wolldecke. Sogar eine Taschenlampe entdeckte ich. Iris hatte die ganze Zeit bei ihr Wache gehalten, dachte ich dankbar. Nine hatte mich kommen hören und wieherte mir zu. Schnell schob ich die Boxentür zurück. Sie lag immer noch im Stroh, doch jetzt war sie wach, die Lebensgeister waren zu ihr zurückgekehrt. Sie reckte ihren Hals auf, schnaubte zufrieden und stieß mich mit der Nase an. „Du musst dich bei Claire bedanken", sagte ich und graulte ihr die Stirn. „Morgen geht es dir wieder gut."
Als ich wieder in der Küche kam und Iris mir heißen Tee einschenkte, fielen mir fast die Augen zu. „Na, bist du beruhigt?", fragte Iris sanft. Ich lächelte glücklich. „Irgendwann nach Mitternacht muss es gewesen sein", sagte Iris. „Sie hat ihren Kopf gehoben und von Minute zu Minute ging es ihr besser. Du hättest es sehen sollen, wie ihre Augen wieder lebendig wurden und wie ihr Fell Farbe bekam."
Ich schaute mich nach Claire um. Am liebsten wäre ich ihr aus lauter Dankbarkeit um den Hals gefallen. „Setz dich und ruh dich aus!", sagte Iris zu mir. „Claire ist nicht mehr hier. Sie hatte es auf einmal schrecklich eilig, ich weiß auch nicht warum."
„Sie war bestimmt todmüde, nach dem langen Marsch", sagte ich, doch die Enttäuschung darüber, dass ich mich nicht bei ihr bedanken konnte, stand mir ins Gesicht geschrieben. Auf ein paar Minuten

länger wäre es doch nicht angekommen! Sie musste sich über den guten Ausgang ihrer Behandlung sehr sicher gewesen sein, weil sie meinen Bericht nicht abgewartet hatte.
„Wir sollten jetzt alle zu Bett gehen", sagte Iris. „Madame Poliglott war hier, ihr Mann ist immer noch nicht zurück. Morgen wollen sie eine Fahndung einleiten."
„Soll ich dich schnell zu Deiner Pension fahren?", fragte Iris, doch ich winkte ab. „Die paar Schritte schaffe ich noch, es geht ja immer nur bergab."

47

Der volle Mond übernahm die Aufgabe der Straßenlaternen und leuchtete mir auf meinem Weg. Im kühlen Mondlicht glitzerte der große Reisewagen wie ein Diamant. Morgen würde ich die Werkstatt verständigen, damit sie ihn abschleppten. Oder vielleicht würde Jakob Poliglott die Reifen vorbei bringen? Ich ging um den BMW herum. Die Fahrertür war verschlossen, aber die Beifahrertür ließ sich öffnen, warum wusste ich nicht. Ich setzte mich für einen Augenblick auf den bequemen Ledersitz; lehnte mich zurück und schloss die Augen. Ich dachte an Luis und fühlte mich unendlich traurig. Ich hätte so gerne mit ihm geredet, doch irgendetwas war zwischen uns getreten, unsere Verbindung war unterbrochen. In Gedanken versunken öffnete ich das Handschuhfach, wo ich auf der Hinfahrt eine Tüte Pferdeleckerlis verstaut hatte. Ich ertastete die Plastikhülle der Killers-CD, aber da war noch etwas, das sich kalt und hart anfühlte. Ich zog es heraus, es war ein kleiner, silberner Bilderrahmen. Ob ein Foto drinsteckte? Ich streckte mich und suchte nach der Innenbeleuchtung, fand sie und knipste das

Licht an. Es war ein alter Silberrahmen, der schwarz angelaufen war. Ich glaubte zu träumen, kniff die Augen zusammen, riss sie gleich wieder auf, doch diese Augengymnastik führte zu keinem anderen Ergebnis: Auf dem Foto hinter dem schmutzigen Glas war ich abgebildet! Oder doch nicht? Die Frau auf dem Foto hatte meine Gesichtsform - meine halblangen gescheitelten Haare, meine Kulleraugen, mein Figur, sie war ungefähr so groß wie ich, trug ein geblümtes Sommerkleid, Holzsandaletten mit einem Absatz und am Handgelenk baumelte ein Handtäschchen. Sie war in meinem Alter, Ende Zwanzig – aber die ganze Aufmachung der Frau deutete auf die späten 1960 Jahre hin, es war ein uraltes Foto. Ich starrte das Bild an, dann legte ich den Rahmen wieder ins Handschuhfach zurück. Meine Gedanken verwirrten sich zu einem undurchdringlichen Knäuel. Wer war diese Frau, die mir zum Verwechseln ähnlich sah?
Das Gespräch mit Janine fiel mir ein und auf einmal war mir klar: Die Fotografie zeigte Viktors Adoptivmutter. Doch wie kam diese Aufnahme in das Handschuhfach von Luis‘ großem Reisewagen? Mir wurde schwindelig und ich schob den Rahmen wieder an seinen Platz zurück. Und dann war da noch der perverse Werbeprospekt in seinem Auto gewesen und das Plakat vor Claires Haus? Ich muss raus hier, dachte ich, schnell an die Luft. Heute Nacht kann ich keine Rätsel mehr lösen.
Auf dem Parkplatz vor dem Gästehaus standen zwei Wagen. Der Toyota mit den schweizer Kennzeichen gehörte Janine; der Range Rover mit dem deutschen Nummernschild und dem HD-Ortskennzeichen kam

mir irgendwie bekannt vor. Beim Frühstück würde ich Gesellschaft haben. Landsleute! Darauf, dass die Wörter zu mir zurückkehrten, brauchte ich jetzt nicht mehr zu hoffen, mein Französisch konnte ich einpacken.

Ich drückte auf die Klinke der Eingangstür – sie war abgeschlossen. Natürlich! Janine hatte mich gewarnt – nach 22 Uhr schloss Pierot die Haustür ab. Kein Problem, aber wo war mein Schlüssel? Ich durchsuchte meine Jackentasche, kramte in meiner Hosentasche – nichts! Es gab außer einem Türklopfer keine Klingel, meine Wirtsleute schliefen oben im Dachgeschoss und würden mein Klopfen nicht hören. Meine Zähne schlugen aufeinander, und meine Hände fühlten sich klamm in meinen Handschuhen an. Ein paar Augenblicke lang stand ich vor der verschlossenen Haustür, dann war mir auf einmal klar, was ich zu tun hatte. Ich schlug mir an den Kopf, warum war ich nicht früher auf diesen Gedanken gekommen? Schnell drehte ich mich um, es galt keine Zeit zu verlieren. Die Nacht war sternenklar und die Temperatur lag bestimmt bei einigen Grad unter null. Oben bei der Schule blieb ich einen Moment lang stehen um durchzuatmen. Ich legte den Kopf in den Nacken und schaute in den bestirnten Himmel über mir; doch das Gefühl der Weite, das mich sonst immer erfasste, wenn ich in einen glitzernden Sternenhimmel blickte, wollte sich nicht einstellen. Irgendetwas in mir trieb mich zur Eile an und rief mir zu: Wach auf, träume nicht, sei ganz da, geh zu deinem Pferd.

Es war mir, als ob sie auf mich gewartet hatte. Das durch die Dachluken einfallende Mondlicht beleuchtete die Stallgasse notdürftig, so dass ich nicht das elektrische Licht anknipsen musste. Sie stand in ihrer Box, mit gespitzten Ohren und offenen, wachen Augen. Ich streichelte ihr den Hals, kraulte ihr die Mähne und legte meine Wange an ihren warmen Bauch. So standen wir eine Weile aneinandergeschmiegt da, Ich ließ die Boxentür einen Spaltbreit offen und rückte das Feldbett davor, das Iris hingestellt hatte; dann zog ich Schuhe, Handschuhe, Jacke und Mütze aus und schlüpfte in den wunderbar weichen Daunenschlafsack. Die zusammengefaltete Wolldecke benutzte ich als Kopfkissen. Obwohl ich mir vorgenommen hatte, wach zu bleiben, hatte ich Mühe, die Augen offenzuhalten. Doch einmal auf dem Feldbett ausgestreckt, eingehüllt im warmen Schlafsack, konnte ich dem Schlaf nicht widerstehen. Was sollte auch passieren, heute Nacht, dachte ich, alles ist gut. Noch beim Einschlafen hörte ich die Schritte, die ich mit in meinen Traum nahm.
Der Hahn krähte und die Hühner liefen zusammen. Es war Futterzeit. Die schwarze Frau mit dem Schüsselchen, biep, biep, biep, komm, biep, biep, biep, sie nahm eine Handvoll Körner und warf sie den Hühnern hin. Der Hahn krähte, so laut, so durchdringend, dass ich nicht anders konnte, als hinzusehen – die Körner auf dem Boden waren schwarz.
Ich schreckte auf und brauchte einen Moment lang, um mich zurecht zu finden. Um mich herum war es stockdunkel. Ich tastete nach der Taschenlampe, die ich vorhin neben das Feldbett gelegt hatte. Im Stall

war alles ruhig. Da hörte ich etwas in Nines Box rascheln. Die Taschenlampe! – ich konnte sie nicht finden. Wieder hörte ich etwas in Nines Box rumoren, ob es Mäuse waren? Mein Herz klopfte bis zum Hals, wo war nur diese verdammte Taschenlampe? Meine Augen hatten sich jetzt an das Dunkel gewöhnt, doch da, was war das? Eine gebückte, schwarze Gestalt machte sich an Nines Krippe zu schaffen. Meine Augen hatten sich an die Dunkelheit gewöhnt und ich konnte sie deutlich erkennen. Mein Pferd lag immer noch friedlich da, voller Vertrauen, ohne Anstalten zu machen, aufzustehen. Da bekam ich etwas Hartes zu fassen, die Taschenlampe war unter das Feldbett gerutscht. Ich knipste sie an und traute meinen Augen nicht! Im Lichtkegel stand Claire, in ein schwarzes Wolltuch eingehüllt, sie hielt sich die Hand vor die Augen. „Du blendest mich!“, sagte sie.
„Was um Himmels Willen machst du hier in Nines Box? Und wie bist du hier herein gekommen?“
„Ich wollte dich nicht aufwecken!“
„Du hast mich ganz schön erschreckt!“, sagte ich. Claire hielt sich an der Krippe fest und rang nach Luft.
„Geht es dir nicht gut?“ Ich ging zu ihr hinein und legte ihr den Arm um die Schulter. „Setz dich einen Augenblick zu mir aufs Bett.“
Nine machte immer noch keine Anstalten aufzustehen, sie schaute uns aufmerksam zu, doch so ganz schien sie nicht zu verstehen, was um sie herum vorging.
„Claire“, sagte ich, als wir nebeneinander auf dem Feldbett saßen, „Was hast du hier gesucht?“

Sie schwieg eine Weile, es kam mir wie vor wie eine Ewigkeit, dann holte sie tief Luft. „Also gut."
Nine brummelte vor sich hin, ich nahm es als Zustimmung.
„Vorhin, als wir zurückkamen und du im Stall warst, überkam mich plötzlich ein ungutes Gefühl. Eine böse Ahnung, etwas, das mir keine Ruhe ließ. Ich hätte es dir schon längst sagen sollen, aber es ist immer etwas dazwischen gekommen." Sie zog ihr Tuch fester um die Schultern. Ich faltete die Wolldecke auseinander und legte sie ihr über die Knie.
„Was ist los, sag es endlich." Allmählich wurde ich ungeduldig, genau wie Nine, die sich plötzlich mit viel Getöse hochstemmte und sich kräftig schüttelte.
„Wie gesagt, da war dieses ungute Gefühl. Ich wollte so schnell wie möglich ins Bauernhaus. Ich musste nachsehen, ob ..." Sie stockte und setzte noch einmal neu an. „Du weißt doch, dass wir dort eine Hausapotheke mit alten, bewährten Mitteln haben?"
„Ja, weiß ich."
„Und in dieser Hausapotheke gibt es auch ein Döschen mit Mutterkorn. Es ist gut gekennzeichnet, damit es niemand verwechseln kann, mit Leinsamen zum Beispiel, die sehen so ähnlich aus. Und die Hausapotheke ist selbstverständlich verschlossen, nur ich habe einen Schlüssel, doch es gibt ein paar Leute, die wissen, wo ich ihn aufbewahre."
„Ja? Wer ist das? Spann mich bitte nicht weiter auf die Folter! Wer interessiert sich hier im Dorf für Mutterkorn?"
„Das ist es ja!" Claire fing an zu schluchzen. „Ach Vera, es tut mir so leid, ich hätte es viel früher ... und

Poliglott ist immer noch nicht wieder zu Hause. Er hat zehn Pferde auf dem Montsoleil."

„Claire! Bitte." Ich rüttelte sie sanft an der Schulter.

„Ja, du hast ja recht, es muss heraus! Es ist derselbe, der sich das Beil ausgeliehen hat, ohne mich zu fragen."

„Das Beil?" Auf einmal fühlte ich einen Druck auf der Brust und Schweißperlen traten mir auf die Stirn. Als ich das erste Mal in Montmirail war, hatte mir Claire das Bauernhaus gezeigt. Mir war das blutverschmierte Beil aufgefallen, doch Claire hatte alles getan, um meine Bedenken zu zerstreuen.

„Was ist mit dem Beil?"

„Mein Großneffe, ach, ich meine Viktor, hatte es sich ausgeliehen, damals. Ich wollte nicht, dass ein Verdacht auf den Jungen fällt. Er ist nicht mit mir verwandt, das stimmt, aber was sagt das schon? Na ja, ich kenne ihn, seit er ein Kind war. Du weißt schon, jemand hatte dein großes Automobil beschmiert. Mit Blut", setzte sie leise hinzu.

„Und jetzt hast du Angst, dass dieser Viktor die Hausapotheke aufgebrochen und die schwarzen Körner geklaut hat?"

„Ich habe sofort im Wandschrank nachgesehen. Es war so wie ich befürchtet hatte: Das Döschen war leer! Der Schlüssel lag wie immer an seinem Platz."

„Deshalb bist du noch einmal in den Stall gekommen, du hattest den Verdacht, dass er noch einmal zuschlägt!"

„Es war alles in Ordnung, die Krippe war vollkommen sauber; Vera, du hast das Richtige getan. Stallwache

zu halten war genau das Richtige. Da hat er sich nicht noch einmal hier herein getraut."
Ich schwieg einen Augenblick. Claire hatte recht, doch es gab noch etwas, das sich nicht zusammenreimte.
„Das Auto – es gehört ja gar nicht mir, sondern Luis, meinem Freund – warum sollte er dieses Auto mit Blut beschmieren? Das ganze hört sich irgendwie absurd an, findest du nicht? Meinst du wirklich, dass Viktor der Täter ist?"
„Ich kann es nicht mit Bestimmtheit sagen", gab Claire zu. „Und ich will es gar nicht glauben – warum sollte er ein unschuldiges Pferd vergiften – das verstehe ich nicht."
„Claire? Dieser Viktor, du kennst ihn doch so gut – was für ein Mensch ist er?"
„Ach Vera", seufzte Claire. „Es war nicht einfach mit ihm. Ein armer Junge. Er wollte immer nur bewundert werden. Er wollte immer im Mittelpunkt stehen. Die anderen haben ihn wegen seiner Herkunft gehänselt, das hat dir Janine schon erzählt. Doch daran war er selbst schuld. Er sah gar nicht fremd aus, hier im Dorf gibt es viele Kinder, die etwas dunklere Hautfarbe haben und schwarze Haare. Nur er hat es als Makel empfunden, warum weiß ich nicht. Und das haben die anderen gemerkt und ihn gehänselt. Es hat ihn wütend gemacht. Denen werde ich es zeigen, hat er gesagt. Wartet nur, ihr werdet schon sehen, ich werdet euch noch wundern über mich." Claire hielt einen Moment lang inne und schaute mich an, als wolle sie in meinen Gesichtszügen ein Geheimnis ergründen.
„Wenn ich dich so ansehe, Vera, muss ich an seine Adoptivmutter denken. Sie hat ihn geliebt wie kein

anderer Mensch, sie ist früh gestorben, das hat er nicht überwunden. Seither hat er zu keinem mehr Vertrauen gefasst. Er hatte keine Freunde, und wenn, dann nur für kurze Zeit. Wenn er gespürt hat, dass ihn jemand wirklich gern hatte, dann hat er sich von ihm abgewandt.“ Claire stützte ihre Arme auf die Oberschenkel und bedeckte ihr Gesicht mit ihren Händen. „Als Junge saß er oft stundenlang mit seinem Transistorradio bei mir auf dem Heuboden, während die anderen draußen Fußball spielten. Ganz allein.“ Sie seufzte. „Er ist wütend und unberechenbar und wenn er getrunken hat, scheut er nicht einmal vor Gewalt zurück“, sagte sie.

Sie richtete sich auf. „Wenn es dir nichts ausmacht, lasse ich dich jetzt allein. Ich brauche Ruhe nach der ganzen Aufregung. Ich glaube, ihr beide seid hier sicher, heute Nacht. Wer auch immer der Täter ist, im Stall wird er erst einmal nicht auftauchen.“

Sie gab mir die Hand und hielt sie lange fest. Dann sagte sie: „Ich schaue gleich morgen früh nach deiner Nine, dann kannst du frühstücken gehen. Obwohl ich nicht annehme, dass noch einmal etwas passiert, ist es besser, wenn wir sie nicht allzu lange alleine lassen.“

48

Wenn uns Gerson jetzt sehen könnte, dachte ich wehmütig. Warum hatten wir uns nur so gestritten? Wenn ich mich mit Gerson gestritten hatte und ein paar Tage darüber hin gegangen waren, konnte ich oft nicht mehr genau sagen, warum wir uns so in der Wolle hatten. Diesmal war es anders. Der Anlass unseres Streites war eindeutig Luis gewesen; Eifersucht auf meinen Reiterfreund war der Grund für Gersons Groll, da war ich mir sicher. Ich hörte Nines friedliche Atemzüge und kuschelte mich fester in meinen Schlafsack. Vielleicht war Luis eine Persönlichkeit mit zwei Gesichtern? Mir gegenüber zeigte er sich als der reiche Gentleman, dem Pferde über alles gingen, und auf der anderen Seite war er ein Blender und eitler Angeber, für den ich nichts weiter als Futter für sein mächtiges Ego war. Ich hörte Nine seufzen, sie versteht alles, dachte ich, ich brauche es nicht einmal auszusprechen; dann fielen mir die Augen zu.
Ich schlief auf meinem Feldbett wie ein Murmeltier, traumlos und tief und wachte erst auf, als Iris mit dem Futterwagen in den Stall kam.

„Dachte ich es mir doch!“, rief sie mir zu. „Ich hätte es auch so gemacht wie du, Vera!“
Ich streckte mich und schälte mich aus dem Schlafsack, ein schneller Blick auf Nine sagte mir, dass sie wohlauf war und dann erzählte ich Iris von meinen nächtlichen Erlebnissen. „Viktor also!“, sagte Iris zornig. „Claire ist viel zu gutmütig! Wenn sie nur früher etwas rausgerückt hätte!“
„Noch ist es nur ein Verdacht! Obwohl doch vieles dafür spricht“, sagte ich.
„Claire will nicht wahrhaben, dass Viktor hinter den Anschlägen steckt und er der Drahtzieher dieser Liga ist.“
„Es gibt so viele Ungereimtheiten. Ich kann beim besten Willen keinen Plan dahinter erkennen, es hat so etwas Unsystematisches“, sagte ich.
„Das stimmt. Aber der Täter hat bestimmt viel Geld und anscheinend auch viel Zeit. Mit beidem zusammen kann man einiges erreichen.“ Ich sah Iris verdutzt an. Ich verstand nicht genau, was sie meinte, doch das, was sie sagte, hatte ich sinngemäß schon einmal gehört oder gelesen, wo genau wusste ich nicht; doch es war etwas Wahres daran.
„Die Sache mit Monsieur Poliglott zum Beispiel, das passt zu so einem wie ihm“, sagte Iris.
Ich starrte auf die Haferkörner, die auf den Boden gefallen waren und schwieg, weil ich sie nicht ganz verstanden hatte. Oder gar nicht verstehen wollte? Dann gab ich mir einen Ruck und sagte: „Ich habe das dringende Bedürfnis nach einer heißen Dusche“, weil mir nichts Besseres einfiel. Ich wollte unsere Grübeleien beenden, die zu nichts führten. „Ich gehe hinun-

ter zu Janine und Pierot zum Frühstück, wir sehen uns später."
„Das ist eine gute Idee, fast hätte ich es vergessen! Du wirst schon erwartet!"
„Von wem denn?"
„Du wirst es selbst sehen, warte nur ab."

49

Mit Stroh im Haar, eingehüllt in eine Duftwolke, die jeder sogar drei Meter gegen den Wind als authentisches Stallparfüm hätte identifizieren können, betrat ich die Pension. Ich verschwand schnell in der Gästetoilette und hielt meine Hände unters Wasser. Die Dusche musste bis nach dem Frühstück warten, ich kam um vor Hunger, doch noch mehr quälte mich meine Neugier. Wer wartete da auf mich? Schon in der Eingangshalle hörte ich Gelächter und Wortfetzen aus dem Frühstücksraum. Zwei Männerstimmen, tief und ruhig die eine, die andere höher und aufgeregter. Die Zwei saßen am Tisch vor dem Fenster. Janine brachte ihnen gerade ihre Schalen mit Milchkaffee; als sie mich sah, machte sie mir ein Zeichen, deutete mit dem Zeigefinger auf den Kleineren der beiden, riss die Augen auf, schob ihren Hals wie ein Truthahn nach vorne und zuckte die Achseln, anscheinend wusste sie selbst nicht genau, wie sie sich verhalten sollte.

„Hallo Rotkäppchen!"

„Gerson!“ Wir lagen uns in den Armen und ich wusste nicht, wie mir geschah. Mir blieb nicht einmal genug Zeit, mich über das Rotkäppchen zu ärgern. Er drückte mich fest an sich. Gerson war wieder da! Gerson in einer gefütterten Jeans-Jacke mit Teddy-Kragen und um den Hals das starspangled bandanna, das gleiche, das mir Liberty vor Jahren geschenkt hatte. Gerson sah aus, als ob er direkt aus dem wilden Westen nach Montmirail geflogen wäre und keine Zeit gehabt hätte, die Kleider zu wechseln.
Der andere war sitzengeblieben und wartete artig, bis wir uns aus unserer Umarmung lösten. Jetzt baute er sich vor mir auf und gab mir die Hand. Ein Hüne mit schwarzem Vollbart, Karohemd und Lederweste, die sich bedrohlich über seinem mächtigen Bauch spannte. „Hallo Vera“, sagt er mit seiner tiefen Stimme.
„Tom!“ Als sei es das Selbstverständlichste der Welt standen Gerson und Tom bei Janine im Frühstückszimmer und ich hatte keinen blassen Schimmer, wie und warum sie so plötzlich hier aufgetaucht waren.
Pierot brachte mir eine große Tasse Kaffee und Janine stellte einen Korb mit selbstgebackener Brioche dazu. „Ich konnte dich nicht mehr vorwarnen, sie kamen unangemeldet, spät in der Nacht. Das andere Zimmer war reserviert, aber sie haben behauptet, dass sie dich kennen, sehr gut sogar, wie dieser Herr in der Jeans- Jacke und dem Tuch um den Hals sagte, sie wollten unbedingt in deinem Zimmer übernachten. Weil du nicht da warst, habe ich nachgegeben, ich hoffe, es ist dir recht!“

„Daran ist Rotkäppchen schuld!“, sagte Gerson. „Sie stellt immer ihr Handy ab, wenn sie es am dringendsten braucht.“
Ich dachte an meine nächtliche Wanderung mit Claire und musste grinsen. „Meinst du, der Wolf wollte mich anrufen?“
„Wer weiß?“, sagte Gerson.
„Nein! Bestimmt nicht!“ Ich wusste, worauf er anspielte. „Der Wolf wollte mich bestimmt nicht anrufen. Gerson und Tom! Ich freue mich so, dass ihr nach Montmirail gekommen seid.“
Gerson gab mir einen Kuss auf die Wange. „Ich freu mich auch“, sagte er leise.
Ich setzte mich auf meinen Platz. Das frische Gebäck duftete, ich nahm mir ein Stück aus dem Brotkorb und bestrich es langsam mit Butter. „Alles was ich bisher für sicher gehalten habe, scheint sich plötzlich in Nichts aufzulösen“, sagte ich seufzend. „Jemand wollte Nine vergiften, und wir wissen nicht, wer der Übeltäter sein könnte.“
„Deshalb sind wir hier“, sagte Tom.
Gerson drehte heftig an dem Karussell. Dann wartete er geduldig ab, bis es zum Stehen kam. *„Pruneau?“*, buchstabierte er. Mit Französisch stand er auf Kriegsfuß.
„Ja“, sagte ich mit einem vielsagenden Lächeln. „Mit einem Dach und mit seinem Schatten dreht sich für eine kleine Weile der Bestand ...“
„Aus bunten Töpfen, alle aus dem Land, das lange zögert, bevor es untergeht, oder so ähnlich“, ergänzte Gerson. Er war wirklich da, und mit ihm waren die Wörter wiedergekommen, unsere Wörter; ich fing

einen Satz an und Gerson ergänzte ihn, so war es in unseren besten Stunden gewesen und jetzt fing es wieder an; Gerson war wieder da. Doch während mir die Freude aus den Augenwinkeln leuchtete, machte Tom ein verzweifeltes Gesicht. Er verstand kein Wort von dem, was zwischen uns hin-und her ging.
„Lyrics“, sagte Gerson.
„Ach so“, sagte Tom erleichtert. „Von welcher Band?“
„Rilke“, sagte ich ernst. Und um Tom noch ein bisschen mehr zu verwirren, fügte ich hinzu:
„Und dann und wann ein weißer Elefant.“ Glücklicherweise hielt in diesem Augenblick das Karussell vor Gersons Teller.
„Himbeermarmelade“, sagte ich, „Waldhimbeere, sehr zu empfehlen.“
„Danke“, sagte Gerson und schmierte sich genüsslich sein Brot. Tom griff nach der Orangemarmelade.
Ich ließ ein großes Stück Würfelzucker in meinen Kaffee plumpsen und rührte langsam um. Der Kaffee war heiß und stark und brachte mich Schluck für Schluck auf den Boden der Tatsachen zurück. „Warum seid ihr hier?“, fragte ich.
„Ganz einfach: Ich hatte Angst um dich.“ Ich sah Gerson an und fühlte, dass er es ernst meinte.
„Wir haben Nine gerettet“, sagte ich. „Das ist doch das Wichtigste, oder?“
„Ich glaube, da gibt es noch ein Rätsel zu lösen“, mischte sich Tom in unser Gespräch ein. Ich nickte und schob das Karussell weiter. „Was weißt du eigentlich von den Vorgängen hier?“
„Quittenmarmelade!“ Besser als Waldhimbeere, dachte ich. Ich hatte nur wenige Stunden geschlafen und

mein Verstand arbeitete ziemlich untertourig. Quittenmarmelade war genau das Richtige. Ich löffelte mir Marmelade aufs Brot und zerteilte es in kleine Stückchen. Stück für Stück schob ich sie mir in den Mund und kaute langsam. Ich musste mir alles noch einmal genau vor Augen stellen. Ich durfte nichts übereilen und nichts Falsches sagen. Also: hier saßen Tom und Gerson. Tom kam aus Heidelberg und Gerson war bis vor kurzem in Amerika gewesen. Mit einem Wirbelsturm. Tom und Gerson kannten sich nur flüchtig, weil Gerson nur selten bei uns auf dem Leierhof aufgetaucht war. Allerdings war er in der Zeit vor seiner Abreise immer öfter im Stall vorbeigekommen, wie ich mir eingestehen musste.
„Vera, bist du noch bei uns?“
„Ich mache mir nur ein paar Gedanken, rede ruhig weiter.“
„Sandy und ich waren gerade bei Liberty und du kannst dir denken, dass sie mir Löcher in den Bauch gefragt hat über dich und Nine.“
„Und was hast du ihr erzählt?“ Es fiel mir schwer ruhig zu bleiben, denn mir schwante, dass es bei Belanglosigkeiten aus meinem und Nines Leben nicht geblieben war.
Gerson warf Tom einen vielsagenden Blick zu, den ich nicht zu deuten wusste. „Als zwischen dir und mir Funkstille eingetreten war, habe ich Tom angerufen“, sagte er. „Diese Liga war mir unheimlich. Tom wollte sich unter den Pferdezüchtern in Baden umhören, aber zuerst wollte er eine Internetrecherche starten. Das was er herausgefunden hat, war unglaublich.“
„Aber was hast du Liberty über uns erzählt?“

„Ach, das interessiert dich mehr? Von Fango und Luis zum Beispiel. Ich habe ihr ein Foto von Fango gezeigt, das Pferd hat ihr sehr gut gefallen."
„Woher hattest du ein Foto von Fango?"
„Na, woher wohl? Ich habe es geknipst, als ich damals im Stall war. Du hast mich nicht bemerkt, weil du mit deinem Luis beschäftigt warst."
Da war sie wieder, die Eifersucht, die pure Eifersucht, da werden sich die beiden gefunden haben! Liberty hatte sich manchmal genauso eifersüchtig aufgeführt und Gerson wie ihren Konkurrenten behandelt. Und dabei war sie meine gute Freundin, mit der ich mich über Pferdethemen austauschen konnte. Und jetzt auf einmal waren Liberty und Gerson ein Herz und eine Seele, und daran war Luis schuld.
Ich hing meinen Gedanken nach und ließ Gerson weiter reden.
„Ich habe noch öfter mit Tom telefoniert und er hat mir erzählt, dass Luis nicht mehr auf dem Leierhof erschienen sei. Fango kam nicht mal auf den Paddock hinaus. Nach kurzer Zeit hat Fango angefangen seine Box zu zertrümmern. Tom hat ihn dann jeden Tag in die Führmaschine gestellt." Ich schaute Gerson verblüfft an; als ich das erste Mal nach Montmirail gefahren war, war Luis auch verschwunden; damals hatte er immerhin eine junge Frau geschickt, die sich um Fango gekümmert hatte.
„Du warst gerade mit Luis` Auto ins Jura gefahren. Das habe ich Liberty erzählt."
Für Liberty war diese Geschichte Wasser auf ihre Mühlen. Wenn jemand nicht auf sein Pferd achtgab

und es unversorgt im Stall stehen ließ, dann war dieser Jemand ein für alle Mal für sie gestorben.
„Mit diesem Kerl ist etwas faul, hat Liberty gesagt. Ich musste ihn genau beschreiben, wie er aussieht, wie alt er ist, was er beruflich tut und so weiter. Sie hat sich alles angehört; ich glaube, sie fand ihn von Anfang an unsympathisch. Sie macht sich schnell ein Bild. Als ich ihr die Geschichte mit dem Stellenangebot erzählt habe – meine Güte, da hättest du Liberty sehen sollen. ‚Flieg zurück, da läuft etwas schief, hat sie gesagt. Vera lässt sich da in etwas hineinziehen, was ihrer Stute schadet'."
Das war Liberty, wie ich sie kannte. Zuerst kamen bei ihr die Pferde und dann erst die Menschen.
„Ich hatte Glück und konnte ein Ticket für die nächste Maschine von Denver nach Frankfurt bekommen. Sandy ist noch ein paar Tage bei Liberty geblieben. Die beiden scheinen sich prächtig zu verstehen. Sandy plant eine große Reportage über Pferdekommunikation, sie will Liberty das Geheimnis entlocken, wie man mit Pferden spricht."
Gerson hielt mir eine gelb lackierte Metallschachtel mit dem Kopf eines Indianerhäuptlings hin. „American Spirit", sagte er.
Einen Wimpernschlag lang wusste ich nicht, was ich sagen sollte. Zigaretten? Seit wann rauchte Gerson? Einfach ignorieren, dachte ich, das kommt vom Jetlag. Ich nahm mir eine Zigarette aus der Dose und drehte sie zwischen Daumen und Zeigefinger hin- und her. Der Indianerhäuptling trug einen weißen Federkopfschmuck und hielt eine lange Friedenspfeife in der Hand.

„Tom, jetzt bist du dran, erzähl endlich, was du rausgefunden hast!"
Tom zog sein Feuerzeug aus der Tasche und wollte mir Feuer geben. Ich winkte ab, behielt die Zigarette weiterhin zwischen den Fingern, die Berührung beruhigte mich.
„Zuerst dachten wir, es ist ein schlechter Scherz. Doch es gibt die Liga wirklich! Ich habe bei der Vereinigung der Freiberger angerufen. Sie haben mir berichtet, dass die Liga vor ein, zwei Jahren von einem Schweizer namens Viktor Merdes gegründet wurde."
„Viktor Merdes?", sagte Janine, die mit frischem Kaffee zur Tür herein kam. „Wirklich?"
„Tom nickte. „Ja, so heißt er. Kennen Sie den Typ?"
„Aber ja!"
Tom griff nach der Himbeermarmelade, doch das Glas war leer. „Die Waldhimbeeren sind ausgegangen", sagte Janine. „Für immer. In diesem Haus wird es keine Himbeermarmelade mehr geben." Tom schaute sie überrascht an.
„Das ist eine andere Geschichte", beeilte ich mich zu sagen.
„Was ist mit diesem Viktor?"
„Ganz einfach, er hat die Liga benutzt, um seine finsteren Machenschaften durchzusetzen. Die Mitglieder sind seine Helfershelfer, eine Handvoll Männer. Er hat alles getan, um Monsieur Poliglott unter Druck zu setzen, um ihn zum Verkauf seiner Ranch zu zwingen."
„Er hat jede Menge Zeit und viel Geld", warf Tom ein.
Janine hatte sich zu uns an den Tisch gesetzt. Ihre Hand zitterte. „Er ist unberechenbar", sagte sie leise.

„Wir müssen zu Claire!“
„Zu wem?“, fragten Gerson und Tom gleichzeitig.
„Zu Claire – Viktors Großtante, die Eigentümerin des alten Bauernhauses. Viktor will das Haus übernehmen und in eine Art Nobelhotel umbauen.“
„Nobelhotel?“, grinste Tom. „Ich habe etwas von einem Viersterne-Stundenhotel munkeln hören.”
„Hypermodern: Plüsch, Chrom. Glas, Beton und jede Menge Perversion unter der Fassade eines traditionellen Bauernhauses“, ergänzte Gerson. „So ähnlich stand es in der Zeitung.“
„Im *Quotidien Jurassienne*?“, fragte ich.
Gerson nickte. „Kann sein. Ich habe das Blatt unterwegs in einer Raststätte durchgeblättert.“
„Janine, hast du die Zeitung abonniert?“ Den Artikel musste ich unbedingt lesen. Vielleicht konnte ich dort irgendetwas Aufschlussreiches finden, ein Detail, das wir bisher nicht beachtet hatten.
„Nein, tut mir leid. Aber vielleicht liegt sie in der *Chat Bleu*, wenn du Glück hast.“
„Wir treffen uns bei Claire. Ich geh in der Kneipe vorbei – hoffentlich haben sie schon auf!“
„Bestimmt! Irgendein Polizist hat immer gerade Dienstschluss und sie gehen auch mal vor der Arbeit auf einen *petit noir* und eine Zigarette hin. Und dann gibt es noch die LKW-Fahrer und die Mädels von der Post.“
„Gerson, leihst du mir deine American Spirit-Dose?“
„Ja, ich habe sie dir mitgebracht. Natural American Spirit. Mit oder ohne Inhalt?“, sagte Gerson.
„Mit Inhalt“, sagte ich.

50

Die Gaststube war in eine dicke, blaue Dunstwolke gehüllt. Ich blinzelte und erkannte die Umrisse zweier Männer, die am Tresen saßen. Es waren Polizisten, die in ihrer sportlichen Schweizer Polizeiuniform aussahen wie Freizeitler. Jeder hatte eine Espressotasse vor sich stehen und eine Zigarette zwischen Daumen und Zeigefinger, neben ihnen auf den Barhockern lagen ihre Dienstmützen, die aussahen wie Freizeitkappen.

„*Madame*?" Die Wirtin in Jeans und Turnschuhen kam auf mich zu; blondes, hochgestecktes Haar, pickeliger Teint, enger schwarzer Rollkragenpulli, der ihre Kurven abzeichnete.

Ich versuche es am besten auf Deutsch, dachte ich, wenn sie mich nicht versteht, kann ich mein Französisch immer noch anzapfen.

„Haben Sie den *Quotidien Jurassien* von gestern?, fragte ich. Sie nickte und zeigte auf das Ende der Bar, wo ein paar Zeitschriften übereinanderlagen. Ihr Deutsch war akzentfrei: „Wenn er da nicht dabei ist, hat ihn jemand mitgenommen."

Die beiden Polizisten schauten neugierig zu mir herüber. „*Bon jour*“, grüßte ich, vielleicht würde ich ihren Rat brauchen, da taten ein paar freundliche Worte Wunder.
Ich brauchte nicht lange zu suchen. Der *Quotidien* lag noch völlig unberührt unter dem *Blick*.
Es stand als erste Meldung im Lokalteil:
„Schweizer Investor will Dorf umkrempeln.
Der Schweizer Investor Viktor L. Merdes hat der Gemeinde Montmirail ein verlockendes Angebot gemacht. Nicht nur soll das Bauernmuseum in neuem Glanz erstrahlen und rundum renoviert werden; Restaurant, Luxus-Genießer-Hotel und ein Centre de loisir werden auf dem weiträumigen Gelände entstehen. Doch das ist noch nicht alles. Auch die alte Uhrenfabrik will der in Deutschland ansässige Investor in seine Umgestaltungspläne miteinbeziehen. Montmirail stehen moderne Zeiten ins Haus.“
Meine Augen tränten und ich musste husten.
„Un café?“
Ich nickte. Neugierig spähte mir die Kellnerin über die Schulter. „Kennen Sie diesen Mann?“, fragte ich und deutete mit dem Finger auf den Namen in der Überschrift. Die Frau zog genüsslich an ihrer Zigarette, blies mir den Rauch ins Gesicht und sagte:
„Ja sicher, jeder im Dorf kennt ihn, Viktor-Luis Merdes.“
Hatte ich richtig verstanden? „Haben Sie Viktor *Luis* gesagt?“
„Ja, so heißt er.“ Die Wirtin ging hinter den Tresen, um mir einen Espresso zu ziehen. Hatte dieser Viktor einen Doppelnamen? Warum hatte Claire ihn noch

nicht erwähnt? Während ich die Zeitung noch einmal aufschlug, bemerkte ich, wie die zwei Polizisten miteinander tuschelten und zu mir herüberschauten. Hastig überflog ich den Artikel; jetzt fiel es mir auf. *Viktor L. Merdes,* der Journalist hatte den zweiten Vornamen nicht ausgeschrieben. Die beiden Polizisten setzten ihre Mützen auf und kamen zu mir. „Suchen Sie etwas?“, fragte der eine von ihnen. Ich deutete auf den Artikel.

„Kennen Sie diesen Mann? Mich interessiert sein Name.“

„Babette hat recht, es ist Viktor-Luis Merdes. Hier im Dorf nennt ihn jeder Viktor, aber in Deutschland nennt er sich Luis, habe ich gehört.“

„Was für ein Zufall!“ Ich schaute ihn verblüfft an.

Der Polizist runzelte die Stirn und beäugte die gelbe American Spirit-Dose, die ich vor mich auf den Tisch gelegt hatte.

„Wollen Sie eine probieren?“, fragte ich.

„*Merci*!“ Er steckte sich eine neue Zigarette an der alten an. „*Pas mal*“, sagte er und blies genüsslich den Rauch in die Luft.

„Der Mann? Claire hat von ihrem Neffen Viktor erzählt, und ich wollte wissen, was die Presse über ihn schreibt.“ Ich wedelte mit der Hand vor meinem Gesicht herum, um den Rauch zu verteilen, der mir in den Augen brannte. Der Polizist sah mich schuldbewusst an.

„Claire ist meine Großmutter. Sie hat mich über die merkwürdigen Vorgänge im Stall informiert, auch über euren geheimnisvollen Ausflug bei Vollmond.“ Er streckte mir die Hand entgegen. „Ich bin Charles

Merin, oder einfach nur Charly." Er gab mir eine Karte mit seiner Dienstadresse und seiner Telefonnummer. „Ich will den Teufel nicht an die Wand malen, nur falls Sie mich brauchen. Aber dieser Viktor ist bei uns kein unbeschriebenes Blatt, es liegt einiges gegen ihn vor."
Ich bedankte mich, schob ihm die American-Spirit-Schachtel hin, die er sofort in seiner Brusttasche verschwinden ließ, steckte die Karte ein, bezahlte meinen Kaffee und verließ so schnell ich konnte die Blaue Katze. Eine Minute länger und ich hätte einen Erstickungsanfall bekommen.

51

Draußen atmete ich tief durch, die frische Luft belebte mich. Also doch, er hat einen Doppelnamen, dachte ich. Im Laufschritt trabte ich die Straße hinauf zu Claires Haus, doch mit jedem Schritt, der mich meinem Ziel näherbrachte, wuchs meine Befangenheit. Meine Gedanken kreisten um meinen Freund Luis Maertens und dann um diesen Viktor Merdes, den ich aus Janines Erzählungen kannte. Zwischen meinem Luis und diesem Viktor schienen Welten zu liegen; auf der einen Seite der reiche, großzügige, mir väterlich verbundene Pferdemann und auf der anderen Seite ein armseliger, mit Minderwertigkeitskomplexen behafteter Psychopath, der sich mit seinem Geld Anerkennung und Macht verschaffen wollte, indem er die finanzielle Notlage einzelner Dorfbewohner ausnutzte. War er eine gespaltene Persönlichkeit, die verschiedene Rollen spielte? In Deutschland nannte er sich Luis und hier im Dorf Viktor? So etwas gab es doch nur in Hitchcock-Filmen, aber nicht in einem idyllischen Schweizer Juradorf! Und doch! Der Gedanke ließ mir keine Ruhe. Ich rufe ihn einfach an;

entweder Luis ist Viktor oder umgekehrt oder er ist es nicht! Egal wie die Antwort ausfiele, ich brauchte Klarheit. Und zwar sofort. Ich kramte mein Handy aus meiner Jackentasche und tippte Luis' Nummer. Es klingelte einmal, zweimal, dann nahm jemand ab, doch nur, um gleich wieder aufzulegen. Wenn es Luis war, dann müsste er meine Nummer auf dem Display gesehen haben und dann hätte er das Gespräch angenommen, versuchte ich mich zu beruhigen. Wer anderes als Luis hätte sich denn an seinem Mobiltelefon melden sollen? Viktor, fuhr es mir durch den Kopf. Auf einmal hob sich der Nebel, der über den Ereignissen der letzten Tage gelegen hatte. Plötzlich konnte ich einen Zusammenhang zwischen all den merkwürdigen Zufällen, die seit meiner Ankunft in Montmirail geschehen waren, erkennen. Die Verbindungsfäden, die sich vor meinem inneren Auge knüpften, und die sich langsam, sehr langsam zu einem Knoten zusammenzogen, ließen mein Herz im Rhythmus meines Atmens schlagen, schnell und unregelmäßig. Ein unsystematischer Mörder! Unsympathisch, unsystematisch, diese beiden Wörter verdrehten sich in meinem Kopf und verloren ihren Sinn, je öfter ich sie mir vorsagte. Maertens, Maerdens, Merdes ... *Merde*! Am Anfang Luis und am Ende *Merde*. Keuchend hielt ich vor Claires Haustür, Viktor! Mein rechtes Knie schmerzte und ich musste mich einen Moment lang auf die Stufen unter dem Birnbaum ausruhen. Victorinox, Luis, Viktor-Luis, Luisvic – die Namen gingen in eine Melodie über, in den Song der *Killers.* Ich war das Rotkäppchen und Luis der Wolf. Es war doch ganz einfach, ich hätte es schon lange wissen müssen, doch ich hatte alle Anzeichen einfach ignoriert. Die Werbebroschüre im Auto von Luis, das Paar mit den Pferdeköpfen und den Sektgläsern, dann mein Telefonanruf von Montmirail aus, wie er sich gemeldet hatte, mit dem fremden Namen Vic; betrunken, oder berauscht, vollgedröhnt mit irgendeinem Stoff. Und nicht zuletzt waren da die Hinweise aus dem dicken Bolaño-Wälzer gewesen, die nicht deutlicher hätten sein können! Ich hatte sie für Humbug gehalten, für pure Fiktion! Ich hatte geglaubt, mein Leben zu verstehen und jetzt stand ich vor einem Scherbenhaufen und es war vorbei mit meiner vermeintlichen Klarheit. *Die unsystematischen sind nicht leicht zu durchschauen.* Es sei denn, dachte ich ... was? Ich fuhr zusammen; zitternd vor Kälte fühlte ich meine Angst, die sich wie eine Knochenhand um meinen Hals legte. Es sei denn, man ist selbst unsystematisch, dann könnte man ihn durchschauen. So wie ich!

Mir standen Tränen in den Augen, ich bebte. Mit einem Ruck stand ich auf, meine Angst verflog und machte einer rasenden Wut Platz; Luis war Viktor und Viktor war Luis. Der letztere war hier in Montmirail gewesen und hatte das Dorf in Angst und Schrecken versetzt. Oder waren es beide? Auf einmal sah ich alles glasklar vor mir. Viktor-Luis hatte sich hier irgendwo versteckt, ich musste ihn finden, bevor er noch mehr Unheil anrichtete. Er war der Wolf und Claire die Großmutter, und der Wolf hatte es auf Rotkäppchen abgesehen. Und um an Rotkäppchen zu kommen, würde er bei der Großmutter anklopfen. Wo war der Wolf jetzt? Im Wald, wie im Märchen? Nein, natürlich nicht, Claire wohnte hier im Bauernhaus. An diese Tatsache musste ich mich halten; wenn es so war, dann waren Luis oder Viktor oder meinetwegen alle beide, ebenfalls hier. Was ich mir da zusammenreimte war kein bisschen logisch, das war mir bewusst, aber Logik war meine Stärke noch nie gewesen. Hastig zog ich Charlys Karte aus meiner Hosentasche und tippte seine Nummer. Er nahm sofort ab. „Kommen Sie zu Claire ins Bauernhaus, schnell. Sie ist in Gefahr." Im Hintergrund hörte ich eine Sirene, ein Martinshorn möglicherweise, und während der Polizist mit mir sprach, drangen Meldungen aus dem Polizeifunk an mein Ohr.

„Ich bin gerade unterwegs, etwas Dringendes, kann nicht darüber reden. Ich verständige meine Kollegen. Sobald ich fertig bin, komme ich zu euch." Ich wollte gerade auf die rote Taste drücken, da hörte ich Charly noch etwas sagen. Schnell hielt ich mir den Apparat ans Ohr. „Vera, sind Sie noch da?"

„Was gibt es Charly?"

„Als Sie mit meiner Großmutter bei Vollmond im Wald waren, sind Sie da zufällig an einer Hütte vorbeigekommen?"

Ich musste nicht lange überlegen, bis es mir einfiel. „Claire hat mir einen schmalen Pfad zwischen den Tannen gezeigt, der zu einer verfallenen Hütte führte."

„Vera, bitte, können Sie mir ungefähr beschreiben, wo diese Stelle war?"

„Es war nicht weit vom Skilift, wir sind in den Wald abgebogen und dann bergauf auf der Skaterloipe. Die Tannen standen dicht beieinander, wir haben viele Tierspuren gesehen, von Füchsen zum Beispiel." Meine Erinnerung brachte immer mehr Einzelheiten zu Tage, die Charly bestimmt nicht weiterhalfen. „Zwischen den Tannen war eine Schneise, das war der Weg zur Hütte. Eine alte Holzfällerhütte, die jetzt verfallen ist, Früher hätte sich ihr Großneffe Viktor gerne dort aufgehalten, sagte Claire." Als ich den Namen Viktor erwähnte, stieß Charly so etwas wie einen Pfiff aus, vielleicht war es auch nur ein Aufatmen. „Danke vielmal, Vera, ich glaube, Sie haben mir sehr geholfen. Ich komme, sobald ich meine Arbeit hier erledigt habe."

Solange durfte ich nicht warten. Vorsichtig drückte ich die Klinke hinunter. Dieser Viktor war mir völlig fremd, doch kannte ich den anderen, Luis, wirklich so gut, wie ich meinte? Ihn hatte ich bewundert. Als Reiter, als Pferdemann, als Geschäftsmann und als Mann, dessen Stimme mir Bauchgribbeln bereitete. Er hatte mich über die Maßen gelobt, er war der erste, der meine Pferdeleidenschaft nicht als ernste Krankheit ansah, er nahm mich so, wie ich war, ohne ständig an mir herumzunörgeln. Das gefiel mir an Luis, doch jetzt musste ich zugeben, dass er mehr von mir wollte, als ich ihm geben konnte; viel mehr, als Gerson jemals von mir verlangt hätte. Luis war ein hungriger, nimmersatter Wolf, er wollte mich mit Haut und Haar. Und ich war verblendet genug, ihm zu glauben. Aber war das ein Wunder? Zum ersten Mal in meinem Leben schien wahr zu werden, wovon ich immer nur geträumt hatte: Ich würde Beruf und Hobby – nein! – Beruf und Leidenschaft miteinander verbinden und reitend Geld verdienen können. Viel Geld sogar. Des-

halb hatte ich sein Angebot angenommen. Ohne Wenn und Aber, ich hatte mich nicht einmal nach seiner Bonität erkundigt! Ich hatte immer noch nicht den Sonnenhof gegoogelt. Aber jetzt brauchte ich Beweise. Ich kramte mein Handy aus der Tasche. Wenn ich Glück hatte, gab es hier im Museum W-Lan, es war zwar unwahrscheinlich, dass das Password, das Janine mir gegeben hatte funktionierte, doch ich würde es probieren. Natürlich ging es nicht. Aber was tat das schon, ich kam auch ohne W-Lan ins Internet.
Sonnenhof, Schweiz? Keine Ergebnisse. *Ferme de soleil*? Keine Ergebnisse. Wie wäre es mit Englisch? *Sun Ranch?* Meinten Sie *Sun Ranch, Montsoleil*? Ja! Enter! Die Seite baute sich auf. Und da war er, der Sonnenhof. Es waren die Bilder, die Luis mir gezeigt hatte. All die schönen Pferde, die ich reiten sollte. Verdammter Mist. Die Sun-Ranch gehörte Monsieur Poliglott. Die Ranch war der Sonnenhof, den Luis mir als seinen eigenen Reiterhof verkauft hatte. Luis hatte mir alles nur vorgeschwindelt. Jetzt fügte sich eins zum anderen. Mehr brauchte ich nicht zu wissen. Ich hatte mich blenden lassen.
Und dann kam noch etwas, womit ich niemals gerechnet hatte. Sein Verrat. Heimtückisch hatte Luis mein Leben aufs Spiel gesetzt. Er hatte den Wagen nicht reparieren lassen, sondern ihn präpariert, damit er auf der engen, vereisten Straße irgendwo in der *Gorge du Pichoux* stecken bliebe. Es schüttelte mich bei dem Gedanken, dass er mich in seinen BMW X5 in die Schlucht stürzen wollte. Und ich war wie ein blindes Huhn *sourd aveugle* in die Falle gelaufen, weil ich mich geweigert hatte, die Zeichen zu erkennen.

Das durchgestrichene Hinweisschild! Ich hatte mich einfach über die Warnung hinweggesetzt, weil ich Luis mehr vertraute, als meinen eigenen Augen. Und dann schickte er seinen Schergen, der die Tat vollenden sollte, und der kam nur deshalb nicht zum Zuge, weil ein Schutzengel namens Jakob Poliglott an meiner Seite auftauchte.
Tränen der Wut traten mir in die Augen. Warum, Luis, warum? Warum bist du so gemein zu mir, ich habe dir nichts Böses getan, ich habe dich bewundert und geliebt. Doch nach all diesen Gemeinheiten kam das Allerschlimmste: Er hatte meine Nine vergiften wollen, das Liebste, das ich auf der Welt hatte. Und weil er auch mit diesem teuflischen Vorhaben keinen Erfolg hatte, würde er sich Claire vornehmen; Claire, die ihn an Mutterstatt aufgezogen und ihn wie ihr eigenes Kind beschützt hatte.
Ich steckte mein Handy ein. Die Haustür war offen, aus dem Wohnzimmer klangen Stimmen. Claires Stimme war nicht dabei, vielleicht war sie gar nicht im Haus? Die Dorffrauen saßen am Tisch unter den Bildern der Ahnen, redeten sich die Köpfe heiß über die Zukunft ihres Dorfes. Sie ahnten nicht, dass sich der Teufel hinter ihren Rücken oder über ihren Köpfen versteckte und auf eine günstige Gelegenheit wartete, um eine von ihnen mit sich in die Hölle zu ziehen.
Claire hatte den Backofen angefeuert; auf Zehenspitzen schlich ich mich vorbei. Ich hörte die Flammen hinter dem eisernen Ofentürchen knistern; freitags wurde im Dorf Brot gebacken und bald würden die Frauen die Laibe in den Ofen zu schieben. Madame

Poliglott, die Claire sonst immer bei den Vorbereitungen zur Hand ging, war ihr heute bestimmt keine Hilfe gewesen. Ich konnte nur hoffen, dass Monsieur Poliglott noch am Leben war, denn jetzt mir war klar, dass nur Luis hinter dem geheimnisvollen Anruf stecken konnte. Er hielt Poliglott irgendwo versteckt, aber wo? Das Beil steckte nicht mehr im Hackklotz, ich musste aufpassen, Claire hatte mich gewarnt; möglicherweise hatte sich Luis damit bewaffnet, während ich nicht einmal ein kleines Schweizer Taschenmesser bei mir hatte.

Mein Handy vibrierte, ich hatte die Schicksalsmelodie abgestellt. Auf dem Display erschien kein Name und keine Nummer. Ich drückte auf die grüne Taste und hielt mir den Apparat ans Ohr. Eine krächzende Männerstimme sagte meinen Namen.

„Mit wem spreche ich?“

„Komm schon“, sagte er, „Das weißt du genau.“

„Viktor-Luis?“

„Siehst du, hab ich`s geahnt. Du weißt alles. Das hat dir diese Schlampe verraten, hab ich recht?“

Ich zog es vor, zu schweigen.

„Wer hat dir verraten, wer ich bin?“, insistierte er.

„Niemand hat es mir verraten“, sagte ich.

„Halt lieber die Klappe, ich sag dir, was du jetzt tun wirst. Du kommst hierher zu mir, sofort. Ich muss mit dir reden.“

„Warum in aller Welt sollte ich das tun? Ich bin doch nicht verrückt!“

„Wir müssen reden. Wenn du mich bei der Polizei verpfeifst, dann … Ich habe keine Lust, den Rest mei-

nes Lebens in Bellelaye zu verbringen, jetzt wo alles so gut läuft."
„Und wenn ich gleich jetzt die Polizei rufe?", sagte ich, weil ich daran dachte, dass ich Charly bereits gewarnt hatte und weil mir nichts anderes einfiel.
„Lächerlich, weißt du etwa, wo ich bin? Du weißt es nicht!" Seine Stimme klang ungeduldig und er wurde immer wütender.
Was sollte ich tun? Ich musste verhindern, dass er Claire etwas antat. Und dazu musste ich ihn finden. Vielleicht hatte er sie schon in seiner Gewalt?
„Wenn du nicht kommst, bringe ich Claire um", hörte ich ihn krächzen, wild entschlossen, und zum Äußersten bereit.
„Wo ist Claire?"
„Da, wo ich bin – also?"
„Und wenn ich komme, dann bringst du mich auch um?"
Er lachte heiser. „Aber Vera, dich doch nicht! Ich brauche dich zu was anderem. Also was ist? Ich habe nicht viel Zeit."
„Wo bist du?"
Er sagte es mir.
Von der Küche kam man durch eine braune Holztür in die Scheune, die die beiden Doppelhäuser miteinander verband. Die Tür war nur angelehnt und ich stieß sie vorsichtig auf. Meine Angst war gewichen. Ich hatte keine Ahnung, was ich tun würde, wenn ich Luis fand.
In der Scheune war es duster, der hohe Raum diente als Ausstellungshalle für allerlei handwerkliche Gerätschaften; hölzerne Heugabeln, Weidenzweige zum

Flechten von Körben, Schuhmacherwerkzeug, Ledersohlen und Holzschuhe, hier gab es kein Versteck für einen Hünen wie Luis. Trotz der feuchten Kühle traten mir in dem ungeheizten Museumsraum Schweißperlen auf die Stirn. Eine schmale Treppe führte auf den Heuboden, wo früher die Bauern Heu und Stroh eingefahren und aufbewahrt hatten. Von der aufgeschütteten Auffahrt gelangten die vollbeladenen Erntewagen hinauf auf die Tenne. Wenn sich Luis irgendwo in diesem Haus versteckt hielt, dann war es da oben. An demselben Ort, wo er als Junge stundenlang mutterseelenallein mit seinem Kofferradio gesessen hatte. Stufe für Stufe stieg ich die knarrende Stiege hinauf.

„Luis?“ Ich tastete mich vorsichtig weiter. Oben war es heller. Durch die Spalten zwischen den Bohlen des großen Scheunentors schrägten Lichtstrahlen, auf denen Staubpartikel tanzten. Vor dem Tor stand ein alter Heuwagen. Zu meiner Rechten ragte eine Raufe empor, durch die das Heu über eine schiefe Ebene in den darunterliegenden Stall geworfen werden konnte. „Luis?“ Nichts rührte sich. Ich hatte Mühe zu atmen, mein Herz klopfte wild. Jetzt stand ich auf den staubigen Bohlen des Heubodens und drehte mich um. Plötzlich fühlte ich mich von zwei eiskalten Händen um den Hals gepackt, die Knochenhand aus meinem Traum, durchfuhr es mich, dann wurde es schwarz vor meinen Augen. Als ich wieder zu mir kam, lag ich auf dem staubigen Fußboden. Ich versuchte aufzustehen, doch meine Beine waren mit einem Strick gefesselt und in meinem Mund steckte

etwas, das sich stumpf wie ein zusammengeknülltes Männertaschentuch anfühlte.
„Hallo, so sieht man sich wieder! Meine Grandprix-Reiterin!“ Luis stand vor mir wie ein Schattenriss, schwarz und eindimensional, mit wirren Haaren, die er sich fortwährend aus der Stirn strich. Er hat getrunken, dachte ich, er ist nicht bei Sinnen. Von Claire keine Spur. Gottseidank.
„Die nichts anderes im Kopf hat als ihre Superstute. Für die nichts gut genug ist. Die besten Hengste werden für sie geopfert. Schweizer Hengste wohlgemerkt!“ Ich bäumte mich auf, der Knebel würgte mich, ich röchelte und versuchte ihn loszuwerden.
„Ja, würge nur, ich kann es leider nicht entfernen, das siehst du doch ein? Wie bist du nur auf die Idee gekommen, deine Stute nach Montmirail zu verfrachten? Ausgerechnet in dieses beschissene Kaff am Ende der Welt? Was meinst du wohl, was ich mit dir anstelle, du kleine Traumtänzerin?“ Luis setzte sich neben mich auf den Fußboden. „Du hattest deine Chance! Warum hast du alles verspielt? Weil du dich nicht entscheiden konntest“, gab er sich selbst die Antwort. „Ich wollte dir alles geben und du? Dir war es doch von Anfang an nicht ernst! Ich habe dir einen Traumjob angeboten und statt „Ja! Luis, ich danke dir, Luis, zu sagen, denkst du als erstes an diesen Gerson. Der nichts Besseres zu tun hatte, als dich mit einem blonden Amiflittchen zu betrügen. Du hast mich abblitzen lassen. So etwas vertrage ich nicht auf meine alten Tage, so etwas tut man mir nicht ungestraft an.“ Er zog ein silbernes Döschen hervor, öffnete es und hielt es mir vor die Nase. „Weißt du, was das ist?“

Ich schüttelte den Kopf.
„Nein?"
Ich schüttelte den Kopf stärker und versuchte, so gut es ging, meine Beine zu bewegen. Der Strick gab nach!
„Du weißt nicht, was das ist?" Er hielt mir den Behälter noch dichter unter die Augen.
„Dann werde ich dir auf die Sprünge helfen." Mit einem Ruck zog er mir den Knebel aus dem Mund. Er schüttete etwas aus dem Döschen auf seine Handfläche und hielt es mir unter die Nase. Es sah aus wie Mutterkorn.
„Das hast du aus Claires Apotheke gestohlen, damit hast du Nine vergiften wollen!", schrie ich.
„Ach nee! Miss Marple nimmt allmählich Spur auf? Es dämmert ihr etwas? Glückwunsch! Und jetzt, meine Liebe, wirst du so ein Körnchen schlucken. Nur eines, das reicht für so eine wie dich. Wir wollen ja nichts verschwenden." Er nahm ein Körnchen zwischen zwei Finger, ich roch seinen süßlichen Atem, als er sich über mich beugte. „Mach den Mund auf, du Schlampe", herrschte er mich an und versuchte, mir einen Finger zwischen meine zusammengepressten Lippen zu stecken.
In diesem Augenblick spannte ich alle meine Muskeln an, das Seil an meinen Füssen riss, ich zog meine Beine an den Bauch und trat Luis mit aller Macht in die Eier. Mit einem Schrei ließ er die silberne Büchse fallen; ich sprang auf, doch da drehte er sich blitzschnell um, bückte sich und stand mit dem erhobenen Beil vor mir. Sein Gesicht war wutverzerrt, die Haare klebten an seiner Stirn, Speichel troff aus seinem Mund. Er holte aus, ich bückte mich geistesgegenwär-

tig und das Beil krachte nur wenige Millimeter neben mir in eine Holzdiele, wo es stecken blieb. Ohne mich mit überflüssigen Betrachtungen darüber aufzuhalten, was ich mit dem Beil tun würde, wenn er mich ein zweites Mal angreifen würde, riss ich es an mich, packte den Schaft mit beiden Händen und hielt es ihm entgegen: „Wage nicht, mir zu nahe zu kommen“, schrie ich ihn an. Ob Luis oder Viktor, in diesem Augenblick war mir das Namensgeplänkel einerlei.
Gerade da knarrten Schritte auf der Stiege. „Vera!“, hörte ich Gerson rufen. „Brauchst du Hilfe?“ Luis sah sich mit weitaufgerissenen Augen um, ein in die Enge getriebener Wolf, er heulte auf, die Falle schnappte zu. Der Fluchtweg über die Treppe war versperrt. Doch Luis gab nicht auf. Mit ein, zwei Schritten war er bei der hölzernen Raufe, riss mit übermenschlicher Kraft eine Stange heraus und zwängte sich unter den Stäben hindurch auf die schiefe Ebene. Wie auf einer Rutschbahn ließ er sich hinuntergleiten. Ich hörte ihn hämisch lachen, als er unten in Stall gelandet war.
Gerson stand neben mir auf der Tenne. „Alles in Ordnung, Rotkäppchen?“
„Schnell, wir müssen ihn aufhalten, er will durch den Stall fliehen.“
Da, ein erstickter Schrei! Ich kannte die Stimme, hatte sich Claire dem Verrückten in den Weg gestellt?
„Viktor, hör auf, mein Junge, was hast du vor?“, flehte sie.
Gerson und ich hasteten die steile Treppe hinunter, da sahen wir ihn. Er war außer sich vor Zorn, sein Gesicht glühte; er stierte uns an, seine Augen blitzten wirr. „Ach, und da ist ja auch dieser arrogante Schnö-

sel mit dem affigen Namen. Du alter Wichser! Haust ab, wenn es gefährlich wird, was?“
Gerson stand unbeweglich und mit starrem Gesichtsausdruck da und ich fühlte, wie er alle seine Kraft sammelte. Luis schob Claire zur Seite und Gerson machte einen Schritt auf ihn zu. „Komm mir nicht zu nahe“, schrie Luis ihn an. „Ich bin bewaffnet.“
„Was willst du, Viktor?“ Claires Stimme klang fest.
„Tante, du kommst mit mir, und wir machen eine kleine Landpartie.“ Er packte Claire am Arm. Eine Landpartie?, fuhr es mir durch den Kopf, aber er hat doch gar keinen Wagen? Als hätte Luis meine Gedanken erraten, winkte er mit einem Autoschlüssel. „Du hast ja den Reisewagen reparieren lassen“, grinste er höhnisch.
„Und vollgetankt ist er auch“, beeilte ich mich zu sagen. Ich bemerkte Gersons erstaunten Blick und machte ihm ein Zeichen ruhig zu bleiben und keinen voreiligen Schritt zu tun.
„Wir müssen endlich über unsere Geschäfte reden, nicht wahr, Tantchen?“ Claire versuchte Viktors Hand abzuschütteln, doch er packte sie nur noch fester. „Du kommst mit zu Poliglott. Da geht alles in einem.“ Gottseidank, durchfuhr es mich, er lebt noch! Viktor hatte Monsieur Poliglott entführt. Luis hatte sich selbst verraten, Gerson und ich waren Zeugen. Claire schrie auf. „Los jetzt“, sagte er und schob sie aus der Tür.
„Wo hast du Monsieur Poliglott versteckt?“, sagte ich so ruhig wie möglich.
„Das würde dir so passen, wenn ich dir verrate, wo er sitzt, der Schlappschwanz!“ Luis hob einen Schlüssel-

bund in die Höhe: „Ihr beide bleibt schön hier drinnen, legt ein paar Holzscheite nach, wenn euch kalt wird", sagte er höhnisch. Er schob Claire zu Tür hinaus und wir hörten, wie sich ein Schlüssel im Schloss drehte.
„Der Kerl hat uns eingesperrt", sagte Gerson. Aller Mut und alle Tatkraft schienen aus seinem Gesicht gewichen,
„Macht nichts, dieses Haus hat viele Türen. Wir nehmen den Hinterausgang." Ich winkte ihn zu mir. Wir mussten noch einmal die hölzerne Stiege hinauf. Hoffentlich ist das große Scheunentor nicht versperrt, betete ich. Wir schlüpften unter der Deichsel des Heuwagens durch und standen vor dem großen Scheunentor. Es war mit einem dicken Balken versperrt, der in zwei eisernen Verankerungen ruhte und über die ganze Front gelegt war. Gerson rüttelte mit aller Kraft daran, doch er wich keinen Zentimeter zurück. Wir versuchten es noch einmal zu zweit, aber der Balken, der schon lange nicht mehr aufgehoben worden war, hing zu fest in den rostigen Eisenträgern. Verzweifelt standen wir mit hängenden Armen und Schultern da; plötzlich fiel mein Blick auf ein kleines Törchen, das in das Haupttor eingelassen war. Ein Durchschlupf für kleinere Tiere, Schafe, Ziegen, Hunde! Es ließ sich mit einem Fußtritt öffnen und wir zwängten uns hindurch.
Wenig später standen wir auf der Straße und sahen gerade noch, wie Viktor die arme Claire in den X5 hineinbugsierte. Sie gab sich alle Mühe, das Einsteigen zu verzögern, doch gegen Viktor war sie machtlos.

„Vera, warum bist du eigentlich so ruhig?“, fragte Gerson, der sich den Staub von seiner Jacke abklopfte.
„Natural American Spirit“, grinste ich. „Cool in jeder Lebenslage. Nein, im Ernst, er kommt nicht weit.“
Wir hörten die Wagentüren zuschlagen und kurz darauf den Motor aufheulen. „Er haut ab“, rief Gerson aufgeregt.
„Nein“, sagte ich, „kann er nicht! Los, komm, wir müssen ihm nach!“
„Aber sieh doch!“ Der X5 fuhr tatsächlich ein paar Meter, aber irgendetwas stimmte nicht, er gewann überhaupt nicht an Fahrt.
„Er bleibt stehen! Kannst du wahrsagen?“
„Ja, aber nur ein bisschen! Los komm, wir müssen Viktor packen.“
Wir rannten so schnell wir konnten die Straße hinauf, doch kaum hatte Viktor bemerkt, dass die Reifen des X5 platt waren, ließ er den Wagen stehen und stieg aus. Er wollte zu Fuß das Weite suchen und überließ Claire einfach ihrem Schicksal. Luis` Kondition war nicht besonders gut, das wusste ich, aber er hatte ziemlich lange Beine, die ihm einen Vorsprung verschafften. Gerson und ich würden ihn so schnell nicht einholen können.
„Vera!“ Ich blieb wie angewurzelt stehen. Hinter mir hörte ich Hufgetrappel. Tom kam mit Nine an der Hand im gestreckten Trab die Dorfstraße herauf. Im ersten Moment wusste ich nicht, was er mit Nine vorhatte, warum brachte er sie gesattelt hierher, sie war doch erst seit kurzem wieder genesen, war sie überhaupt belastbar?

„Iris hat grünes Licht gegeben", sagte er, als er mein Stirnrunzeln sah. „Es dauert höchstens fünf Minuten. Los, ich werfe dich hoch." Jetzt hatte ich verstanden, was er von mir und Nine wollte. Ich beugte reflexartig mein linkes Knie, doch dann sagte ich: „Gib mir zwei Sekunden!"

Na ja, vielleicht hat es drei gedauert – länger jedenfalls nicht. Ich schloss die Augen, atmete tief durch und stellte mir meine Aufgabe vor: Auf dem Rücken meines Pferdes den Gangster fangen. Dann bat ich Nine um ihre Hilfe und um einen Hinweis, ob und wie uns die Aufgabe gelingen könnte.

Die Antwort kam blitzschnell: „Wir schaffen es, hab Vertrauen!" Und schon saß ich auf Nines Rücken.

„Beeilt euch", rief Tom, und wir sausten im Renngalopp die Straße hinauf. Ich umklammerte die Zügel, ging in den leichten Sitz und hielt mich an Nines Mähne fest. Wir kamen Luis immer näher, er blickte sich kurz um, erschrak, als er uns heranjagen sah, lief auf der Straße weiter, dann versuchte er, sich in die Büsche zu schlagen. Doch da waren wir schon bei ihm. Nine fiel in Trab, machte ihren Hals lang und lief mit angelegten Ohren hinter Viktor her. Er blieb stehen und fuchtelte wie wild mit den Händen in der Luft herum. Das konnte nicht gut gehen! Wenn Nine gegen eines allergisch reagierte, dann waren es unkontrollierte, hastige Bewegungen. Ich ahnte, was jetzt kommen würde und rutschte blitzschnell von ihrem Rücken herunter. Kaum stand ich auf dem Boden, stellte sie sich auf die Hinterbeine und traf Viktor mit dem Vorderhuf an der Schulter. Ein Schrei und Luis ging zu Boden. Er kann von Glück sagen,

dass Nines Vorderhufe nicht mit Eisen beschlagen sind, dachte ich. Nine stand mit weitaufgerissenen Augen da und schnaubte vor Angst. Ich redete ruhig auf sie ein und versuchte, sie zu beruhigen.
Plötzlich war Tom neben uns, unter Arm eine flauschig grüne Abschwitzdecke, die er Nine hastig über den Rücken warf. Jetzt erst betrachtete ich ihn genauer: Er sah aus wie die jüngere Ausgabe von Bud Spencer, und er machte seinem Vorbild alle Ehre. Alles an seinem Outfit stimmte. Das Koppelschloss mit dem Revolver, der silberne Sheriffstern und die steife, tief in die Stirn gezogene schwarze Schildkappe. Blitzschnell verpasste er Viktor, der gerade versuchte, sich aufzurappeln, einen Kinnhaken, klinkte ein paar silberne Handschellen, wie sie die Sheriffs im Western trugen, von seinem Gürtel und legte sie dem benommenen Viktor an. „Okey-dokey", schnaufte er zufrieden, „warten wir auf die Polizei."
Ich sah Tom anerkennend an. „Gute Arbeit, Bud", sagte ich mit gespielter Lockerheit, denn in Wirklichkeit schlotterten mir die Knie.
„Mein Auftritt war nicht schlecht, gell?" Tom wirkte so stolz und glücklich wie ein kleines Kind, das ohne zu stottern ein Gedicht vor großem Publikum vorgetragen hatte. „Ich habe ziemlich viel geübt!"
Das Schlimmste war überstanden. Das, was gerade vor meinen Augen abgelaufen war, kam mir wie eine Szene aus einem Wildwestfilm vor. Luis lag vor mir im Dreck, gefesselt in Handschellen. Ich blickte mich zu Gerson um; während meines wilden Verfolgungsrittes hatte ich ihn aus den Augen verloren. Irgendwie war ich froh, dass Gerson in diesem Augenblick nicht

bei mir war. Ich wollte mich bei ihm entschuldigen, und ich wusste nicht, wie ich es anfangen sollte. Es war mir noch nie leicht gefallen, einen Fehler zuzugeben, vor allem dann nicht, wenn der Fehler mit Pferden zu tun hatte. Aber wo war Gerson eigentlich?
Meine Frage schien mir auf der Stirn geschrieben und Tom beantwortete sie: „Gerson ist bei Claire. Er hat sie aus dem Auto geholt und ins Haus gebracht."
„Geht es ihr gut?"
„Ich glaube schon. Obwohl ihr der Schock noch tief in den Gliedern steckt; Gerson kümmert sich um sie."
Ich atmete auf und musste wieder an Luis denken.
Tom unterbrach meine Gedankenspirale. „Er ist gefährlich, Vera. Er ist nicht der große Investor, für den er sich ausgibt."
„Ja, das habe ich auch schon bemerkt. Auch nicht der Pferdemann, für den ich ihn gehalten habe und mein Freund noch weniger."
„Er ist ein mieser Zuhälter und er wollte sich rächen."
„An wem?", fragte ich kleinlaut, doch ich wusste die Antwort bereits. Ich erinnerte mich an unser Gespräch im Turm in Heidelberg. Wie er über seine Kindheit auf dem Dorf erzählt hatte. Wie sie ihn drangsaliert hatten. Nie im Leben wäre ich auf den Gedanken gekommen, dass Luis hier in Montmirail aufgewachsen war
„An seinen Klassenkameraden, an allen, von denen er sich in seiner Kindheit gemobbt gefühlt hat. Da kommt das halbe Dorf in Frage."
„Dabei hätten sie doch viel mehr Grund gehabt, sich an ihm zu rächen! Er hat sie doch alle belogen und betrogen und sich auf ihre Kosten bereichert. Und er

wollte ihr wunderbares Dorf zerstören", setzte ich hinzu.
Ich hielt Nine immer noch am Zügel fest. Sie stand ruhig neben mir und schien das ganze Spektakel längst vergessen zu haben. Sie stupste mich mit ihrer Nase an, so als wolle sie sagen: Warum stehen wir hier herum, lass uns grasen und dann zurück in den Stall gehen. In diesem Augenblick hörten wir ein Martinshorn; ein Polizeiauto kam mit Blaulicht die Straße herauf. „Das ist Charly", sagte ich erleichtert. Das Auto bremste scharf, Charly sprang mit gezogener Pistole heraus, der zweite Mann blieb im Wagen sitzen.
„Oh, sieh dir das an, er hat eine neue Glock!", sagte Bud zu mir. Ich zuckte ratlos die Schultern. Glock? Keine Ahnung, ich würde ihn später noch einmal danach fragen müssen. Tom, alias Bud, deutete auf den gefesselten Luis, der auf dem Boden lag. „Er hat versucht, Claire zu entführen", sagte er zu Charly.
„Genau wie Monsieur Poliglott!" Meine Erregung war so stark, dass sich meine Stimme anfühlte, wie ein Reibeisen. Aber Charly beachtete mich gar nicht.
„Steh auf, Viktor", herrschte er Luis an; doch der streckte ihm seine gefesselten Hände entgegen, um anzudeuten, dass er den Befehl so nicht ausführen könne. Mit gerunzelter Stirn besah sich Charly die Handschellen, die ihm Tom angelegt hatte, dann grinste er. „Tolle Attrappe, wo hast du die denn her?"
„Wird nicht verraten", grinste Tom, „Berufsgeheimnis." Mit einem Klick öffnete Tom die Fesseln und Viktor rieb sich seine Handgelenke und erhob sich ächzend. „Zeig mir noch einmal deine zarten Hände", sagte Charly zu ihm. Viktor leistete zähneknirschend

Folge, es blieb ihm nichts anderes übrig, als sich erneut fesseln zu lassen, diesmal jedoch mit echten Schweizer Polizeihandschellen. Dann bugsierte Charly ihn Richtung Polizeiauto. Gerade da sprang die Wagentür auf Eine Erscheinung oder träumte ich schon wieder? Vor mir stand Monsieur Poliglott. Er sah übernächtigt, mitgenommen und blass aus, doch er lächelte über das ganze Gesicht.

„Monsieur Poliglott! Wie kommen Sie in Charlys Streifenwagen?"

Er schüttelte meine Hand, die ich ihm entgegenstreckte. „Charly und seine Leute haben mich befreit! Gerade noch rechtzeitig. Allmählich wurde es in der Hütte ungemütlich. Der Kerl hat mir nichts zu essen gegeben!"

„Dann hat Viktor Sie tatsächlich in der alten Holzfällerhütte festgehalten?", sagte ich.

„Genau! Aus eigener Kraft hätte ich mich nicht befreien können. Er hatte mich an Händen und Füssen gefesselt und mir einen Knebel in den Mund gesteckt. Dieser Mistkerl", sagte Monsieur Poliglott und schickte Blicke so scharf wie Dolche in Viktors Richtung.

„Ich habe die ganze Zeit an nichts anderes gedacht als an meine Pferde, wenn mein Lehrling Kevin sie nicht gefüttert hat, dann waren sie zwei Tage lang unversorgt, ich muss so schnell wie möglich hinauf auf den Montsoleil, um nach dem Rechten zu sehen."

„Ich mache Ihnen einen anderen Vorschlag: Wir gehen zu Claire ins Bauernhaus. Und wenn wir uns von dem Schrecken erholt haben, fahre ich mit Ihnen zusammen auf den Montsoleil und helfe Ihnen."

„Abgemacht!“, sagte Monsieur Poliglott und ich konnte ihm ansehen, wie gut ihm mein Vorschlag gefiel.
„Moment mal“, sagte Charly, der Viktor seinem Kollegen übergeben hatte und noch einmal zu uns kam. „Da habe ich auch noch ein Wörtchen mitzureden, Monsieur. Sie müssen den Tathergang Ihrer Entführung zu Protokoll geben.“
„Ja, natürlich“, sagte Monsieur Poliglott schuldbewusst, doch Charly lenkte ein. „Da keine Fluchtgefahr besteht, können wir uns heute Nachmittag auf der Polizeiwache in Saignelegier treffen. Ich will Ihrer Regenerierung nicht im Wege stehen.“
Tom, der unser Gespräch interessiert mitverfolgt hatte, fragte schüchtern: „Wäre es möglich, dass ich mit Euch im Polizeiauto aufs Revier fahren darf? Aus beruflichem Interesse, sozusagen, mich interessiert, wie meine Schweizer Kollegen mit einem Gangster umgehen!“
„Okay“, sagte Charly, „wir sind dir was schuldig, Bud. Wir haben einen Platz frei!“
„Und noch eine Bitte: Zeigst du mir mal deine Glock?“, sagte Tom.
Charly griff an sein Holster, als wolle er sich versichern, ob seine Dienstpistole noch an der richtigen Stelle säße. „Machen wir! Du willst doch bestimmt mal schießen?“
„Charly!“ Beinah wäre Tom dem Polizisten um den Hals zu gefallen.
„Auf unserem Schießstand natürlich nur“, setzte Charly hinzu. „Montags haben wir immer Schießübung.“

Wagentüren knallten, Charly tippte mit dem Zeigefinger an sein Käppi und setzt sich hinters Steuer. Das Polizeiauto wendete und verschwand die Straße hinunter, diesmal ohne Blaulicht. Nine scharrte ungeduldig mit dem Huf, warf den Kopf zurück und wieherte.
„Ich bringe Nine in ihren Stall. Sie hat sich eine Extraportion Heu verdient!“, sagte ich. „Wir treffen uns im Museum, Bud.“
„Kommt nicht in Frage“, antwortete Tom. „Ich trau dir nicht! Vielleicht lässt du dich auf dem Weg dorthin von einer Horde Indianer entführen! Ich begleite euch und sehe zu, dass alles mit rechten Dingen zugeht.“

Als Tom und ich das Bauernhaus betraten, stieg uns der Duft von frischgebackenem Brot in die Nase. In unserer Abwesenheit waren die Dorffrauen nicht untätig gewesen und hatten auf ihre Weise dafür gesorgt, dass das Leben im Dorf weiterging. Im Wohnzimmer war es warm und gemütlich; Claire hatte sich erstaunlich tapfer gehalten. Sie saß in ihrem Lehnstuhl und winkte uns freudig zu.
„Ich habe ihr einen Beruhigungstee gekocht“, sagte Gerson, „Sie hat mir ganz genau gesagt, wie viele Blätter von welcher Sorte und wie lange ich den Sud ziehen lassen soll.“ Ich ging zu ihr, umarmte sie und gab ihr einen Kuss auf die Backe. „Ach Claire, ich bin so froh, dass es dir gut geht!“
„Hat es gerade geklopft?“
Gerson ging hinaus und kam mit Janine zurück. „Habt ihr Pierot gesehen“, fragte sie, ohne ein Wort der Be-

grüßung. Sie wirkte traurig und verstört und ließ sich nur schwer überreden, ihren Mantel abzulegen.
„Pierot?“ Ich hob ratlos die Schultern. „Claire, weißt du, wo er ist?“ Auch sie schüttelte den Kopf. „Heute Morgen beim Frühstück hat er mir eine Tasse Kaffee gebracht“, sagte ich langsam. „Kannst du ihn nicht anrufen?“
„Ach Vera, was nützt das schönste Handy, wenn er es nicht anstellt?“, sagte Janine erregt. „Ich habe schon überlegt, ob ich zur Polizei gehen soll, doch das kam mir irgendwie übertrieben vor.“
„Vielleicht ist er eben mal Zigaretten holen gegangen?“, warf Tom ein.
„Nicht lustig“, sagte Gerson und drohte ihm mit dem Finger. „Mach dir keine Sorgen Janine, er taucht bestimmt wieder auf.“, versuchte Gerson sie zu beruhigen und schenkte ihr eine Tasse Tee ein. Janine setzte sich neben Claire, nippte an ihrem Tee und sagte: „Ich habe kein Mitleid mit ihm, Viktor meine ich.“
Woher wusste Janine eigentlich, was sich dort oben auf der Dorfstraße zugetragen hatte?
„Ganz einfach“, sagte sie, „Charly hat mich auf dem Weg hierher gesehen. Er hat angehalten und mir einen Kurzbericht über eure Gangsterjagd gegeben. Und dann habe ich diesen Kerl im Streifenwagen auf dem Rücksitz sitzen sehen, am liebsten hätte ich ihm ins Gesicht gespuckt.“
Sie schwieg einen Augenblick, dann fing sie noch einmal an: „Hat Monsieur Tom auch etwas ausgefressen?“, sagte sie zögernd.
Ich musste lachen. „Nein, im Gegenteil. Es ist seine Belohnung, die er sich selbst ausgesucht hat. Er darf

mit zur Wache fahren. Ohne Bud wäre Viktor über alle Berge."
Claire legte ihre Hand auf Janines Hand und schwieg einen Augenblick. Dann sagte sie: „Ich bin froh, dass das jetzt alles ein gutes Ende gefunden hat." Sie schaute mich an. „Vera, ich will ich mich bei dir bedanken! Und bei deiner Nine." Sie streckte mir ihre Hand entgegen, und ich drückte sie, unfähig zu antworten.
„Ach Claire", sagte ich und dann folgte eine lange Pause.
„Wo ist eigentlich Iris?" fragte Gerson plötzlich. Ich zuckte die Schultern. Hatte ich sie nicht heute Morgen das letzte Mal gesehen? Beschwören konnte ich es nicht, es war seither viel zu viel geschehen. Aber dann erinnerte ich mich, dass sie bis vor kurzem noch im Stall gewesen sein musste, denn Tom hatte behauptet, dass sie „grünes Licht" für unsere mörderische Verfolgungsjagd gegeben hätte. Oder hatte Tom ein bisschen geflunkert?
In diesem Augenblick dudelte mein Handy. Die bekannte Schicksalssymphonie, die ich abgestellt hatte, da war sie wieder. Auf einmal gefiel sie mir richtig gut. Ich hatte die Melodie noch nie so sanft und beruhigend und voller guter Schwingungen wahrgenommen wie in dieser Sekunde.
„Wo bist du?", fragte ich. Ich spürte die neugierigen Blicke der anderen und weil ich sie nicht länger auf die Folter spannen wollte, sagte ich schnell: „Es ist Iris."

Es dauerte nicht lange und Iris kam zu uns ins Bauernhaus. Sie wirkte müde, doch sie war guter Dinge.
„Wo warst du die ganze Zeit?“, bestürmten wir sie.
„Lass mich erst einmal meinen Stallparka ausziehen!“
Sie hängte den schweren Mantel an einen Haken an der Tür. Claire schob ihr einen Stuhl hin, sie setzte sich und sagte zu Janine: „Pierot kommt auch gleich hierher. Er wollte nur schnell duschen.“
„Pierot?“, fragte Janine. „Was ist mit ihm?“
„Er hat mir geholfen, Monsieur Poliglotts Pferde zu versorgen. Es hat mir einfach keine Ruhe gelassen. Kevin allein mit zehn Pferden, er hat doch keine Ahnung.“
Also doch. Er hatte geflunkert! Das mit Nine war ganz allein Toms Idee gewesen! Oder vielmehr Buds Idee. Aber warum sollte ich ihm böse sein? Am Ende war doch alles gut gegangen, es war *alles paletti*, sozusagen.

52

„Meine letzte“, sagte Gerson. „Diesmal wirklich.“
Wir saßen auf unserem blauen Sofa; die Anstrengung der langen Fahrt und der durchwachten Nächte steckte mir noch in den Knochen. Obwohl ich vor Müdigkeit hätte umfallen können, fühlte ich mich unsagbar glücklich. Es war Frühling, die Sonne schien, in den Gärten standen Büschel von Schneeglöckchen und weiße Narzissen und die Forsythienbüsche hatten sich in gelb-sprühende Riesenkugeln verwandelt. Bald würde der Flieder blühen und mit seinem Duft den Geruch des Straßenstaubs des Winters vertreiben.
Gerson zog den Korken mit einem satten Plopp aus der Flasche und goss ein. Er hob sein Glas, drehte sich zu mir und sagte: „Dann trinken wir jetzt auf …“ Er zögerte, dann sagte er: „Wir stoßen auf Nines Fohlen an. Auf sein Wohl und seine Gesundheit.“
„Es ist das schönste Fohlen, das jemals auf die Welt gekommen ist“, sagte ich. „Monsieur Poliglott sagte, er sieht aus wie Paletti.“
„Na, dann, auf: Alles Paletti!“, sagte Gerson froh.

„Was für ein schöner Name! Ich habe mir den Kopf zerbrochen, wie ich ihn nennen soll und du hast es schon immer gewusst."
„Ach ja?"
Ich stellte mein Glas auf den Couchtisch und fühlte, wie mich eine graue Welle ergriff. Reumütig dachte ich daran, wie ich noch vor nicht allzu langer Zeit mit Luis hier gesessen und Pläne geschmiedet hatte. Ich hatte mit ihm Gersons Rotwein getrunken, *Ulisses Lima*, eine von den Flaschen, die jetzt vor uns stand. Gerson schien einen unbegrenzten Vorrat davon zu haben, obwohl er bei jeder neuen, die er aufmachte, behauptete, es wäre die letzte. Ich rückte ein bisschen näher zu ihm und sah ihn an.
„Warum bist du plötzlich so nachdenklich, Vera?"
„Da ist was, was nicht paletti ist. Ganz und gar nicht."
Ich schwieg und mir traten Tränen in die Augen. Ich wusste einfach nicht, wie ich es ihm sagen sollte. Ich dachte daran, wie wir – Iris, Claire, Janine, Monsieur Poliglott und Pierot bei Nine im Stall hockten und das Fohlen mit Stroh abgerieben hatten. Wir fühlten uns miteinander verbunden wie eine Familie und ich hatte mich nach Gerson gesehnt; er war zu Hause geblieben, um nach Fango zu sehen und um Tom im Stall zu helfen. Seit die beiden zusammen den Gangster Luis-Viktor zu Strecke gebracht hatten, waren sie unzertrennlich und ich wartete nur auf den Augenblick, wo Gerson mit Tom zusammen Schießübungen mit einer Glock machen würde.
Gerson war nicht in der Laune, meinen melancholischen Stimmungsumschwung mit zu machen.

„Tom hat die Möglichkeit, Fango zu erwerben.“, sagte er auf seine nüchterne Art, an der selbst ein Glas *Ulisses Lima* nichts ändern konnte. „Er hat ihn jetzt über ein Jahr kostenlos versorgt, und du hast ihn geritten, ohne einen Cent. Tom hat noch andere Forderungen gegenüber Luis offen, und wahrscheinlich bekommt er nichts mehr davon zu sehen. Luis muss mit ein paar Jahren Knast rechnen, das ist sicher. Sein Besitz wird versteigert, oder das, was von ihm übrig ist, wie zum Beispiel Fango.“ Er sah mich erwartungsvoll an, und weil ich vor lauter Scham keine Worte fand und überhaupt nicht wusste, worauf hinaus er wollte, setzte er hinzu: „Ich habe Tom gesagt, dass wir ihn kaufen wollen. Mit deinem Einverständnis natürlich nur.“
Ich seufzte. „Ich habe so viel Mist gebaut, und statt mir böse zu sein, oder mich einfach sitzen zu lassen, wie ich es verdient hätte – was machst du? Du kaufst mir ein Pferd!“
„Wieso dir?“, fragte Gerson.
„Ich dachte ...?“, sagte ich verwirrt.
Gerson nippte an seinem Glas. „Als du in Montmirail warst, um Nine bei der Geburt beizustehen, habe ich mit Fango Zirkuslektionen geübt. Es hat Spaß gemacht und wir haben uns richtig aneinander gewöhnt. Morgen im Stall führen wir dir alles vor. Er kann schon das Kompliment.“
„Das glaube ich nicht! Du und Fango, ganz allein? Und er kann das Kompliment?“
„Na ja, um ehrlich zu sein: Mascha hat uns geholfen! Sie hat wirklich Ahnung von Pferden. Nach drei Tagen hatte Fango die Verbeugung kapiert. Und Sandy hat

uns unterstützt, sie ist bei Liberty in die Lehre gegangen. Das mit der Kommunikation klappt ausgezeichnet. Ich konnte nicht viele Fehler machen."
Ich wusste nicht, ob ich lachen oder weinen sollte, da war plötzlich wieder der Song der *Killers* in meinem Kopf und irgendwie passten die Verse zu meinem Gemütszustand: *And sometimes I get nervous, when I see an open door – are we human, or are we dancer?* Wie auch immer, jedenfalls fühlte ich mich vollkommen flüssig und verrückt.
„Fango ist nicht so zickig wie Nine, irgendwie systematischer, rationaler oder so – jedenfalls verstehe ich ihn gut."
Ich schlang meine Arme um Gersons Hals und jetzt konnte ich meine Tränen nicht mehr zurückhalten. „Gerson", sagte ich. „Ich bitte dich um Verzeihung. Verzeih mir."
Ich fühlte seine Lippen an meinem Ohr und spürte eine leises Freudengribbeln durch meinen Körper wandern. Von den Zehen über die Brustwarzen bis hinauf in die Haarspitzen.
„Vera, liebes Rotkäppchen, ja, ich verzeihe dir alles. Doch versprich mir eines: Sage mir bitte nicht, *was genau* ich dir verzeihen soll."
Dann saßen wir wieder auf unserem blauen Sofa und hatten beide Füße parallel auf den Boden gestellt. Mit einem Tempotaschentuch wischte ich mir die Augen trocken.
„Fango wird also versteigert."
Gerson nickte. „Ja, das sagte ich doch."

„Aber, hör mal – ist er nicht viel zu teuer für uns? Bei seiner Ausbildung und seinem Pedigree, und er ist doch erst zehn Jahre alt?"
Gerson grinste. „Ach, Vera, hast du es immer noch nicht begriffen? Fango hat nicht mal Papiere! Seine Abstammung ist frei erfunden. Luis hat ihn von einem ganz normalen, kleinen Pferdehändler gekauft, der mit Pferden aus Polen und aus den neuen Ländern handelt."
Ich fuhr mir mit der Hand durchs Haar. „Wirklich?" Dann konnte ich das dumme Schild an Nines Box ja endlich abhängen.
„Er ist trotzdem ein gutes Pferd.", sagte ich und spürte, wie sich meine Stimmung langsam aufhellte.
Gerson nickte. „Und der Sonnenhof, was wird aus dem?"
„Sag bloß, du weißt es nicht?"
„Verrat es mir!"
„Es gibt gar keinen Sonnenhof, die Bilder, die Luis mir auf seinem Laptop gezeigt hat, stammen alle von der Sun Ranch auf dem Montsoleil."
„Und die gehört Monsieur Poliglott? Nein, das glaube ich nicht!"
„Musst du aber."
Ich nahm einen kräftigen Schluck Rotwein. Einen Moment lang sah ich mich auf den Stufen vor Claires Haus sitzen, mit dem Handy in der Hand. Wie ich die Sun Ranch gegoogelt hatte und mir auf einmal alles klar wurde. Wie peinlich das alles war und wie dumm. Am liebsten hätte ich mich beim imaginären Punkt X eingegraben, um problemlos von der Bildfläche zu verschwinden. Doch leider gab es in unserem

Wohnzimmer keine Bahnpunkte, nicht einmal imaginäre.
„Du hast ihm alles abgenommen, wie ein dummes, blindes Huhn", sagte Gerson.
„*Le poulet gris est sourd aveugle*", sagte ich. „Gottseidank habe ich kein Korn gefunden!" Was nicht ganz stimmte, doch es war alles noch einmal gut gegangen. Gerson streichelte meine Hand und schaute wie gebannt auf den Couchtisch, obwohl es da gar nichts zu sehen gab.
„Und was ist mit dem großen Reisewagen?", fragte ich, um nicht gänzlich in peinliches Schweigen zu versinken, nicht weil es mich wirklich interessierte.
„Er hat ihm wirklich gehört, war aber nicht so neu, wie er dir weiß gemacht hat. Er steht bei Tom auf dem Leierhof. Er kann ihn übernehmen; Tom will ein kleines Fuhrunternehmen anfangen. Pferdetransporte und so. Wenn du mit Nine aufs Turnier willst, darfst du den X5 ausleihen."
„Ich? Niemals!" Ich würde mich nie mehr in diesen weißen X5 setzen, das war mir klar.
„Ach, wirklich nicht? Komm mal her." Gerson stand auf und winkte mich zu sich ans Fenster. „Schau mal!" Er zeigte auf einen großen Vierradantrieb, der auf der anderen Straßenseite parkte.
„Ja und?", sagte ich.
„Siehst du! Du erkennst ihn gar nicht!"
Ich sah noch einmal genauer hin. Es handelte sich um einen X5, das sah ich an den silbernen, durchlöcherten Trittbrettern, die dem Wagen etwas Kutschenähnliches gaben.

„Das soll der große Reisewagen sein? Habt ihr ihn umspritzen lassen?"
Gerson grinste. „Die Farbe geht auf Toms Konto."
Der große Reisewagen sah aus wie ein riesengroßes Himbeerbonbon. Der große Reisewagen war rosa. Und das gefiel mir.

Foto: Gülay Keskin

Die Autorin:

Heide-Marie Lauterer, langjährige Schriftführerin des Heidelberger Reitvereins und Pferdebesitzerin, kennt sich aus in den Höhen und Tiefen des Reiterlebens. Mit ihrem Reiterkrimi „Mörderischer Galopp“ landete sie einen Hit. In „Mörderische Liebe“ sind Vera Roth und ihre Stute Nine Days Wonder wieder einem Verbrechen auf der Spur.

Dank

Ein Manuskript loszuschicken, fällt schwer; wie ein Pferd, das ich auf die Koppel entlasse, wird es jetzt seinen Weg ohne mich finden. Traurig bleibe ich alleine zurück. In diesem Prozess hilft es, denen zu danken, die mir während des Schreibens mit Rat und Tat und Ermutigung zur Seite gestanden haben. Da ist vor allem meine Hauptfigur Vera Roth, die mich auf ihre liebenswerte und störrische Art immer wieder an den Schreibtisch gedrängt hat.

Ich danke Nicole Steffan & Louis Humair für erholsame Ferientage im Le Clos Josenat in CH-2714 Les Genevez. Nicht nur ich, sondern auch Vera Roth und ihre Stute Nine haben sich dort sehr wohlgefühlt.

Meinem Pferd Gordon verdanke ich tiefe Einblicke in die Pferdeseele und wichtige Erkenntnisse über die Möglichkeit der Pferde, Grenzen zu setzen und ohne uns glücklich zu sein. Ich danke meiner Reitlehrerin Birgit Glanzner sowie Ulrike Dietmann und ihrer Epona-Arbeit, dass sie mir in diesem Prozess auf die Sprünge geholfen haben.
Bettina Hellwig, Mörderische Schwester und Apothekerin, hat mich auf einen bestimmten Giftstoff hingewiesen, ohne den die Geschichte nur halb so spannend geworden wäre. Nina Rehm hat ihre Begeisterung für die *Killers* auf Vera Roth übertragen und in der Geschichte musikalisch für Abwechslung gesorgt.

Hans-Jürgen Pirner, Erika Köcher, Ernst Albert Scharffenorth und Nadine Slaby haben Teile des Manuskripts gelesen, mich auf viele Ungereimtheiten aufmerksam gemacht und nicht mit Ermutigung gespart.
Die längeren Zitate im Text stammen aus der deutschen Übersetzung des Romans 2666 von Roberto Bolaňo, Fischer Verlag 2011. Weil es mir mit diesem Buch ähnlich geht, wie meiner Hauptfigur Vera Roth, konnte ich beim Wiederlesen die Seitenzahlen nicht mehr finden. Ich bitte meine LeserInnen um Entschuldigung.
Lea Roser hatte mit Pferdeköpfen zu kämpfen und mit einer Autorin, der in letzter Minute noch tausenderlei Veränderungen einfielen.
Iris Kobell (Der Teegarten Heidelberg), hat dazu beigetragen, dass meine beiden ersten Romane ihre ersten Leser und Leserinnen fanden. Ihrem uneigennützigen Marketing gilt mein besonderer Dank.
Last not least danke ich allen „Fießerhöflern“, die mir so oft mit Rat und Tat zur Seite standen.

Heidelberg, im November 2013

www.spiritbooks.de

Bücher, die authentisch sind und Spirit haben

Die Bücher des Verlags erhalten Sie in allen Buchhandlungen und bei zahlreichen Online-Anbietern wie amazon.de. Sie können die Bücher auch beim Verlag direkt bestellen: **www.spiritbooks.de**

Wenn Sie direkt beim Verlag bestellen unterstützen Sie den Verlag und die Autoren.

Die Vision des Verlags

Vertrauen in das Gespür von Leserinnen und Lesern

Bedingungslos authentische Bücher

Autorinnen und Autoren als Persönlichkeiten, die etwas Unverwechselbares zu erzählen haben.

Heide-Marie Lauterer

"Mörderischer Galopp"

Ein Krimi aus dem mörderischen Reitstall-Alltag, unterhaltsam, humorvoll, gnadenlos.

www.spiritbooks.de

Shelley Rosenberg

"Meine Pferde, meine Heiler"

Lesen Sie die bewegende Autobiografie der Grand-Prix-Reiterin Shelley Rosenberg mit einem Vorwort von Linda Kohanov.

www.spiritbooks.de

Ulrike Dietmann

"Epona – Die Pferdegöttin"

Eine Geschichte, die uns zu den Wurzeln unserer Kultur führt, in die Zeit der ersten keltischen Siedlungen, als das Pferd heilig war und die Göttin noch unter den Menschen lebte.

www.spiritbooks.de

Ulrike Dietmann
"Das Medizinpferd – Band I Einweihung"

Valerie erlebt unter den Nachkommen von Indianern eine spirituelle Einweihung in eine unbekannte Wirklichkeit und lernt die besonderen Fähigkeiten der Pferde kennen ...

www.spiritbooks.de

Ulrike Dietmann
"Das Medizinpferd – Band II
Unbreak my Heart"
Valerie verliebt sich in den Halbindianer Tom und muss sich mit ihrer tiefen Angst, verlassen zu werden, konfrontieren. Bei den Pferden findet Valerie unerwartete Kraft und einen Weg der Befreiung.

www.spiritbooks.de

Zeitfracht Medien GmbH
Ferdinand-Jühlke-Straße 7,
99095 - DE, Erfurt
produktsicherheit@zeitfracht.de

FSC
www.fsc.org
MIX
Papier | Fördert
gute Waldnutzung
FSC® C083411